KB031561

저승의 목소리

오시로 사다토시 소설집
오키나와 작가

저승의 목소리

초판인쇄 2022년 3월 20일 **초판발행** 2022년 3월 31일

지은이 오시로 사다토시 **엮고 옮긴이** 김재용 · 박지영

펴낸이 박성모 **펴낸곳** 소명출판 **출판등록** 제13-522호

주소 서울시 서초구 서초중앙로6길 15, 2층

전화 02-585-7840 **팩스** 02-585-7848

전자우편 somyungbooks@daum.net **홈페이지** www.somyong.co.kr

값 19,000원 ⓒ 김재용, 2022

ISBN 979-11-5905-666-6 03830

979-11-5905-664-2 (세트)

잘못된 책은 바꾸어드립니다.

이 책은 저작권법의 보호를 받는 저작물이므로 무단전재와 복제를 금하며,

이 책의 전부 또는 일부를 이용하려면 반드시 사전에 소명출판의 동의를 받아야 합니다.

냉전과 식민의
글로벌 동아시아
문학 총서
002

오키나와 작가
오시로 사다토시 소설집

저승의 목소리

김재용
박지영
엮고 옮김

이 책의 한국어판 저작권은
저자 오시로 사다토시와 독점 계약한 '소명출판'에 있습니다.
저작권법에 의해 한국 내에서 보호를 받는 저작물이므로
무단전재나 복제, 광전자 매체 수록 등을 금합니다.

일러두기

◎ 권점으로 된 어휘들은 원문에 시마고토바(일본어가 아닌 오키나와의 전통구어)로 표기된 것임.
◎ 모든 주석은 역자의 것임.

작가의 말

오키나와 전후문학에는 몇 가지 특징이 있다. 첫 번째는 어려운 시대 속에서도 항상 윤리적으로 작품을 만들어 왔다는 것. 두 번째는 오키나와 전쟁의 비극을 계승해나가기 위해서 죽은 사람들의 말을 주워 왔다는 것. 마지막으로는 공통어를 기본으로 하는 일본문학 표현에 토지의 말, 이른바 지방어인 '시마고토바오키나와 말'를 끌어들이려는 노력과 도전을 계속해 왔다는 것 등이 있다.

이러한 특징은 모두 오키나와가 걸어온 전후 역사와 깊이 관련되어 있다. 제2차 세계대전 당시, 오키나와는 일본 내의 유일한 지상 전장이 되어 30~40%의 현민들이 무참하게 희생되었다. 전후 27년간은 일본에서 분리되고, 망국의 백성이 되어 미국 통치하에 놓였다. 미국은 군사 우선 정책을 통해 사람들의 토지를 강탈하고 군사기지를 건설했다. 기본적인 인권을 억압당하고, 기지 피해로 불리는 각종 사고와 사건이 빈번하게 발생했다. 1972년 일본으로의 복귀를 쟁취하였으나, 국책에 따라 미군 기지가 그대로 유지되고 여전히 신기지 건설이 강행되고 있다. 좌절과 절망을 몇 번이고 곱씹으며 오키나와 표현자들은 평화를 바라는 영위를 지속하여 왔다.

이 책에 수록된 세 작품에도 오키나와 문학이 가지는 이러한 특징을 잘 담아내고자 했다. 오키나와 전쟁의 비극을 말의 힘으로 계승하는 것, 죽은 사람들의 말을 줍고 이름 없는 사람들의 마음을 담는 것, 권력에 의해 수탈된 말과 은폐 당한 인생을 엮어내는 것. 이것들은 나의 작품에 있어 중요한 테마 중 하나이다.

「저승의 목소리」는 불합리한 죽음을 강요당한 죽은 사람들의 소리를 듣는 것에 대한 중요성을 피력한 작품이다. 오키나와에는 저승의 목소리를 들을 수 있는 무당이 있으며, 사람들의 생활에 중요한 영향을 주고 있다. 이러한 인물을 등장시켜 저승과 이승의 세계를 연결하고, 생사의 의미를 묻고자 한 작품이라 할 수 있다.

「게라마는 보이지만」은 전쟁의 폭풍 속에서 '집단 자결강제 집단사'이 행해진 섬의 비극을 재조명했다. 비록 국가권력에 의해 어쩔 수 없이 죽음으로 내몰린 사람들의 모습을 담았지만, 세대를 초월하여 전쟁의 비극을 풀어내는 일의 중요성을 역설하고자 했다. 동시에 인간의 애정과 성실한 마음에서 희망을 찾고 싶었던 작품이기도 하다.

「1945년 비통한 오키나와」는 전쟁으로 인해 희생된 죽은 자의 수만큼 빼앗긴 이야기가 있다는 것을 죽은 자들의 말로써 풀어낸 작품이다. 오키나와 전쟁에서 24만여 명이 희생되었다. 그만큼 꿈을 빼앗기고 미래를 빼앗겼다. 전쟁은 사람을 가리지 않는다. 장소를 불문하고, 성별을 불문하고, 약자를 구분하지 않는다. 이 사실을 6개의 옴니버스 작품으로 부각한 작품이다.

마지막으로 문학의 영위營爲는 국경의 경계를 뛰어넘는다. 인간을 풍요롭게 하고 공감과 우정의 싹을 틔우고 키워나가게 한다. 나는 문학이 지닌 이 힘을 믿는다.

부족한 작품을 한국어로 번역하여 출판의 수고를 해준 관계자들에게 깊은 감사를 드리고 싶다. 특히 원광대 김재용 교수나 박지영에게는 많은 신세를 졌다. 그들의 노력 없이는 이 책을 출판할 수 없었을 것이다. 깊은 감사의 말씀을 드리고 싶다.

아울러 한국 독자가 이 글들을 어떻게 읽어 줄 것인가를 기대하면서 새로운 꿈을 부풀려 나가고 싶다. 많은 인연과 노력에 감사드리며, 멀고도 가까운 오키나와에서 존경심을 담아 다시 한번 감사 인사를 드린다. 감사합니다.

2022년 3월

오시로 사다토시

차례

작가의 말 3

저승의 목소리 7

게라마는 보이지만 71

1945년 비통한 오키나와 183

저승의 목소리

1

아이고 아침 해가 몹시 예뻤단다. 붉게 물들기 시작한 한 송이의 아름다운 꽃 같았지. 산 위에 올라서면, 동쪽 바다 수평선 너머에서 올라오기 시작하는 아침 해가 보이는데, 그것을 가만히 보고 있으면 말이야. 역시 인간은 행복해야 한다고, 미륵세와보[弥勒世果報]를 바라며 살아야 한다고 생각하곤 했어. 이 세상을 따뜻한 태양이 감싸주고 있구나, 하는 생각도 들고.

그런데 그것보다 더 예쁜 건 구름이란다. 아침 해가 내리쬐기 시작하면, 구름이 바로 위에서 빨갛게 변하거든. 물론 보통은 수평선부터 붉어지기 시작하지만 말이야. 수평선 쪽에 구름이 많으면 빛이 차단되기 때문인 거겠지. 하늘 한가운데서부터 서서히 수평선 쪽으로 색들이 옮겨가는 거야. 색이 달려간다고 표현해야 할까. 빨간색, 보라색, 노란색, 주황색 등 여러 가지 색들이 머리 위에서 반짝반짝 빛나며 하늘 가득히 펴져나가는 거야.

구름은 모양도 변하니까 더욱 예쁘다고 할 수 있어. 빛이 구름

뒤에서 비추고 있잖아. 그러니까 색이 변하는 것은 구름의 깊이에 따라서라고 내 멋대로 생각하곤 했어. 하염없이 그것들을 바라보고는 했지. 왜냐면 할 게 아무것도 없고, 또 얘기할 상대도 없었으니까.

하늘이나 구름의 색이 변하는 것을 가만히 보고 있자니, 초등학교 때 쓰던 크레파스가 생각이 나는 거야. 너도 알지? 크레파스 말이야. 사용한 적이 있을 거야. 기억해? 그립다…….

크레파스는 여러 가지 색이 있어서 정말 신기했어. 처음 봤을 때는 깜짝 놀랐지. 그땐 연필밖에 몰랐던 시절이었으니까. 도화지에 여러 가지 색을 칠할 수 있는 크레파스가 너무나 신기했어. 너무 신기한 물건이라, 한번은 친구 미코와 함께 크레파스로 물감을 만들어보자고 했었지. 그래서 크레파스를 깎아서 물에 녹인 적이 있었거든. 하지만 생각보다 잘 되지 않았어.

크레파스를 사용하면 손에 냄새가 배잖아. 그 냄새 말이야. 뭐라고 해야 할까. 외국 냄새 같은 게 났었지, 아마? 지금까지 한 번도 맡아본 적이 없는 문명의 냄새라고나 할까. 그래도 손에서 그런 냄새가 나는 게 좋아서, 크레파스에 감겨있는 종이를 일부러 떼어서 쓰기도 했었어. 그립다…….

나는 14살 때, 산으로 들어가게 됐거든. 그래서 크레파스를 쓸 일도 금방 없어지고 말았지. 마을에서도, 학교에서도, 오빠와 언니로부터도 격리되어 버렸던 거야. 친한 친구 미코와도 더 이상 같이 놀지 못하게 됐어. 어쩌다가 이렇게 돼버린 걸까, 하고 세상을 원망하곤 했었지.

너무 외로웠어. 솔직히 열네다섯 살 때면 보통은 다 같이 노는 게 즐겁잖아. 친구라든지, 가족이라든지, 사촌 같은 거 말이야. 애들과 수다 떠는 게 즐거울 나이였으니까. 오늘은 어떤 일이 있었다든지, 특이한 것을 보았다든지……. 아마 나이를 먹으면 더 그럴 거야. 손자가 너무 귀엽다든지, 아버지랑은 안 맞는다든지, 뭐 이런저런 이야기로 수다를 떨고는 하는 거지. 그런 게 없으면 사람이 외로워지더라고. 그렇지만 말이야……, 나는 쭉 혼자였어.

내 이름? 아니, 내가 아직 말 안 해줬던가? 내 이름은 오쿠마 키요. 마부이*에게 신내림을 받았어. 세상과 맞지 않는다는 이유로 산속 동굴에 격리되었지…….

혼자 지내면 말이야, 정말 정신이 혼탁해지더라. 무엇을 위해서 사는 걸까, 하는 생각이 들더라고. 인간은 역시 사람과의 관계와 소통이 중요한 것 같아…….

하지만 산속에 인간 친구는 없었지만, 동박새나 까마귀들이 내 친구가 되어주었어. 산거북이도 있었어. 산거북이를 잡아서 히어로라는 이름도 지어주고, 같이 놀았지. 히어로는 초등학교 시절에 내 친구였던 히로토시를 말하는 거야. 히로토시는 언제나 조용히 어슬렁어슬렁 걸어 다녀서, 모두가 산거북이라고 불렀었거든. 그래서 산거북이에게 히어로라는 이름을 붙여주었지. 히로토시에게

---

* 영혼, 혼령

는 미안하게 됐지만 말이야. 히어로에게는 꽤 많은 위로를 받았어. 그런데 히로토시는 어떻게 됐을까? 좋은 군인이 되었을까…….

메밀잣밤나무와 황련목도 내 친구였어. 산에 있는 나무를 마주 보고 몇 시간이 지나도록 수다를 떨고는 했지. 하지만 역시 쓸쓸하더라. 물론 나를 걱정해 주는 엄마와 언제나 함께였지만 말이야. 그래도 엄마는 엄마고, 나는 역시 친구를 갖고 싶었어. 엄마가 죽고 나서는, 이제 어떻게 되어도 좋다고 생각했었지…….

나는 14살이 끝나갈 무렵부터 16살까지, 약 2년간 산속으로 들어가 동굴에서 생활했어. 그리고 17살이 되던 연초에 엄마가 돌아가셨어. 돌아가신 후에는 한동안 엄마만 생각하며 계속 울기만 했지. 엄마는 말이야, 나를 가엾게 여겨 나와 함께 산으로 들어가고 나서부터는 계속 내 곁에 있어 주었어. 물론 가끔 마을에도 내려가고 했지만 말이야. 오빠와 언니는 아빠에게 맡기고, 엄마는 나와 함께 산에서 생활했지. 지금 생각하면 정말 너무 괴롭고 미안한 마음뿐이야…….

나는 말이야, 마을에서 살았던 열두세 살 무렵부터 무당의 말투를 쓰기 시작했어. 산속에서도 가끔 신내림을 받고 날뛰었던 것 같은데, 당시의 일은 나도 잘 생각나지 않아. 나는 신기를 가지고 태어났다고 해서, 때때로 신내림을 받고는 했지. 신내림이라고 알고 있지? 죽은 사람의 마부이가 나에게로 들어오는 거야. 하지만 들어와 있는 동안은 나도 무슨 일이 일어나고 있는지 전혀 알 수가 없어. 끝난 다음에야 비로소 몸이 달아오르고 있다는 것을 느끼고는,

아아, 지금, 신내림을 하고 있었구나, 하고 생각할 뿐이었지. 열두 세 살 무렵부터, 나는 저승과 이승을 왔다 갔다 할 수 있는 무당이 되어 있었던 셈이야.

무당이 나쁘다는 것은 아니지만, 당시는 전쟁 전이라서 무당은 모두 순경에게 체포되어 감옥에 들어갔었어. 무당이 인간의 마음을 현혹한다면서 말이지. 나라의 높으신 분들의 명령으로 일제히 단속되고 있었던 거야. "황국의 흥폐가 이 일전一戦에 있으며, 일억 인의 마음을 합치시켜, 귀축미영을 쳐야 한다"라고 한창 선전할 때였지. 무당에게 이런저런 말을 들으면 마음이 들쑥날쑥해진다면서 말이야. 실제로 무당 중에는 이 전쟁에서 질지도 모른다고, 헛되이 죽는 일은 없어야 한다고, 판시判示를 하는 사람도 있었다고 하니까.

무당뿐만이 아니라, 무당에 의지하는 사람들까지도 체포당했어. 그러니까 가족 중에 무당이 있으면 정말 큰일 나는 거였지. 몰래 숨어있으면 온 가족이 벌을 받았어. 밀고 당하면, 스파이라는 명목하에 살해당하기도 했지. 그래서 아빠는 나를 산속에 있는 동굴에 숨겼던 거야.

아빠도 엄마도 분명 괴로우셨겠지……. 엄마는 어떤 마음으로 오빠와 언니를 남기고 나를 따라온 걸까. 내가 죽으면 좋겠다는 생각은 안 해본 걸까……. 진심으로 아빠, 엄마한테는 폐를 끼쳤다고 생각해……. 엄마는 내가 죽을 때까지 몇 년이 됐든 계속 산속에서 함께 살 생각이었던 걸까…….

엄마는 항상 내 다리를 가랑이 사이에 끼워서 재워주셨어. 추울 거라면서 말이야……. 나도 아이가 생기면 그래야겠다고 생각했지. 그런데 여자아이였구나. 엄마한테 나 낳은 거 후회하지 않냐고 물으면 언제나 화를 내셨어……. 이 일을 생각하면, 지금도 엄마한테는 미안한 마음뿐이야. 난 정말 불효자식이야.

엄마가 돌아가신 건 독사에 물렸기 때문이었어. 지금도 생생히 기억해. 나뭇가지에 감겨있던 독사가 엄마의 머리를 물어버렸지. 아주 큰 독사였어. 물론 나는 아빠한테 당장 알려야 한다고 생각했지. 하지만 마을로 가려는 나를, 엄마가 허락하지 않으셨어. 옷자락을 잡고는 놓지를 않는 거야. 키요, 괜찮아, 키요, 괜찮아, 라고만 되풀이하면서……. 그때의 엄마는 어째서 날 붙잡은 걸까. 이미 해가 지고 있었으니까, 내가 길을 잃거나 독사에 물리지 않을까 걱정했던 건지도 몰라. 난 결국 엄마 곁에 앉아서 울기만 했어…….

시간이 지나자, 독사에 물린 엄마의 머리가 어깨 끝까지 점점 부어오르기 시작했어. 얼굴이 엄청 커다래졌지. 눈이 점점 가늘어지더니 얼굴에 묻히고 말았어. 아빠가 오셨을 때는 이미 숨도 작아지고 있었어……. 나는 아무도 원망하지 않아. 엄마도 원망하지 않고 아빠도 원망하지 않아. 아빠도 매우 괴로우셨을 거라 생각해. 아빠는 엄마가 돌아가신 후에도 변함없이 나를 위해 산속으로 음식을 가지고 오셨으니까…….

산속에서 사는 동안 기억에 남을 만한 일은 아무것도 없었어. 하지만 단 하나, 잊지 못할 아빠와의 추억이 있어. 내게는 가장 소중한 보물이라고 생각해. 역시 추억이란 사람과 사람 사이에서 생기는 건가 봐.

아빠가 말이야, 오랜만에 동굴로 찾아와서는 나한테 말하는 거야. 조금만 더 산 위로 올라가면 바다가 예쁘게 보이는 들판이 있으니까 같이 가자고. 산에 들어간 지 일 년 정도 지났을 때였나? 물론 엄마도 건강할 때야. 나는 기뻤지. 아빠한테도 응석 부리고 싶어 할 나이였으니까. 바로 '응'이라고 대답했어. 걷기 힘든 곳에서는 아빠가 손도 잡아주셨지. 그게 너무 좋았어. 행복했지……. 얼마나 걸었을까. 도중에 아빠가 지쳤는지, 조금만 쉬었다 가자는 거야. 그래서 나도 '응'이라고 대답하고 아빠 옆에 앉았어. 아빠가 아무 말도 하지 않고 있으니까 나도 잠자코 앉아있었지. 그런데 갑자기 아빠가 나를 돌아보고는 키요, 키요, 라고 부르며, 나를 꽉 껴안는 거야…….

아빠는 내 머리를 당겨, 한동안 자기 품에 넣고 있었어. 아빠의 손이 허리에 찬 낫을 뽑는 게 보였지. 아아, 나는 죽는구나. 아빠가 나를 죽이기 위해 여기로 데려왔구나, 하고 생각했어. 나는 이걸로 충분하다고 생각했기 때문에 아빠의 가슴에 얼굴을 파묻은 채, 지그시 죽음을 기다렸어. 낫을 보면서도 두렵다는 생각은 들지 않았어. 내 머리에 닿아 있던 아빠의 또 다른 손길이 너무 좋을 뿐이었지.

하지만……, 아빠는 나를 죽이지 않았어. 아빠의 손힘이 점점 약해지는 것이 느껴졌지. 그래서 나는 고개를 들고 말했어. 아빠, 나는 죽어도 괜찮아요. 그랬더니 아빠가 소리 내서 울기 시작하는 거야. 키요, 미안해, 미안해……라고 읊조리며, 낫을 내려놓고는 나를 꼭 껴안았어. 나는, 아빠 난 괜찮아, 죽여줘, 죽여줘요……, 라고 몇 번이나 말하면서 아빠의 가슴속에서 엉엉 울었어.

아빠는 오랫동안 내 머리를 쓰다듬어 주었어. 나는 아빠의 품에 안긴 채 울다가 지쳤고, 그대로 잠들어버렸지. 행복했어. 그때가 내 삶에 가장 행복했던 때일지도…….

돌아가는 길에는 아빠가 그래, 오랜만에 한번 업어나 보자고 말해왔어. 그리고는 나를 업고 산에서 내려왔지 뭐야. 엄마는 업혀 돌아온 나를 보고는, 아니, 아주 아기가 따로 없네, 아빠한테 업혀 돌아오고 말이야, 라며 질투를 하는 거야. 이상했어.

엄마가 말이야, 화난 듯한 말투로, 바다는 예뻤어? 라고 물어보길래, 나는 너무 예뻤다고 대답했어. 아빠는 바다거북이가 헤엄치는 것도 보였다고 거짓말을 하더라고. 그러자 엄마가 다음에는 나도 데려가 달라고 말했어. 아빠는 내 얼굴을 향해 웃음을 지어 보이고는 엄마에게는 어떤 대답도 들려주지 않았어. 그러니까 엄마가 토라진 표정을 지어 보였어. 그리고는 산 위에는 벌판이 없었을 텐데, 라고 말하는 거야. 너무 이상했지. 하지만 엄마는 행복해 보였어. 그런 엄마 얼굴, 본 적이 없었거든…….

어라, 너무 많이 떠들었나? 입에는 영업 허가증은 필요 없다고들 하지만. 또 너무 지나치면 꼴불견이니까. 미안.

어디 보자, 내가 죽은 것은 말이야, 누구의 잘못도 아니야. 굳이 말하자면 시대 탓이지. 게다가……, 내 결의가 부족했기 때문이라고 생각해. 나는 무당이 되는 것을 싫어했어. 마부이의 권유를 울면서 거절했지. 아빠와 엄마는 그래서 괜히 날 더 가엾게 여겼던 것 같아.

역시 내가 이상한 거겠지. 엄마가 돌아가셨을 때, 난 이제 충분하다고 생각했어. 16살까지 살 수 있었고, 앞으로 혼자 살아가는 것도 감당하기 힘들었으니까. 나도 죽기로 했지…….

나무에 줄을 매어 목에 건 것이 새벽녘이었으니까, 몹시 추울 때였어. 나뭇가지에서 울고 있는 새들을 보고, 나는 모두가 나를 배웅하러 와주었구나, 라고 생각했지. 새소리를 들으면서 마음을 단단히 먹고는 이내 줄을 잡았어…….

여기까지 괜찮아? 너는 무당이 되는 거야. 망설이면 안 돼. 용기를 내서 모두의 불행을 들어주는 거야. 내가 생전에 못 했던 것들을 네가 하는 거야. 부탁이야, 너밖에 없어. 부탁이야…….

2

"유코아빠, 왜 그래? 유코아빠, 일어나봐. 유코아빠!"

그 소리에 케이지가 퍼뜩 잠에서 깨어났다. 다에가 걱정스러운 듯이 케이지의 얼굴을 들여다보고 있었다. 또 꿈을 꾼 건가, 하고 생각했다. 땀이 밴 속옷이 몸에 끈적하게 달라붙어 왔다.

"유코아빠, 괜찮은 거야……? 땀을 이렇게나 흘리고……. 무당이 되어라. 무당이 되어라, 라면서 떨고 있었어……. 이제 제발 그만 좀 해. 매일 이래서는 제대로 자지도 못하니까……."

다에가 케이지의 곁에서 불만을 쏟아내고는 얇은 여름용 이불을 뒤집어쓰고 이내 등을 돌렸다. 다에는 아이가 생기고 나서부터 남편인 케이지를 유코아빠라고 부르기 시작했다.

"미안, 미안해……."

케이지의 말에 다에는 더 이상 입을 열지 않았다.

케이지가 한숨을 내쉬었다. 가위에 눌리기 시작한 지 벌써 몇 년이 지났다. 꿈속에서 한 여자의 마부이가 케이지에게 도움을 구하고 있다. 마부이는 자신을 오쿠마 키요라고 소개했다. 케이지는 때때로 키요에게 홀려 무언가를 말하고는 했다. 그럴 때마다 막연한 자각은 있었지만, 그것이 도통 무엇인지는 잘 모르는 듯했다.

꿈속에 나타나는 마부이는 키요만이 아니다. 때로는 많은 마부이가 나타나고는 했다. 대부분의 마부이들은 옆으로 돌아서 있거나, 표정을 분명하게 보여주지 않은 채 우두커니 서 있을 뿐이었다. 하지만 마부이들은 확실히 케이지에게 무언가를 호소하며 말을 걸어왔다. 그것이 숨이 막힐 정도로 실감이 날 뿐이었다.

마부이가 나타나는 것은 꿈속에서만이 아니었다. 수년 전부터 케이지 앞에 그 모습을 드러내고 있었다. 하지만 그 모습이 아내인 다에에게는 보이지 않는다고 했다. 케이지에게만 보이는 것이다. 그렇게 생각하면 역시 꿈일지도 모르겠다. 꿈과 현실의 경계가 모호해지는 듯한 기분이 들었다.

키요의 표정 역시 분명하지 않다. 어렴풋이 투명한 실체를 가지고, 때로는 머리맡에 앉아있고, 때로는 툇마루에 앉아, 케이지에게 말을 걸어온다. 그럴 때마다 케이지는 가위에 눌린 듯 꼼짝도 할 수 없었다. 당연히 그것을 거부할 수도 없었다.

키요는 케이지에게 "무당이 되라" "기원을 해라" "죽은 자를 소홀히 해서는 안 된다" "동굴을 찾아라" 등 집요하게 말을 걸어왔다. 그리고 자신이 생전에 무당이던 것을 이야기하며, 군인과 함께 동굴에서 죽었음을 알려왔다. 그리고서는 "내 유골을 찾아 공양해 달라"라며 애원했다…….

"유코아빠……. 내일도 외출할 거야?"

다에가 케이지에게 등을 돌린 채 불쑥 중얼거렸다.

"응. 가야지……."

"그래……. 그런데 있지……, 왜 유코아빠가 그런 일을 해야 하는 거야. 알지도 못하는 사람의 유골을 왜 찾아야 하는 건데. 난 솔직히 잘 모르겠어. 유코아빠가 하지 않아도 되는 거잖아……."

"응, 그건 그렇긴 한데……, 왜인지는 나도 잘 모르겠어. 그냥 멀리서 목소리가 들려오니까……."

케이지는 제대로 된 대답을 할 수 없다. 언제나 그렇다. 나도 잘 모르겠다. 이론적으로는 설명할 수 없는 불가해한 세계에 빠져드는 것만 같았다.

"유코아빠에 대해서 모두가 뭐라고 말하고 다니는지 알아? 미치광이 케이지래. 일도 안 하고, 매일 빈둥거리고 있는 미친 아저씨라고 그러더라……. 모두가 유코아빠를 이상한 사람 취급하고 있다고."

다에의 말이 가슴을 찔러왔다. 다에는 이때라고 생각했는지, 말하는 것을 멈추지 않고 평소의 울분을 터뜨렸다.

"아이들이 가엽지도 않아? 둘 다 힘들어하고 있어. 유코는 학교 친구들이 당신에 대해서 이러쿵저러쿵 놀려댔다면서 울면서 집에 들어오더라. 나도, 나도……."

다에는 말을 삼켰다. 케이지가 지금 하는 일을 다에가 달가워하지 않는다는 것은 케이지도 알고 있다. 딸 유코도, 아들 케이이치로도 케이지를 점점 피하게 되었다. 케이지도 어떻게든 이 상황을 바꾸고 싶다고 생각했다.

하지만 그렇다고 해도, 어떻게 해야 할지를 모르겠다. 지금은 마부이의 목소리를 따라 동굴을 발견하여, 유골을 찾아 공양하는 것 말고는 달리 방법이 없다는 생각이 들었다. 유골을 찾기만 한다면 모든 것이 해결될 것만 같은 기분이 들었다. 자신이 무당이 될지 어떨지는 몰라도, 전쟁에서 죽은 사람들의 유골을 찾아내고 공양하는 것은, 중요한 일이라고 생각했다.

"조금만……. 조금만 더 시간을 줘."

"조금만 더, 조금만 더, 라고 말하는 게 벌써 몇 년째야? 생활비도 다 떨어져 가. 유코아빠, 알고 있어?"

케이지는 다에가 일하고 있는 마트 식품 매장에서 다에의 동료 파트 직원 두 명이 해고됐다는 소식을 지난달 다에로부터 들었다.

케이지는 20년 가까이 일해오던 군 고용원을 그만둔 지 5년 정도가 지났다. 5년 동안, 때때로 신문 광고 등에서 일을 지속해왔지만 오래가지 못했다. 겨우 구한 일을 하는 와중에도 마부이는 가차없이 찾아왔다. 등 뒤에서 목소리가 들려오거나, 그늘에 훤히 서 있었다. 그리고 "유골을 찾아라" "동굴을 찾아라" "기원을 해라" "마부이를 달래주어라"라며 압박해왔다. 그러니까 근 5년간은 거의 무직인 상태이다. 군 고용원을 그만두고 받은 퇴직금도 바닥났다.

마부이에게 습격당했을 당시의 케이지를, 직장 동료들은 "이마에 식은땀이 맺혀있고, 눈에는 초점이 없었다. 마치 죽은 사람 같았다. 소름 돋더라"라고 말하며 섬뜩해 했다. 그런 케이지를 어느 직장에서도 오래 둘 리가 없었다.

"미안해……."

케이지는 다시 한번 다에에게 사과했다. 그러고는 얇은 이불을 밀어젖히고 몸을 일으켰다. 새벽 바깥 공기를 마시기 위해 침대에서 일어났다.

"나도 말이야, 유코아빠가 하는 일 응원해 주고 싶어. 중요한 일이라고 생각해. 근데 그전에 우리 생활도 좀 생각해봐."

"……."

"우리들……, 이제 안 되는 거야?"

"……그런 거 아니야."

케이지는 그에 대한 답만 하고는 판자문을 열어 슬리퍼를 신고, 냉기가 깃든 마당에 내려섰다. 어둠 속을 흐릿하게 바라보며 한숨을 쉬었다. 다에의 물음이 마부이의 말처럼 무겁다. 혹은 정말로 다에가 말하는 것처럼, 이제는 포기해야 하는 것일까…….

케이지는 왜 자신이 무당이 되어야 하는지 모르겠다고 생각했다. 무당은 조상으로부터 선택받은 자만이 할 수 있는 천직이라고, 마부이는 항상 케이지에게 그렇게 말해왔다. 그것을 거절하고 다른 직업을 갖게 되면, 몸이 안 좋아지고, 두통에 시달린다. 그렇다고 해서 무당이라는 간판을 들고 장사를 할 수는 없다. 장사가 아니라 사람들의 불행을 없애주는 것이다, 죽은 사람을 잊지 않고 그냥 기원을 해주는 것만으로 모든 것이 해결되는 것이다. 라고 마부이는 늘 말해왔다. 그러나 그 한 걸음을 내딛는 것이 케이지에게 쉽지 않다. 그리고 마부이가 말하는 동굴이나 유골도 아직 찾아내지 못하고 있다.

케이지의 눈이 어둠에 서서히 익숙해졌다. 마당에 심은 벚나무 실루엣이 떠올랐다. 반복되는 잔향과 같은 질문 속에서 벌레 소리가 크게 들려오고, 나무들은 와삭와삭 소리를 내고 있었다.

"인간은 모두 다른 사람들과 연결되어 있어. 조상을 소중히 생각해야 해. 죽은 사람을 소중히 여겨야 해."

케이지는 꿈속에 나타난 마부이의 말을 떠올렸다. 마부이의 말대로 혼자 산다는 것은 어려운 일일 것이다. 가족을 소중히 여기고 싶다. 소중한 만큼 빨리 동굴이나 유골을 찾아내야만 한다. 무당이 되는 것을 결단할 수 없는 지금, 케이지가 할 수 있는 일은 그것 말고는 없는 것 같았다. 아이들이나 다에를 위해서라도, 하루라도 빨리 유골을 찾고 싶다.

케이지가 한숨을 크게 내쉬었다. 역시 당분간은 마부이가 말한 대로 동굴을 발견해서 유골을 찾는 것 말고는 없다고 생각했다. 전쟁으로 죽은 오쿠마 키요의 유골을 말이다…….

3

역시 이해하기 좀 어려우려나, 그러니까 내 말은……, 나는 죽었는데 살아있어. 알겠어? 나는 엄마가 돌아가신 후, 목을 매고 죽었지. 아니, 죽으려고 했었지만, 정신을 차려보니 나무뿌리에 쓰러져 있더라고. 산거북이 히어로친구 히로토시에서 따온 이름가 나를 깨워 주고 있었어.

그때는 죽지 못했지만, 나는 나하에 있는 유곽으로 나와, 야마토 군인과 함께 동굴에서 죽었어. 이건 정말이야. 내 육체는 죽어서 소멸했어. 그런데 내 마부이는 아직 성불하지 못하고 살아있는 거지. 이해하기 어려울지도 모르겠다.

그러니까 우리 세계에서는 말이야. 육체와 마부이는 따로 있다고 여겨지는 거야.

아니, 너도 느끼고 있잖아. 어렸을 때, 무덤 앞을 지나기 전부터 심장이 동요하고는 했잖아. 그것과 마찬가지야. 그건 말이야, 마부이가 육체로부터 떨어져, 먼저 걸어가고서는 공포를 느끼고 알려주는 거야. 마부이는 육체에서 자유롭게 벗어날 수 있는 거지. 깜짝 놀랐을 때, 마부이가 나갈 뻔했네, 라고들 하잖아. 그럴 때는 마부이가 놀라서 육체에서 떨어진 채로 있는 거지.

마부이가 육체를 벗어나면, 그건 의식이 멍해지는 것 같아져. 그러니까 그럴 때는, 마부이에게 놀라게 해서 미안해, 걱정하지 말고 돌아와, 라고 말해주면서, 마부이를 담는 거지. 살아있는 사람의 마부이는 산 마부이, 죽은 사람의 마부이는 죽은 마부이라고들 해.

보통은 육체가 죽으면 마부이와 이별을 하고 산 마부이가 성불할 수 있도록 기원을 하지. 대략 칠칠기七七忌에 마부이도 마음을 정리하고 영계로 가지만, 이 세상에 미련과 후회가 많이 남아있는 마부이는 성불하지 못하고 방황하게 되는 거야. 나처럼 말이야…….

내 근심은 말이야. 솔직히 말해서 두 가지야. 하나는 이 세상에서 무당이 사라지는 거야. 그러니까 네가 무당이 되어주었으면 해. 마부이의 이야기에도 귀를 기울여주는 사람이 있었으면 하는 바람이야.

나는 살아 있을 적에는 무당이 되기를 거부했지만, 지금은 후회하고 있어. 그때는 시대도 시대였으니까. 모두 어떻게 하면 전쟁에서 이길 수 있을까, 하는 생각밖에 하지 않았어. 멸사봉공이라고 해서, 자기보다 나라의 일을 첫 번째로 생각하던 시기였지. 그러니까 개개인의 행복과 불행을 소홀히 했던 셈인 거야.

하지만 지금은 달라. 개개인을, 자신을 소중히 여겨야 한다고 생각해. 그러기 위해서도 이 세상에서 무당이 사라져서는 안 된다고 생각하거든. 사람들은 모두 살아있는 동안에 불행한 일을 많이 겪고는 하잖아. 그 불행을 없애주는 일을 무당이 하고 있어. 나는 그 일을 하늘이 내려주었는데도 하지 못했던 걸 후회하고 있어.

불행은 어느 시대에나 존재하잖아. 오히려 걱정거리는 요즘 시대가 더 많은 것 같아. 이러다가 전쟁이 또 안 일어난다는 보장도 없지. 그러니까 제대로 된 무당이 필요한 거야. 죽은 사람을 소홀히 해서는 안 된다고, 전쟁을 잊어서는 안 된다고, 계속 말해주는 거지. 너처럼 신기 있는 사람이 무당이 될 결심을 해 주었으면 해. 그것이 나의 첫 번째 소원이야.

나는 말이야, 지금도 아빠와 엄마가 나 때문에 수도 없이 눈물을 보였던 걸 생각하면 가슴이 너무 아파. 어려운 시대였지만, 내가 결심만 제대로 했다면 어떻게든 되지 않았을까? 하는 생각도 들고. 내가 무당이 되는 것을 싫어했기 때문에 아빠, 엄마가 더욱 힘드셨을 거야.

산으로 들어가기 전부터 나는 가끔 마을에 있는 성지 앞에서 영문도 모르는 노래를 큰 소리로 부르거나, 조상님 앞에서 기원을 외치곤 했었다고 하더라고. 물론 나도 그게 무슨 뜻인지는 몰랐지. 그러니까 더 불안했던 거야. 하지만 지금 생각하면, 그때는 몰랐지만, 언젠가는 알게 되지 않았을까, 하는 생각이 들어. 마을 사람들을 구할 수도 있지 않았을까, 하는 그런 생각도…….

내가 영문도 모르는 말을 꺼내면 말이야. 일본군한테 스파이가 아닌가 하고, 의심받을까 봐 걱정하는 사람도 있었어. 내가 의심받으면 온 동네가 스파이 취급을 당했었으니까. 스파이는 무조건 총살이었거든. 그래서 산속으로 들어간 셈이지. 하지만 스파이라는 말을 듣더라도 천수를 다 누릴 걸 후회하고 있어. 마을 사람들도 결국엔 전쟁에서 많이 죽었으니까…….

아빠도 엄마도 이미 돌아가셨어. 이건 이제 되돌릴 수 없어. 아무리 후회해도 어쩔 수 없는 일이지. 하지만 이 후회를 너에게 맛보게 하고 싶지 않아. 하늘이 내려준 일을 해내길 바라. 우리 아빠와 엄마의 마부이는 성불했어. 두 사람은 아무 문제 없이 저승으로 갔지. 그건 정말 다행이라고 생각해.

하지만 저승에도 쉽게 갈 수 없는 마부이들이 많이 있어. 여기에 있으면 말이야, 아이고, 얼마나 많은 마부이가 방황하고 있는지 알 수 있어. 모두 이 세상에 후회를 남기고 있는 거지. 오키나와 사람들도, 야마토 사람들도, 미군들도 말이야. 모두의 마부이가 뒤얽혀 있는 거야. 이 한을 풀어주지 않으면 영계에는 갈 수 없어.

네가 이 마부이들을 구해주길 바라. 이것이 나의 두 번째 부탁이야. 네가 마부이들의 이야기를 들어줬으면 해.

무당은 말이야, 영계에 가까이 가지 못하고 방황하고 있는 마부이의 이야기를 들어주고, 이 세상 사람들에게 전해주는 일을 해. 네가 그런 마부이들의 소원을 들어주고 이승과 저승의 가교 역할을 맡아줬으면 좋겠어. 내가 나갈 수는 없잖아. 왜냐하면 내 육체는 이미 죽어버렸으니까…….

방황하는 마부이는 대부분 전쟁에서 죽은 사람들의 마부이야.

불쌍한 마부이지. 뭐랄까, 전사자의 진혼이랄까. 전후 60여 년이 지나도, 이 사람들은 괴로움을 품에 안은 채, 성불하지 못하고 남아있어. 특히 아직 유골도 수집되지 못하고 방치된 채로 남아있는 사람들의 마부이는 그 원한이 더욱 강하지. 위령탑을 만들면 이제 책임은 다했다, 전쟁은 끝났다, 라고 생각하는 사람들이 많으니까. 그런 일로는 마부이의 넋을 달래주지 못해.

너 마부이를 달랜다는 거 알지? 마부이를 달랜다는 건 말이야. 그 땅을 떠날 수 없는 마부이를 풀어주어 떠나게 하고 성불하게 하는 것인데, 그게 지금 안 되고 있어.

마부이를 죽은 땅에서 떠날 수 있게 하기 위해서는, 이 세상에 남아있는 너희가 그냥 기원만 해주면 돼. 죽은 사람을 잊지 않아 주는 것만으로 되는 거야. 간단한 일이지. 왜 죽었는지 생각해 주면 되는 거야. 죽은 사람에 대한 마음을 전해주는 것만으로도 충분한 거야. 그걸 나타내는 역할을 네가 맡았으면 해.

살아있는 사람들은 뭐든지 쉽게 잊어버리니까 말이야. 전쟁에 대한 것도 이제 많은 사람에게서 잊히고 있잖아. 잊어서는 안 되는 일인데 말이야.

물론 들어 줄 수 있는 소원과 들어줄 수 없는 소원은 있어. 내가 하는 말이 들어줄 수 없는 소원은 아니잖아. 들어 줄 수 없는 소원을 말하는 마부이는 자연스럽게 소멸해 버리고 말아…….

나는 말이야, 이 일이 마음에 걸려. 성불해서 영계에 못 가겠어. 치유 받지 못하고 있는 마부이를 보면 이곳을 내버려 둔 채 영계에 갈 수가 없어. 불쌍해서 그냥 지나칠 수가 없어. 마부이가 마부이를 버릴 수 없다는 것도 이상하지만 말이야. 여기서는 무당의 일도 못 하니까 네게 부탁하는 거야.

인간이란 참 이상하지. 정말 제멋대로인 것 같아. 그렇게 싫어하던 무당이 되어달라고 내가 너에게 부탁하고 있으니까 말이야. 나도 이렇게 무리한 부탁을 하게 되는구나. 이젠 나이가 좀 들었나 봐. 점점 눈물도 많아지고 말이야…….

우리 오빠와 언니에 대한 얘긴데, 그들은 결혼해서 행복하게 살고 있어. 그것이 지금으로서는 나의 유일한 즐거움이야. 여기서는 다 보이거든. 조카들 미소를 보면 행복해져. 내가 살아 있다면, 조카들에게 이모, 고모 소리를 듣고 있었을 텐데, 라는 생각을 하고는 하지. 언니한테는 벌써 손자도 생겼어……. 모두의 행복을 지켜줘야지…….

알겠지, 살아있는 너희들이 아이들을 지켜주는 거야. 과거를 되돌아보면서 앞을 보며 살아가는 거야. 죽은 우리가 무엇을 할 수 있겠니. 우리는 할 수 있는 게 아무것도 없어…….

4

전후 60여 년, 케이지에게도 잊을 수 없는 과거가 있고 삶의 궤적이 있다. 돌아가신 어머니나 할머니에게는 더욱 잊을 수 없는 기억이 새겨져 있을 것이다.

케이지가 오키나와 남쪽 해상에 있는 야에야마제도의 작은 T섬에서, 할머니와 둘만의 생활을 시작한 것은 세 살 때였다. 어머니에게 이끌려 필리핀에서 부모님의 친가가 있는 T섬으로 귀환한 것이다. 아버지는 이미 전사한 뒤였다. 어머니도 케이지를 시어머니인 할머니에게 맡기고, 곧바로 섬을 떠나 옆에 있는 이시가키섬으로 건너갔다.

케이지는 필리핀에서의 생활을 거의 기억하지 못했다. 어머니는 필리핀에서 고생했던 이야기를 할머니에게 자주 늘어놓고는 했다. 할머니는 그 말을 잠자코 듣고 계셨지만, 케이지는 할머니로부터, 부모님의 살림살이에 대해서만 간단하게 전해 들었을 뿐이다.

"네 아비는 말이야, 어부가 되는 것을 싫어했단다. 이 작은 섬에서 살아가려면 어부가 될 수밖에 없었는데 말이야. 육지 일이 좋다고 늘 말해왔었어. 그래서 네 어미와 둘이서 손을 잡고 필리핀으로 건너간 거야. 그래도 네가 거기서 태어났다고 들었을 때는 무척 기뻤단다. 드디어 대를 이을 자식이 생겼구나, 하고 할아버지와 둘이서 얼마나 기뻐했다고. 네 아비는 우리에게 하나밖에 없는 아들이었으니까. 아이가 생기지 않으면 어쩌나 하고 걱정하고 있었거든. 바로 조상님들께 알려드렸지."

할머니 말에 의하면 케이지의 아버지와 어머니는 1934년에 필리핀으로 건너가, 칼리난이라는 마을에 정착해, 삼베 재배를 시작했다. 칼리난은 오키나와로부터의 이주자가 많아, 금세 친해져 모두 힘을 합쳐 서로 도우면서 생활을 했다고 했다. 삼베 수확기가 되면 삼실을 자아내어 실을 말리고, 종류별로 분류하여 짐을 꾸리는 등의 작업 때문에 눈코 뜰 새 없이 바빴다. 그 후에 계약 회사의 직원이 와서 그것들을 일괄적으로 매입해갔다. 삼베는 비싼 값에 날개 돋친 듯 팔렸다고 했다.

삼나무 재배를 포함해 모든 것이 순조로웠다. 아버지와 어머니의 그런 행복한 생활 속에서 케이지가 태어났다. 정착한 마을에서는 하루가 멀다 하고 잔치가 열렸고, 고향에서 가지고 온 산신과 북소리도 드높게 울렸다고 했다.

그러나 1942년 무렵부터 필리핀에도 전쟁이 시작되었다. 사람들은 정착촌을 정리하고, 카레카와 크로신 등의 오지로 속속히 이동할 수밖에 없었다. 갈수록 공습은 심해졌고 전쟁에 쫓기는 불안한 생활은 계속되었다.

"네 아비는 말이다, 현지에서 군대에 소집되어 1946년 1월에, 마테나 비행장에서 전사했단다. 네 어미는 아비의 시신을 수습하여 화장한 후, 너를 데리고 계속 산속을 도망 다녔다고 했지."

하지만 케이지는 필리핀에서의 기억을 거의 갖고 있지 않았다. 단, 어머니와 함께 산속을 도망쳐다녔을 당시, 강가 바위 그늘에 몸을 숨기고 허리까지 물에 잠긴 채 하룻밤을 보냈던 기억만이 흐릿하게 떠오를 뿐이다. 그때 정신을 잃어버릴 것 같은 의식 속에서 어머니에게 뺨을 맞는다는 감각과 함께, 활발히 케이지를 격려해 주던 남자의 목소리를 들은 것 같았다. 어렴풋이 떠오르는 기억 속에서 그것은 아버지의 망령처럼 느껴지기도 했고, 전혀 낯선 조상님의 목소리 같기도 했다…….

"필리핀 이야기를 하자면 말이야. 네 어미는 항상 나를 원망했었다. 왜 그이가 필리핀에 가는 것을 말리지 않았느냐면서 말이야. 할아버지한테 몇 번이나 얻어맞으면서도, 말리던 것을 뿌리치고 도망치듯이 둘이 함께 섬을 떠나갔으면서 말이야……."

할머니는 눈물을 머금고서는 계속 같은 말을 반복했다.

케이지가 떠올릴 수 있는 어머니의 기억은 할머니가 말해준 범위에 한정되어 있었다.

"전쟁이 끝나고 필리핀 산에서 내려올 때도 힘들었다고 하더라. 산속에서 살고 있던 필리핀 사람들이 총이랑 일본도를 구해 와서는 일본인을 습격했다고 했었지. 그때 정말로 목숨을 걸고 도망쳐

나왔대. 도중에 많은 시체도 봤다고 했다. 영양실조로 움직일 수 없게 된 어머니에게 매달려 있는 아기도, 두 다리가 부러져 꼼짝 못 하고 있는 군인도, 다들 소리도 못 내고 죽어갔대. 죽은 사람은 모두 검게 부풀어 올라서 주변에 파리들이 들끓고 있었고. 살아서 돌아온 것이 신기할 정도였다고 했었다……."

전쟁터에서 죽을 고비를 넘긴 어머니는 이후 허망하게 돌아가셨다.

어머니는 이시가키섬으로 건너간 후, 항구 근처에서 작은 술집을 시작했는데, 5년 정도 장사를 계속하다, 감기가 악화되어 세상을 떠나셨다. 어머니 곁에 여러 명의 남자가 드나들었다는 소문이 있었지만, 사실 여부를 알 수 없었다.

케이지는 어머니가 돌아가신 후에는 할머니와 단둘만 남게 되었다. 할머니는 섬의 제사를 지내는 관리셨다. 하나밖에 없는 손자 케이지를, 그야말로 바람결처럼 다정한 눈길을 하고 아껴주었다. 케이지는 열네다섯 살 때까지 할머니 곁에 바싹 달라붙어, 할머니의 냄새를 맡으며 성장했다.

할머니는 곁잠을 자면서 마을에 얽힌 갖가지 신기한 이야기를 들려주었다. 할머니가 들려주는 신사나 저승에 대해서, 케이지도 흥미를 느끼고 열심히 머리를 굴리는 일도 많았다.

할머니는 마을 이야기나 어머니의 전쟁 체험을 다 지켜본 것처럼 자세하게 들려주었었지만, 자신의 전쟁 체험은 거의 들려주지 않았다.

"할아버지의 작은 배가 군에 공출당했는데, 그 후로 돌아오지 않았단다. 할아버지도 징병으로 이시가키섬으로 건너가게 되었고, 그 후 돌아오지 않으셨지……."

할머니가 말해준 것은 이게 전부였다. 의도적으로 전쟁 체험에 관해 이야기하는 것을 피하는 건지, 아니면 정말로 그것밖에 모르는 건지, 케이지도 정확히 알 수 없었다. 이시가키섬에는 공습이 있었다고 했는데, 할머니가 살고 있는 작은 섬은 미군으로부터도 버림받았던 것일까.

관리인 할머니는 마을에 갖가지 제사가 있을 때마다 마치 다른 사람이 된 것처럼 위엄 있는 모습으로 마을 사람들을 지도했다. 허리까지 닿을 것 같은 흰 띠를 머리에 두르고, 흰 기모노를 휘날리며 향을 피우고, 열심히 기원을 하는 할머니의 모습은 영험했다. 마을에서 힘이 세다는 어부들도 제삿날에는 모두 할머니를 따랐다.

케이지는 섬에서 살고 있던 열두세 살 때 자신이 꾸었던 꿈에 대한 이야기를 할머니에게 한 적이 있었다.

"항구에 하얀 배가 도착해서 많은 사람이 내려왔는데, 그 사람들 속에서 뜨거워, 뜨거워, 몸이 타는 것 같아, 라고 울부짖는 소리가 났어. 주변 사람들도 다 울고 있는 것 같았어."

할머니는 이 이야기를 듣자마자 조상님께 향을 피우고 기원을 드렸다. 기나긴 기도 후에 케이지에게 말했다.

"이제 더 이상 무리인 것 같구나……. 결국 사람이 죽어나가겠어……."

할머니의 예언대로 이시가키섬에 있는 병원에 입원해 있던 소년이 관에 들어간 채 섬으로 돌아왔다. 항구에 하얀 배가 들어왔고, 많은 사람들에게 둘러싸여……. 모든 것이 꿈에서 본 것과 같은 광경이라 신기했다.

그러나 케이지는 그때 자신에게 영적인 힘이 깃들어 있다고는 전혀 생각하지 않았다. 할머니 또한, 케이지의 그러한 힘을 간파하지는 못했던 것 같다. 섬에서 높은 영력을 갖는 것은 거의 대부분이 여자였고, 신사에 종사하는 것도 여자의 일이었다. 케이지가 할머니에게 꿈 이야기를 한 것은 그때뿐이었고, 또 예언처럼 꿈을 꾼 것도 오직 그때뿐이었다.

할머니는 케이지가 스무 살을 맞이하는 해에 돌아가셨다. 섬사람 모두에게 애석한 죽음이었다. 그 무렵 케이지는 섬의 젊은이들과 함께 어부로서의 삶을 살아가고 있었다. 할머니는 무척이나 좋아하셨다. 그리고 케이지가 결혼을 하고, 케이지의 아이를 볼 때까지 오래 살고 싶다고 말해왔지만, 그 소원은 이루어지지 못했다.

케이지는 할머니가 돌아가시고 나서, 섬에서 생활하는 것이 싫어졌다. 열대어인 쏠종개가 인기척에 놀라 허둥지둥 도망가듯, 훌쩍 섬을 뛰쳐나갔다. 그리고 오키나와 본토로 건너가, 중부에 있는 미군기지의 일을 찾아, 군 고용원으로 들어갔다. 섬을 나오고 나서 몇 년 뒤의 일이었고, 그곳에서 20년 남짓 근무했다. 아내 다에와도 기지에서 처음 만났다…….

5

내 친구 미코 말인데, 기억하고 있으려나? 전에도 얘기했었지만, 미코와는 사이가 무척이나 좋았거든. 이웃이었으니까, 매일 함께 놀았었지. 학교에서도, 집에 돌아가서도, 언제나 함께였어. 도시락도 같이 먹었었지. 하지만 미코도 전쟁에서 죽어버리고 말았어…….

한번은 말이야, 재미있는 일이 있었어. 학교에서 도시락을 먹고 있었을 때의 일이야. 도시락이라고 해도, 그때는 다들 감자를 가져갔었거든. 쌀밥을 먹을 수 있는 집은 적었으니까. 우리 집도, 미코네도 가난했으니까, 당연히 감자 도시락이었지. 감자와 함께 된장을 가지고 가서, 된장에 찍어 먹곤 했었어.

아무튼 그랬는데, 미코가 한번은 감자 반찬이라면서, 작은 물고기 반찬을 가지고 온 거야. 엄마가 챙겨줬다면서 나한테 무척이나 자랑했지. 무척이나 좋아하더라고. 그런데 미코가 나한테 반을 주겠다고 하는 거야. 착하지? 미코는 항상 그랬어. 둘이서 그 작은 물고기를 반반씩 나누어, 감자에 곁들여 먹었지. 그런데 갑자기 미코가 괴로운 듯이 목을 잡고 캑캑거리는 거야. 작은 물고기 뼈가 목에 걸리고 말았던 거지. 둘 다 엄청나게 당황했었어. 초등학교 2학년 정도였으니까. 이걸 어찌해야 할지 몰라 발만 동동 구르고 있었어. 미코의 눈이 하얗게 떴다가 까맣게 변했다가, 커졌다가 작아졌다 하니까, 정말 이대로 죽는 게 아닌가 싶었어. 등을 두드려도 캑캑거리기만 할 뿐, 뼈는 나오지 않았어.

미코와 나는 황급히 선생님에게로 달려갔어. 마침 선생님도 도시락을 들고 계셨지. 선생님은 우리 이야기를 듣고는 "선생님이 싸온 쌀밥을 먹으면, 목에 걸린 뼈가 떨어질지도 몰라"라고 말씀하셨어. 그래서 미코는 쌀밥을 먹었어. 그러니까 정말로 목에 걸린 뼈가 내려간 거야. 신기했어. 그런데 목에 걸린 뼈가 빠진 후에도 미코는 맛있다면서 흰쌀밥을 계속 먹고 있는 거야. 선생님도 웃음이 터지셨지. 선생님이 나한테도 먹으라고 권해주셔서 먹긴 먹었는데. 정말 맛있더라.

비록 나중에 들은 이야기지만, 선생님도 항상 감자를 가져오셨었대. 흰쌀밥을 먹는 게 오랜만이었다고 하더라고……. 선생님께 감사했어. 크고 나서는 그 일이 생각나면 언제나 웃음이 나더라. 선생님의 이름도 기억하고 있어. 도메 하츠코 선생님이셨지.

그런 미코가 말이야. 내가 갑자기 없어졌으니까 얼마나 걱정을 했겠어. 누구에게 물어도 내가 어디로 갔는지 모른다고만 하니까. 그래서 혼자서 나를 찾겠다고 말하고서는, 울면서 몇 번이고 해변에 있는 동굴이나 산속을 찾아다녔대. 아빠도 미코가 끈질기게 물어오니까, 점점 가여워지더래. 있는 곳을 알려주면 나도 분명 좋아할 거라는 생각이 들어서, 순간 가르쳐줄 뻔한 적도 있었대…….

미코는 말이야, 나와 달리 머리도 좋았어. 똑똑한 아이였지. 그래서 나하에 있는 여학교에 진학했어. 하지만 전쟁이 심해진 탓에 여학교 학생들까지 여자 학도대로서 싸울 수밖에 없게 되었어. 학교 선생님이 되고 싶다는 미코의 꿈은 이루어지지 못했지…….

미코가 소속된 여자 학도대가 야마토 군인들과 함께 귀축미영을 무찌르자면서 전장으로 나갔어. 군인들을 위해서 밥을 지어주거나, 포탄을 나르거나, 설거지를 하거나, 위생병을 돕거나 하는 등 매우 바빴지. 하지만 전황은 점점 나빠져서 모두 남부로 도망치기 시작했어.

그런 가운데, 미코는 다친 젊은 야마토 군인과 친해졌어. 그쪽도 학도병이었던 것 같아. 상처 입은 군인들을 치료하는 동안에 자신들의 이야기를 많이 나눈 것 같더라고. 마음이 통했다고 생각했을 거야. 또 기뻤을 테고. 비록 전쟁 중이지만, 좋아, 살아보자, 라고 생각했겠지. 하지만 그것도 이루어지지 못했어. 전쟁이 없었더라면…….

미코는 말이야, 물을 길으러 가는 도중에 난폭한 짓을 당하고 말았어……. 야마토 군인이 아니라, 오키나와 군인에게 말이야. 그 오키나와군이 야마토 군인에게 협박을 당했다고 해야 할까, 속았다고 해야 할까…… 저 여자를 강간해라, 우리는 목숨을 걸고 오키나와를 지키러 왔는데 조심성이 없다. 전쟁 중에 연심 따위나 갖다니 발칙하다. 혼내 주자, 뭐 이런 취지였던 거지. 모두가 보는 앞에서 말이야. 뭐 어쩔 도리가 없었어…….

미코의 연인은 그것을 알고 자살했어. 자기 탓이라면서 말이야. 환자였으니까 만일에 대비해 자살 약을 전달받았던 것 같은데, 그걸 그냥 일찌감치 마셔버린 거지.

미코는 그걸 알고 정신이 나가버린 것 같아. 미군이 가까이 다가오고 있어서 참호를 철수해야만 했을 때는 이미 행방불명된 상태였지. 혼자만 남겨진 거야. 미코는 분명 그 군인이 죽은 참호를 떠나고 싶지 않았던 거라고 생각해.

그런데 운이 나쁘게도, 그 후에 온 미국 군인에게 들켜서 말이야. 강간을 당한 후, 사살되고 말았어…….

있지, 너는 어느 쪽이 나쁘다고 생각하니. 누가 제일 나쁜 것 같아. 미국 군인이랑 야마토 사람 그리고 오키나와 군인……. 그것도 아니면 전쟁 중에 사랑을 했던 미코가 나쁜 걸까? 있잖아, 너는 어느 쪽이 나쁘다고 생각해?

오키나와 땅에는 말이야. 아직도 많은 유골들이 방치된 채로 남아있어. 미코 같은 유골이 말이야……. 너는 불쌍하다는 생각이 들지 않는 거야? 불쌍하다고 생각하지 않아? 성불하지 못하는 마부이를 위로해 줄 생각은 없는 거야?

6

케이지가 미군기지에서 일하기 시작한 것은 마침 베트남전이 시작되던 1960년대 중반이었다. 기지에는 병사들의 살기 어린 모습이 넘쳐났고, 전장의 분위기가 그대로 스며들어 긴장감이 나돌았다.

오키나와 사람들은 미군기지에서 건축물 청소와 레스토랑 서빙 혹은 쇼핑센터 직원과 일반 사무직원, 나아가 전기, 기계, 정비 등의 기술직원과 일반 노무 등 다양하게 종사하고 있었다. 케이지는 보안 경비 업무를 타진 받았지만, 망설임 없이 고개를 끄덕이고 그 직원으로 채용되었다.

보안 경비 업무는 기지 게이트 경비, 건물이나 창고 등의 순찰 경비, 더 나아가 소방이나 보안·범죄 조사 등의 협력이었다. 케이지는 주로 병기 창고 등을 순회하거나 장교 등이 살고 있는 소위 가족 부대라고 불리는 주택가의 순찰·경비를 명령받았다.

몇 년이 지나고 일에도 익숙해지자, 기지에서의 일은 섬에서의 어부 일에 비하면 지루할 정도로 편하고, 별다른 고생도 없었다. 굳이 힘든 것을 고르자면 기지가 주야간 24시간의 경비체제였기 때문에, 겨울의 새벽 추위 정도였다. 오히려 여름에는 밤 근무가 더 기다려졌다. 시원한 바람을 맞으며 만천하의 별을 바라보며 동료들과 함께 순회하는 근무는 매우 즐거웠다.

하지만 근무에 익숙해지자, 케이지는 조금씩 이명과 환각에 시달리게 되었다. 등 뒤에서 늘 누군가가 부르는 듯한 착상에 몇 번이나 사로잡혔다. 또 여러 번 가위에 눌린 것처럼 꼼짝도 하지 못한 채 식은땀을 흘렸다.

케이지가 때때로 그러한 체험이나 신체의 건강을 호소하면, 동료들은 웃으며 케이지를 놀려댔다.

"케이지는 신기가 있으니까. 여자 무당은 들어본 적이 있지만, 너라면 남자 무당이 될 수 있을지도 몰라. 먼저 장사를 시작하기 전에 장교 부인 중에서 우리와 자고 싶어 하는 사람이 누구인지 판시해 주지 않을래? 그게 맞으면 너는 훌륭한 남자 무당이 될 수 있을 거야. 번영할 거라고."

케이지의 동료들은 그런 추잡한 말을 하면서 케이지를 놀렸다.

그러나 그렇게 말하던 동료들이 기지 안에 있는 무덤이 불도저로 묻힐 뻔했을 때는 깜짝 놀랄 수밖에 없었다. 케이지의 예언 대로였기 때문이었다. 케이지 자신도 그 예언이 현실로 일어난 것에 대해 적잖이 놀라 보였다.

공사 현장에 케이지와 보안요원들이 달려갔을 때는 이미 많은 인파가 모여 있었다. 병사들은 지주나 묘주에게 허락을 받았음을 설명하고, 작업을 중단할 기색은 전혀 보이지 않았다. 무리 속에서 몇몇 사람이 앞으로 나와, 병사들에게 욕설을 퍼붓기 시작했다. 그 중에는 한 여성이 섞여 있었고, 앞으로 나아가서 작업하는 병사들에게 필사적으로 중지를 호소하는 모습이 눈에 띄었다. 그 여자는 기지 노동자들의 반전 집회 등에서 몇 번인가 본 얼굴이었다. 분위기가 험악해졌고 몸싸움이 벌어졌다. 케이지와 보안요원들이 사이에 끼어들었다. 케이지는 무의식중에 그 여자를 감싸는 행동을 하고 있었다. 그러나 케이지와 보안요원들의 노력에도 불구하고, 소동은 점점 커졌고, 여성은 인파 속에서 밀려 넘어져, 바닥에 팔이 쓸려 피를 보이고 있었다. 잠시 작업은 중단됐다.

그로부터 며칠 후, 케이지는 기지 내의 레스토랑에서 그 여자를 만났다. 붕대를 감은 팔을 보고, 케이지는 제대로 처신하지 못해 다치게 한 것에 대해 사과했다. 여성은 기지 사무원으로 우편물이나 통관 등의 업무에 종사하고 있었다. 이름은 다에라고 했다. 그 때부터 교제가 시작되었다.

다에는 전군노[全軍労] 활동가였다. 그 후에도 기지 내에서 위험을 무릅쓰고 반전 집회 등에 참가하여, 노동 조건의 개선 등을 호소하는 조합의 전단을 계속 나눠주고 있었다. 케이지는 직접 집회에 참여하지는 않았지만, 그것을 멀리서 바라보고 있었다.

70년대가 되자, 오키나와에서는 복귀 투쟁과 연동하여 대규모 반전 집회가 종종 개최되었다. 기지 노동자도 이에 호응하여 피켓을 치고 파업을 하며 참가했다. 미군 지배자로부터는 그때마다 보복 조치로 군 고용원 해고가 이뤄졌다. 이윽고 대폭적인 인원 감축이 실행되었고, 다에도 그 대상이 되어 직장에서 쫓겨났다.

케이지는 그런 다에를 계속 지켜보고 격려해 왔다. 다에가 기지 밖 슈퍼에서 파트타임으로 일하게 되고 나서도 그 관계는 변하지 않았다. 두 사람은 같은 나이였다. 이윽고 결혼하고 가정을 꾸렸다.

"유코아빠도 옛날에는 참 자상했는데……. 지금은 나보다 기원하는 일이 더 중요한 것 같아. 나는 괜찮지만, 적어도 아이들의 마음만은 소중히 생각해 줘."

다에는 짜증을 내지도, 화를 내지도 않고 이따금 케이지 앞에서 불만을 쏟아냈다. 케이지는 그런 다에를 보고 기지에서 근무할 당시의 쾌활하고 행동적이던 다에를 떠올렸다. 세월이 사람을 180도 바꿔버린다고는 생각하지 않지만, 만약 다에가 바뀌었다면 그 대부분은 케이지에게 책임이 있을 것이다. 케이지는 왠지 미안한 생각이 들었다.

물론 다에는 지금도 가끔 시민집회 등에 참가하러 나가고는 한다. 그것에 대해 케이지는 지금도 경의를 표하고 있다. 오키나와의 현 상황은 다에나 케이지가 미군기지에서 일하고 있을 무렵과 비슷했다. 복귀 전과 복귀 후가 크게 달라지지 않았다. 여전히 미군기지는 존재하고, 미군에 의한 범죄도 줄어들 기미가 보이지 않는다. '좋은 이웃'이 되고자 했던 미군에게 부녀자가 폭행을 당하고, 택시 기사가 공갈을 당하고 살해당한다. 전쟁으로 이어질 기지 강화에 항의하는 현민의 목소리는 여전히 국가 권력 아래서 무산되고 있었다.

하지만 뭔가 착실하게 변해가는 것 같기도 하다. 소리를 내며 망가져 가는 것이 있는 것 같기도 하다. 거리는 스마트해지고 핸드폰은 필수품이 됐다. 복귀 직후에 이주해 오는 자위대원과는 절대로 결혼시키지 않겠다는 결심을 띤 부모들의 감정 또한 빛바래 저 멀리 사라지고 있다. 사망자들을 애도하는 절목 행사 증답품도 택배로 보내진다. 이렇게 변해가는 것을 모두 시대 탓으로 돌려도 되는 것인가. 케이지는 이 일에 조금 위화감을 느끼고 있었다.

다에는 전쟁 당시 격전지가 되었던 오키나와 남부 출신이다. 다에의 부모님과 가족들은 모두 전쟁에서 목숨을 잃고 말았다. 친척은 아무도 남아있지 않다.

"나는 말이야, 전쟁에서 살아남은 자들의 목소리가 커지는 것에 비해서, 죽은 자들의 목소리는 빼앗기고 있는 것만 같은 기분이 들어. 모든 것이 잊혀 가는 것만 같은 그런 기분이 들어……."

다에와 연애를 하던 시절, 데이트 도중에 한 말이다. 케이지는 이 말을 듣고 다에와의 결혼을 결심했다. 또 현재의 케이지의 행위에 불만을 표하면서도, 다에가 케이지의 곁을 떠나지 않는 이유일 것이다. 당시 케이지의 몸 상태를 걱정해서 하는 말이었지만, 케이지 또한, 자신의 조바심은 의외로 이런 곳에 있지 않나 싶기도 하다.

케이지는 다에와 결혼하고 나서도, 마부이의 목소리에 계속 시달렸다. 오히려 그 목소리는 점점 커져만 갔다. 언제나 열이 오르는 몸을 안고, 심한 두통을 느끼게 되었다.

케이지의 불안은 결국 적중했다. 컨디션이 나빠져, 일을 계속하는 것이 힘들어졌다. 여러 병원을 방문하여 진찰받았으나 원인은 알 수 없었고, 컨디션도 회복되지 않았다. 둘째 아이가 생기고 몇 년 후, 케이지는 큰맘 먹고 20년 가까이 계속 일하던 군 고용원을 그만두었다. 이윽고 케이지는 마부이의 목소리가 원하는 대로 여러 산을 거닐며 동굴을 찾아다녀 유해를 수습하기 시작했다. 현이나 국가, NPO 법인 등이 주최하는 유골 수집 작업에도 몇 번인가 참가했다. 그럴 때는 다수의 유골을 수습하기도 했지만 마부이의 목소리는 가라앉지 않았다.

7

있지, 인간에게는 말이야. 여러 가지 불행한 일이 일어나고는 하잖아. 그 불행이 없어지지 않는 한, 무당도 없어지지 않을 거라고 생각해. 무당이라는 호칭은 바뀔지도 모르겠지만 말이야. 나도 무당이라는 호칭을 별로 좋아하지 않아. 하지만 달리 부를만한 호칭이 없으니까. 만물박사라고 부르는 호칭도 딱히 와닿지 않고. 신인神人은 좀 오바하는 것 같고. 오래된 말이지만 역시 무당이 가장 괜찮은 것 같아.

무당이 없어지지 않을 거라고 생각하는 이유는 분명히 있어. 왜냐면 인간이 죽는다는 것은 영원히 계속되는 거잖아. 태어난 이상 결국엔 다 죽으니까. 무당은 사후세계와 이 세계를 잇는 연락망 같은 거야. 그러니까 인간이 태어나고 죽는, 그런 세계가 계속해서 반복되는 한, 무당은 없어지지 않을 거라고 생각해.

무당이 된 사람들은 자기가 되고 싶어서 된 게 아니야. 우선 저승으로부터의 교시가 있어야만 될 수 있어. 저승의 소리와 조상의 마부이 소리를 들을 수 있는 사람만이 무당이 되는 셈이지. 그다음에는 그 목소리가 가르쳐주는 대로 기원을 할 뿐이야.

물론 누구나 저승의 목소리를 들을 수 있는 것은 아니니까. 신내림을 통해 그 사람에게 알리기도 하고, 불행을 체험하기도 하면서, 그것을 극복할 수 있는 강한 힘을 가지게 되는 사람만이 무당이 될 수 있어. 무당은 말하자면, 천직이라고 생각해.

그래서 무당이 되는 사람들은 여러 가지 불행을 겪고 있는 사람이 많아. 질병이나 가난, 사고나 가족과의 사별, 이혼……. 뭐, 그런 종류의 불행 말이야.

그래도 말이야, 가끔은 신내림도 받지 않은 사람이 무당이 되기도 해. 자신이 겪고 있는 고통이 어쩌면 조상의 기원과 관련되어 있을지도 모른다는 생각에 본가에 배례를 하러 갔다가, 갑자기 선조의 마부이로부터 영능을 받아서, 무당이 되었다고 하는 사람도 있어.

신기를 갖고 태어난 아이는 어릴 때부터 그냥 어렴풋이 알잖아. 병약하거나, 마부이를 보거나, 행동도 보통 아이와 다른 점이 있으니까 말이야. 그런 아이가 대개는 마부이가 들어와서 무당이 되는 경우가 많아. 가족들은 어느 정도 각오를 하고 있겠지만, 신내림이 시작되면 그야말로 난리가 나는 거지. 무슨 말인지도 모를 말을 하거나, 목소리마저도 변하니까 말이야. 들린 마부이가 무당의 수호령인 셈이야.

수호령 알지? 수호령이라고 하면 말이야, 그 수호령이 무당을 만들고, 또 무당을 도와주는 역할을 해. 어느 무당에게나 반드시 수호령이 붙어 있으니까. 무당이 의뢰인의 판시를 할 때, 영시를 주는 것이 수호령이야. 수호령은 영계와의 창구에 해당하는 마부이라 할 수 있지. 수호령은 대체로 그 무당과 연관이 깊은 조상령이 많아.

무당은 아주 먼 옛날부터 있었지만 말이야, 무당의 판시는 인심을 미혹시킨다고 전해져왔어. 그래서 각 시대의 지배자로부터 억압도 받고, 죽임도 당하고 그랬어. 옛날부터 세어보면 많은 무당들이 희생당해온 것 같아. 슈리 왕부 때부터, 메이지 시대부터……. 물론 전쟁 전에도, 전쟁 도중에도 말이야. 무당 사냥이라는 명목하에 누명을 쓰고 죽임을 당하거나, 경찰에 붙잡혀 감옥에 가거나, 고문을 당하기도 했지.

내가 살아있던 전쟁 직전에는 말이야. 전에도 얘기한 적이 있었던 것 같은데, 마침 무당 사냥이 심해지던 시기였어. 무당을 찾아서 밀고한 자에게는 상금도 주었었지. 내가 엄마와 둘이서 산속 동굴에 숨어 들어가게 된 것도 바로 그 무렵이야. 전쟁에서 이기기 위한 정보 단속의 하나였다고 생각하지만 말이야. 오키나와 본토만 해도 이삼백 명은 검거되어서 감옥에 갇혔던 것 같더라고. 그래서 아빠랑 엄마도 무척이나 걱정하시고, 나를 산속에 감춘 거지.

하지만 당시 나는 고작 14살이었어. 스파이에 대한 것도, 무당에 대한 것도, 아는 거 하나 없는 그냥 어린애였지. 아빠도 엄마도 내 신내림은 병 같은 것이라고, 금방 나을 거라고 생각했던 게 아닐까. 하필 마침 내가 신내림을 받아서 영문 모르는 말을 하다가 마을 사람들에게 들켜버렸었거든. 그래서 아빠와 엄마는 어쩔 수 없이 나를 산속에 숨길 결정을 한 것 같아. 물론 엄마는 가끔 마을로 돌아가곤 했어. 하지만 냄비도, 솥도, 소금도, 쌀도, 감자도, 다 가지고 산으로 들어갔었으니까. 밥도 산에서 해 먹었지.

엄마와 함께 참호에서 나와, 쌀을 씻으러 강으로 내려갈 때가 가장 즐거웠어. 전쟁이라는 것도 잊어버릴 정도로 말이야. 새들은 아침 일찍부터 지저귀고 있었지. 아무리 빨리 일어나도 새들한테는 이길 수가 없었어. 사실 지저귄다기보다는 시끄러울 정도였어. 근데 조용히 듣다 보면 한 마리, 한 마리의 울음소리에 차이가 있거든. 나중에는 울음소리만으로도 새를 알아보는 능력도 생겼지. 즐거웠어. 여름에는 매미가 맴맴 하며 바쁘게 몸을 떨어가며 울고 말이야…….

강에서 강새우와 게를 잡아서 튀김도 해 먹었었지. 참, 뱀장어를 잡은 적도 있었어. 내가 잡았지. 엄마는 강에 장어가 있는 것을 발견하고서는, 어라, 키요, 키요, 잡아라, 라고 말하며 놀라서는 털썩 주저앉으셨지. 물속에 주저앉아있는 모습이 얼마나 우스꽝스러웠던지…….

엄마는 나를 위해 마을과 산속을 왔다 갔다 하며 두 살림을 했었는데, 대부분 나와 함께 있어 주었어. 오빠와 언니도 다 성인이었으니까 가능한 일이었겠지. 오빠와 언니에게도 폐를 끼쳤어…….

내 생각에는 말이야, 마을 사람들도 내가 산에 숨어 살고 있는 것을 어렴풋이 눈치채고 있었을 거야. 하지만 아무도 발설하지 않았지. 마을로 군인들이 찾아와서 따져 물었다면 또 사정은 변했을지 모르지만. 우리 마을까지는 군인들이 좀처럼 쳐들어오지 않았거든. 본섬 북부에서도 특히 외진 마을이었으니까. 그러니까 구청장님도 가만히 있어 주신 거겠지.

그런데 말이야, 어느 날 군인들이 근처 마을까지 쳐들어온 거야. 그 마을 사람들이 사투리를 썼다는 이유로 스파이 혐의를 받았거든. 미군과 내통하고 있다면서 많은 마을 사람들을 해변으로 불러 모아, 머리 위로 수류탄을 떨어트렸지. 모두 그 자리에서 즉사했어…….

아니 이런, 나도 수다쟁이가 다 됐네. 쓸데없는 말을 너무 많이 하면 사람들이 싫어한다던데. 네 앞에 있으니까 그만 긴장이 풀려 버려서 말이야. 비슷한 이야기를 몇 번이고 반복해서 하게 되네. 옛날이야기까지 시작해서는.

나는 이제 왠지 네가 남남이라고 생각되지 않아. 조상을 소중히 생각해 줘. 할아버지도, 할머니도, 아버지도, 어머니도, 잊어서는 안 돼. 죽은 사람을 잊어서는 안 돼. 기도해 줘…….

8

"유코아빠……, 오늘은 나도 같이 갈까……."

다에가 전에 없던 웃는 얼굴로 케이지에게 말을 걸어왔다.

"놀러 가는 거 아니고, 유골 찾으러 가는 거야."

"알고 있어……. 오늘은 오랜만에 휴가도 받았겠다, 유코아빠가 하는 일 한번 봐두고 싶어. 싫으면 어쩔 수 없고……."

"싫은 건 아니야."

"그래, 그럼 같이 가도 되는 거지?"

"뭐, 나쁠 건 없지만……."

"괜찮지?"

"응……."

"아, 다행이다. 거절당할까 봐 조금 걱정했었는데……. 주먹밥이라도 만들어야겠다."

다에가 기쁜 듯이 부엌에서 주먹밥을 만들기 시작했다. 케이지는 다에의 뒷모습을 보고, 몸이 조금 작아진 것 같다고 생각했다.

그러한 사실을 깨닫고는 황급히 눈을 돌렸다.

"유코아빠, 된장이랑 매실장아찌 중에 뭐가 좋아? …… 아 어느 쪽이라도 상관없으려나……."

다에는 케이지가 대답도 하기 전에 혼자 결정하고서는 웃음을 지어 보였다. 역시 소풍이라도 가는 기분처럼 들떠 보였다. 케이지는 그래도 괜찮으려나, 하고 생각했다.

둘이서 외출하는 것은 실로 오랜만이었다. 자신의 이기를 용서해 주고 있다. 이 일에 떳떳지 못한 생각이 들지 않는다면 거짓말이다. 오늘은 그 속죄이다. 그렇게 생각하니 웃음이 절로 나왔다.

케이지는 거의 격전지가 된 남부 해안가나, 덤불 속을 중심으로 동굴이나 유골을 찾는 일을 하고 있었다. 머리맡에 나타나는 마부이는 본섬 북부 출신으로, 야마토 군대와 함께 참호 안에서 죽었다고 말해왔다. 그 말을 단서로 해서 시마지리나 남부의 격전지터를 중심으로 찾고 있었다.

그러나 다에와 함께 남부 해안가의 벼랑을 오르내리는 것은 위험한 것 같아, 케이지는 오랜만에 장소를 바꿔야겠다고 생각했다. 처음 시작할 때 자주 들렀던 중부의 K공원 주변이나 그 공원을 둘러싸고 흐르는 강가나 안을 찾아보려 했다. K공원이라면 케이지네가 살고 있는 기노완시와도 가깝다. 아이들이 학교에서 돌아오기 전에 집에 도착할 수 있을 것이다. 그곳 또한 슈리 사령호를 목전에 두고 수개월에 걸쳐 미군과의 공방이 계속된 오키나와전의 격전지였다.

K공원에 도착하자, 다에보다는 오히려 케이지가 소풍 온 기분이 되어 있었다. 다에와 둘이서 이대로 영화관에 가고 싶다는 생각이 들었다. 그런 들뜬 기분을 다에에게 말하자, 노려보며 타박을 했다.

공원 절벽 아래에 있는 나무들은 울창하게 우거져 있고, 썩은 냄새를 풍기는 강물은 회흑색으로 탁해져 있었다. 그러나 케이지는 그 물소리를 듣는 것만으로도 다른 세계에 와 있는 것만 같은 기분이 들었다. 눈을 감으면, 맑은 물이 흐르고 있는 것만 같은 착각마저 들었다.

다에와 둘이서 목장갑을 끼고, 그 물소리를 들으면서 강변을 따라 걷다가, 나무 사이를 헤치고 들어갔다. 경사면의 둑과 나무들을 헤치듯 걷고 있을 때, 케이지는 이상한 기분을 느꼈다. 혹은 뭔가에 이끌렸을지도 모르겠다.

"다에!"

케이지가 무심결에 목소리를 높였다. 풀고사리와 알로카시아의 큰 가지 잎 뒤에서 동굴 입구를 발견한 것이다.

"다에! 여기에 동굴이 있어!"

케이지가 큰소리로 다에를 불렀다. 시야를 좋게 하기 위해서 허리에 찬 낫으로 황급히 주위에 있는 나무와 알로카시아 잎을 베어냈다. 가주마루의 구부러진 기근이, 동굴 입구를 감추듯 늘어져 있었다.

다에가 헐떡거리며 찾아왔다. 눈을 크게 뜨고 소리를 질렀다.

"와 대단해……. 해냈어, 유코아빠. 설마 정말로 발견할 수 있을 거라고는 생각 못 했는데. 정말로 찾았구나……."

다에는 흥분한 표정으로 땀을 닦으며 케이지에게 말했다. 나뭇가지 사이로 햇빛이 드문드문 새어 나와, 다에의 이마와 참호의 입구를 비추고 있었다.

"구旧 일본군의 진지호일까……."

다에는 허리를 굽히고 입구를 바라보았다.

케이지가 조용히 고개를 끄덕였다. 설마 이런 곳에서 구 일본군의 진지호를 찾아낼 수 있을 거라고는 생각도 하지 못했다.

케이지는 이 우거진 숲속을 헤치고 들어간 것이 우연이 아닌 것 같다고 생각했다. 오늘따라 다에가 함께 가자며 말을 꺼내온 것도 뭔가 자신의 힘이 닿지 않는 운명 같은 힘이 작용한 것은 아닐까, 그런 감회에 사로잡혔다.

"조금 안으로 들어가 볼까……."

케이지는 머뭇거리는 다에의 손을 잡고, 손에 든 손전등 불빛에 의지하면서 참호 안으로 들어갔다. 십수 미터 정도 나아가니, 금방 녹이 슨 불발탄들이 보였다. 역시 진지호가 있었던 터가 맞는 것 같았다. 더 나아가니, 벽면을 네모나게 도려낸 작은 방들이 여러 개 나왔다.

계속해서 더 깊은 곳을 향해 나아가자, 둥글고 커다란 광장이 나왔다. 손전등을 비추자, 반짝반짝 빛나고 있는 작은 유리 조각을 발견했다. 무의식적으로 다가가서 쪼그리고 앉아 손으로 파내고,

흙을 털어냈다. 손거울의 깨진 파편과 셀룰로이드로 만든 붉은색 작은 비누통이었다. 비누통 뚜껑에는 가는 글자가 새겨져 있었지만, 확실히 읽어낼 수는 없었다.

케이지는 거의 넋을 잃고 있었다. 흥분되는 마음을 억제하면서 주변 흙 속에 손을 집어넣었다. 흙은 모래와 같이 고운 입자로 매우 부드러웠다. 이윽고, 손끝에 이질적인 감촉이 전해졌다. 케이지는 떨리는 듯한 마음으로 조심스럽게 땅을 파냈다.

"다에……, 찾았어. 유골이야, 두개골이야……."

다에가 케이지 옆에서 숨을 삼켰다. 케이지의 이마에 송골송골 맺힌 땀이 땅으로 떨어졌다. 뼈는 흙으로 돌아갈 정도로 취약해져 있었다.

케이지는 천천히 두개골을 쓰다듬었다. 이것이 바로 지금까지 수년간 찾아 헤맨 유골이라고 직감했다. 동시에 감회가 새롭고 경건한 마음이 엄습했다.

"틀림없어……. 아마도 이 참호는 전후 한 번도 발견되지 않았어. 손이 닿지 않은 채 그대로 남아있던 호야."

"……그러네, 유코아빠의 노력이 드디어 빛을 발했어. 분명 더욱더 많은 뼈가 나올 거야. 공양해 줄 수 있겠다. 너무 잘 됐다 유코아빠."

"응, 다행이야……. 전후 60년……, 그런데도 아직 발견되지 못한 참호가 있었어. 포기하지 않고 계속 찾은 보람이 있었어……."

케이지는 마부이의 목소리를 떠올렸다. 격려해 주는 목소리를 믿어서 정말 다행이라고 생각했다.

“그럼 유코아빠. 이제 이 이상 더 나아가지 말자. 시청에 전화해서 발굴 조사를 부탁하자. 물론 유코아빠도 입회하고……. 그럼 되겠지?”

케이지가 다에의 말에 고개를 크게 끄덕였다. 그리고는 살며시 두개골을 놓고, 둘이서 손을 모았다. 오랜 침묵의 시간이 흐른 뒤, 케이지가 일어나서 다에에게 말했다.

“다에……, 정말 다행이야. 네 덕분이야.”

“그러게, 정말 다행이다…….”

다에도 일어나서 눈물을 훔치고는, 미소를 띠며 케이지 옆으로 다가섰다. 그리고 케이지의 팔을 잡아 몸을 가깝게 붙이고는 걷기 시작했다.

다음 날부터 곧바로 시에서 조사를 시작했다. 물론 유골을 발견한 후에, 케이지가 하루라도 빠른 조사와 공양을 부탁했기 때문이다.

시청 직원들은 현장을 보고 믿을 수 없다는 표정을 지어 보였다. 그리고 케이지의 뜻대로 곧바로 수습 작업에 들어가기로 약속했다. 게다가 유골의 발견을 알게 된 현 당국이 수습 작업을 지원해 주었다.

우선 참호 내의 안전 확인을 위해서, 자위대와 현 당국이 참가하여, 약 일주일 정도 신중하게 조사를 진행하였다. 그 후, 경찰이나 시 직원을 동원하여 동굴 깊숙이까지 유골을 발굴하는 작업이 조심스럽게 진행되었다.

케이지나 다에가 예상한 대로 약 20여 구의 유골이 발견되었다. 지역 신문에는 케이지에 대한 이야기가 소개되었고, 동굴에서 수습 작업을 하는 사진이 올라왔다. 시와 현은 유골을 확인하기 위한 정보를 신문이나 라디오를 통해 내보냈다. 케이지는 일약 스타가 되었다. 마부이와의 약속을 지켰다고 생각하면 미소가 절로 흘러나왔다.

9

아이고, 잘했어 고마워. 드디어 찾아줬구나. 네 노력 덕분에 우리는 구원받을 수 있게 되었어. 역시 인간은 믿는 것이 중요한 것 같아. 믿길 잘했어…….

난 너를 처음 봤을 때부터 이날이 올 거라고 믿고 있었어. 약속을 지켜줄 줄 알았지. 뭐니 뭐니 해도, 네 눈빛이 달랐으니까. 신기를 갖고 있는 사람의 눈빛이었거든. 너는 인간의 불행을 이해해 줄 수 있는 사람일 거라고 바로 알았어.

사실은 말이야, 나는 이 세상과 저세상이 하나여도 좋을 것 같아. 이상한 소리를 하는 할머니라고 생각하고 있지. 맞지? 나는 할머니가 아니야. 마부이야.

근데 저승과 이승을 하나의 세상으로 연결해버리면, 불행을 계속 짊어지게 될 테니까. 이 세상에서도 저세상에서도 살아가는 게 괴로울 거야. 그러니까 저세상은 존재하는 편이 좋겠지. 이 세상에서의 불행은 이 세상에서 끝내는 게 좋아.

그리고 말이야, 두 개의 세상이 있다는 걸 알리는 건 중요하다고 생각해. 그 역할을 하는 게 무당이야. 죽은 사람을 잊지 않고, 이승과 저승의 가교 구실을 하는 거지. 네가 그 역할을 맡아주었으면 해.

무당이 된다고 하더라도 걱정할 건 아무것도 없어. 판시를 하는 건 너지만, 너는 너의 힘을 믿기만 하면 돼. 너의 힘으로 동굴을 찾아냈듯이, 그 힘을 믿는 거야.

물론 무당 중에서는 판시를 할 때, 여러 가지 도구를 사용하는 무당도 있어. 쌀이라든지, 주판이라든지, 젓가락이라든지, 선향이라든지……. 그런 것들을 이용해서 판시를 하는 무당도 있지. 각자 자신의 수호령과 만날 수 있는 방법은 여러 가지가 있으니까.

하지만 너는 그냥 기원만 하면 돼. 행복해지고 싶어 하는 모두의 마음을 들어주고, 불행을 없애 주고 싶다고 기도하는 마음, 그것만 있다면 분명 무당으로 성공할 수 있을 거야. 넌 분명 훌륭한 남자 무당이 될 거야. 내가 보증해. 남자 무당은 적으니까, 세상 사람들이 소중히 여겨 줄 테지. 하지만 최종적으로 무당이 될지 말지를 결정하는 것은 너 자신이니까.

한 번만 더 말할게. 나 같은 마부이가 이 오키나와에 무척이나 많아. 아직 방치되어 있는 유골이 무척 많으니까……. 다들 기다리고 있는 거야. 살아 있는 사람들에게 주워지기를 말이야. 원망도 하지 않고, 그냥 조용히 어두운 땅속에서 기다리고 있는 거야. 그냥 그러하다는 것을 잊지 말아 줘…….

나는 네 덕분에 행복해질 수 있어. 내 마부이는 네 덕분에 성불할 수 있게 되었어. 난 전후 60여 년 동안이나 성불하지 못했으니까. 무척이나 힘들었지. 쓸쓸했고, 괴로웠어……. 그걸 네가 도와준 거야.

난 이제야 겨우 내 기억을 네게 맡기고 영계로 갈 수 있게 되었어. 그렇게 생각하니 눈물이 다 나오네. 이것도 다 네 덕분이야. 감사하게 생각하고 있어. 이제부터는 네가 필요로 할 때만 나올게. 지금까지는 내 멋대로 내가 좋을 때에만 네 앞에 나타났지만, 이제는 안녕. 고생 많았어. 그런데 내가 네 앞에 나타난 게 꿈이었는지 현실이었는지 알고 있어? 어느 쪽이었던 것 같아? 아이고, 모르겠어? 큰일이네. 바로 숙제가 생겨버리다니. 스스로 생각해보라고. 이제 안녕이니까.

헤어지는 김에 하나만 더 말해 두고 싶은 게 있는데, 조금만 더 들어줘…….

나는 말이야, 엄마가 돌아가신 후, 산을 벗어나 나하로 넘어갔다고 말했었지. 새끼줄을 묶어두었던 나뭇가지가 부러진 탓에 목숨을 건지고 나서는 웬일인지 본섬 북부 산속에서는 죽고 싶지가 않더라고. 적어도 나하 마을은 한번 보고 나서 죽어야겠다고 생각했지. 미코도 나하에 있는 학교에 다니고 있다고 들었으니까. 더 이상 참을 수가 없어서 아빠 몰래 도망쳐버렸어. 사흘 밤낮을 계속 걸어서 겨우 나하에 도착했지.

나하는 아름다웠어. 시장에는 사람이 많았지. 어디서 이렇게 많은 사람들이 나오는 건지, 신기하다고 생각했어. 그런 생각을 하면서, 나는 거리에서 정신을 잃었어…….

내가 쓰러져 있는 것을 발견하고 친절하게 간호해 주던 사람이 있었는데, 그게 바로 유곽의 마담이었어. 나는 건강해지고 나서 그 사람에게 은혜를 갚기 위해 유곽에서 일을 했었거든. 즐거웠어……. 연극도 영화도 보고, 군함도 비행기도 봤어. 판시도 조금 했었고. 그런데 얼마 안 있어 전쟁이 일어났잖아. 그래서……, 그래서 말이야, 많은 사람들에게 더 이상 도움을 줄 수 없었지…….

그래도 말이야, 나도 미코 못지않게 열심히 했어. 나는 유곽에 있었기 때문에, 남자를 위로하는 일밖에는 할 수 없었지만 말이야. 많은 군인들이 내 위에서 눈물을 흘리며 지나갔어. 수염이 많았던 군인도, 머리가 희끗희끗했던 군인도 말이야. 모두 울면서 내 안으로 들어왔지. 다들 귀엽더라. 그리고 불쌍했어…….

난 말이야, 군인들을 따라 참호 안까지 들어갔었어. 모두가 너무 가여웠지……. 대장님이 여러 번 참호 밖으로 쫓아냈지만, 내가 너무 집요하게 부탁하니까, 결국 허락해 주셨어. 네놈은 함께 죽어도 좋냐고 물어오길래 냉큼 고개를 끄덕였어.

그랬더니 대장님의 눈에 눈물이 그렁그렁 맺히는 거야. 그래, 그럼 다 같이 죽자며 따뜻하게 말해주셨지. 왠지 모르게 아빠 생각이 나서, 대장님 품에서 큰 소리로 울고 말았어.

군인들은 말이야 모두 나에게 상냥했어. 그 정도로 나를 따뜻하게 대해준 사람은 태어나서 처음이었어…….

네가 주운 그 손거울과 빨간 비누통 말이야. 그건 내 거야. 유곽에 있을 때, 마담에게 선물 받았어. 여자는 언제나 몸가짐을 조심하고, 몸을 청결하게 유지해야 해. 그건 전쟁 중에도 마찬가지야, 라는 말과 함께…….

처음으로 남자를 맞이하는 날에……, 그 비누통과 손거울을 받았어. 계속 소중히 보관하고 있었지. 본섬 북부 산속에 있을 때에 비누통 같은 건 본 적도 없었는데 말이야. 유곽의 마담도 나하가 공습을 당했을 때 죽고 말았어…….

나는 말이야, 마지막 날에 참호 안에서 모두 함께 죽기로 결정한 날에……. 그날 하루에만 몇 명의 군인들에게 안겼을까. 안겼다고 해도 군인들은 그저 내 몸을 어루만지며 눈물만 흘릴 뿐이야. 좋은 냄새가 난다. 비누 냄새가 난다고 말하면서, 그냥 그렇게 모두 눈물만 흘렸지. 참호 속까지 비누를 가지고 와서 정말 다행이라고 생각했어. 군인들은 말이야, 나를 위해서라며 세면기의 물을 모두 번갈아 가며 떠다 주었어…….

마지막에는 대장님의 신호로 수류탄을 폭발시켜 다 함께 죽었지. 산속에서 혼자 죽는 것보다 몇 배나 행복하다고 생각했어…….

그리고 말이야……, 또 하나 비밀이 있어. 너를 키워준 섬 할머니 말이야. 그 할머니의 할머니가 사실 우리 할머니의 할머니이기도 해. 믿어져? 너와 내가 피로 연결되어 있는 거야…….

믿을지 믿지 않을지는 네가 결정할 일이지만, 이게 바로 내가 마지막으로 하고 싶었던 말이야. 난 이제 아무 여한이 없어. 저 빨간 비누통은 내가 너에게 주는 선물이야. 오쿠마 키요라는 글씨가 보일 거야…….

힘내. 좋은 남자 무당이 되어서 모두의 불행을 없애줘. 나를 잊지 말아 줘. 전쟁에서 죽은 사람도 잊지 말아 줘……. 그럼 안녕…….

10

케이지는 다에의 메모를 받고는 쓴웃음을 지으며 한숨을 내쉬었다. 다에도 미소를 지으며 말을 꺼냈다.

"정말……, 어디서 들은 건지. 전화가 자꾸 오더라고. 사모님 남편분이 신기가 있다고 들었습니다. 판시와 마부이가 자유로울 수 있도록 기원을 하신다고요. 제발 부탁드려요, 라면서."

"……."

"어떻게 말해야 할지 순간 나도 곤란해져서 말이야……. 전해드리겠다고 말하고, 메모에 적어놨어."

"그런 말을 들어도……. 나는 무당도 아니고 곤란하네……."

"그러게, 나도 곤란하더라고. 다시 전화 오면 어떻게 말해야 할까?"

케이지는 말을 잇지 못했다. 그렇게 물어와도 어떻게 하면 좋을지 모르겠다. 마부이가 말한 대로 인간의 불행을 없애고 싶다. 모두가 행복해지면 좋겠다. 그것이 케이지의 소원이기도 하다. 그것만은 확실하다.

하지만 그것을 위해 무당이 되는 것은 별개의 문제이다. 마부이는 자신이 언제나 뒤에 있을 테니 걱정하지 말라고 했다. 무당이 되겠다고 결심해 준다면 자기가 수호령이 되겠다고도 말해주었다. 판시를 하고 마부이를 달래 주는 것이, 마부이가 케이지에게 가지는 기대라는 것은 충분히 알고 있다. 그리고 그것을 원하는 사람들이 많다는 것도 조금씩 알게 되었다.

그러나 케이지에게는 무당이 되는 것을 망설이게 하는 무언가가 있다. 자신을 위한 노고는 마다하지 않지만, 다른 사람에게 기원을 강요하는 것에는 아직 어딘가 망설여진다. 아니, 그것만으로는 정확하지 않다. 왠지 모르게 정체를 알 수 없는 커다란 응어리 같은 것이 케이지의 마음속 깊은 곳에 남아있는 것 같았다.

케이지의 꿈속에서도 현실에서도 마부이는 다시 모습을 드러내지 않았다. 또 키요시도 특별히 원하지 않았다. 그러나 무당이 될 것인가에 대한 판단을 좀처럼 내릴 수 없었다. 한 달 남짓 잠 못 이루는 날들이 이어지고 있었다.

"잠시 생각해볼게……."

케이지가 생각을 떨치고서는 다에에게 대답했다. 다에는 웃으며 케이지를 보았다.

"그래, 그렇게 해. 근데 진짜 잠깐만이야. 너무 오래는 못 기다려."

다에가 약간 장난스럽게 웃었다. 케이지는 그런 다에를 보면서 자기가 무당이 된다면, 다에는 어떻게 생각할까. 물어보고 싶었지만, 그 충동을 꾹 눌렀다. 자신의 판단이 먼저다. 그전에 다에를 난

처하게 만들 일은 만들지 않을 것이다.

케이지는 마음을 결정하기 위해서 다시 한번 발견한 참호 터를 보고 싶었다. 마부이는 그 장소가 케이지와 저승 사이를 이어주는 장소이기도 할 것이라고 말해왔다. 그렇게 생각하며, 아이들이 학교에 가는 것을 배웅하고 서둘러 집을 나왔다.

오랜만에 방문한 참호는 완전히 모습이 바뀌어 있었다. 한 달 남짓한 사이에 주변의 나무들은 베여 쓰러져있고, 즉석 도로마저 나 있었다. 노란색과 검은색 줄무늬 로프가 둘러 있고, 불도저가 참호 앞에서 큰 소리를 내며 가파른 사면을 깎아냈다. 강철 자체가 아침 햇살을 받으며 부산하게 움직이고 있었다.

케이지는 여기에 찾고 있는 대답이 있지 않을까 생각하며 헐레벌떡 달려왔지만, 왠지 허탕을 친 기분이었다. 생각할 만한 장소가 아니었다.

참호 주변에 겨우 남아있는 나무들 사이로 새어 들어오는 햇살을 보며, 문득 수년간 케이지 앞에 계속 나타난 오쿠마 키요가 본 나뭇잎 사이로 비치는 햇빛은, 이러한 것과는 다른 것이 아닐까, 하고 생각하기 시작했다.

시의 교육위원회는 이 참호를 정비해 평화 학습에 유용하게 쓰고 싶다고 말해왔다. 그 공사가 시작된 것일까.

케이지와 다에는 2주 전쯤에 시 교육위원회에 불려가서 시의 의향을 들었다.

"……참호는 평화 학습에 유용하게 쓰고 싶습니다. 좋은 장소가 될 거예요."

교육위원회 담당자는 미소를 지으며 그렇게 말했다.

케이지는 조그맣게 고개를 끄덕였지만, 다에는 여러 가지 의견을 말했다.

"평화 학습도 좋지만, 이러한 참호를 찾는 것이 우선되어야 한다고 생각해요. 우리 남편은 혼자서 몇 년 동안 열심히 찾아다녔어요. 전사자의 유해를 찾기 위한 예산을 시에서 확보한다든지, 현에서 적극적으로 협조를 한다든지……. 미군기지 철거를 외치는 것도 중요하지만, 꾸준히 과거에 있었던 전쟁을 돌이켜 보는 건 어때요? 이번이 좋은 기회니까 시내 어르신들의 체험담을 모은다든지, 당시의 기억을 되살리기 위한 유물을 모은다든지……. 모든 것을 잃기 전에 손을 쓰지 않으면 후회할 거예요."

다에의 말은 약간 협박조였다.

다에는 교육위원회를 나온 후, 어깨로 크게 숨을 들이 내쉬면서 케이지의 얼굴을 보고 수줍은 미소를 지어 보였다. 케이지는 옛날의 다에가 돌아온 것 같아서 기뻤다.

아마 다에의 열정이 닿았을 것이다. 관공서가 담당하는 일치고는 꽤 빨리 답장이 왔다. 참호 주변 정비가 착공되었다는 내용이었다.

케이지의 뇌리에서 마부이가 말하던 마지막 말이 되살아났다.

"너의 할머니의 할머니는 말이야, 우리 할머니의 할머니이기도 해. 믿어져?"

이시가키섬에 바짝 달라붙어 떠 있는 작은 T섬에서, 관리를 맡고 계셨던 할머니의 얼굴이 떠올랐다. 섬의 성지를 지키고, 마을 행사 때 항상 앞장섰으며, 기원을 드리고 있던 할머니. 웃음이 떠나지 않던 할머니의 주름진 얼굴이 그립다.

"마부이는 혹시 할머니였던 것일까……."

케이지는 갑자기 머리에 떠오른 생각을 황급히 떨쳐버렸다. 물론 그것이 말도 안 되는 망상이라는 것을 충분히 알고 있다. 그런데 그 생각과 동시에 섬에 맡겨두었던 할머니와 할아버지, 그리고 부모의 유골과 위패가 떠올랐다. 유골은 섬 공동 묘제에 납골하였고, 위패는 아버지 쪽 친척에게 무리하게 맡겨놓은 상태였다…….

케이지의 눈앞에 고향의 푸른 바다와 흰 모래사장이 떠올랐다. 할머니와 함께 살았던 작은 섬과 작은 학교에서의 그리운 기억이 되살아났다. 친구들과 함께 작은 배를 저어 고기잡이하던 날들. 산호초 주위에 떼 지어 있던 쏠종개와 열대어들……. 눈을 감으면 커다란 바다 위로 하얀 구름의 그림자가 휙휙 지나가는 듯했다.

다시 격렬한 굉음이 케이지의 상념을 지워버렸다. 불도저는 눈앞에서 검은 연기를 내뿜으며 큰소리를 내고 있었다. 확실히 십수 년 전에도 같은 광경을 본 적이 있다…….

맞다. 그 미군기지 안의 광경이다. 기지 안의 무덤을 메우려고 했던 미군들. 그걸 막고자 했던 다에와 사람들. 그리고 그사이를 헤치고 들어간 케이지와 보안요원들…….

옛날의 광경이 케이지의 뇌리에서 선명하게 되살아났다. 그러나 그때의 광경과 지금의 광경은 많은 것이 달라 보였다. 그런데도 왜 겹쳐 떠올랐을까.

"옛 기억을 잊어서는 안 돼. 하지만 새로운 기억도 만들지 않으면 안 돼……."

교육위원회를 나가기 전에 마지막으로 다에가 하던 말이다. 이 말에 교육위원회의 담당자는 감탄한 듯이 연신 고개를 끄덕였다. 그러나 케이지는 이 말에 담긴 다에의 진심을 아직 물어보지 못했다.

케이지는 혼란스러웠다. 케이지가 하려고 하는 일과 무당의 말에 이끌려 행했던 일은 어느 쪽일까. 오래된 기억일까, 새로운 기억일까…….

"할아버지는 말이야, 섬 최고의 어부셨어. 작은 배만 한 커다란 상어를 혼자서 낚아 올린 적도 있었단다……."

할머니의 얼굴이 다시 떠올랐다. 어머니와의 추억이 되살아나고, 필리핀에서 죽은 아버지의 미소도 떠올랐다. 아버지도 군인이셨다…….

"군인들은 말이야 모두 나에게 상냥했어. 그 정도로 나를 따뜻하게 대해준 사람은 태어나서 처음이었어……. 잘해주고 싶은 가족들이 옆에 없었어, 군인들한테는……. 분했겠지. 원통했을 거야……."

멀리서 수없이 들려오던 마부이의 목소리가 되살아난다. 죽은 사람을 잊지 말라는 건 이런 뜻이었나……. 서서히 알 것만 같았다.

케이지는 참호 쪽으로 눈을 돌리고, 천천히 그 시선을 위로 돌렸다. 맑게 갠 푸른 하늘은 마치 섬을 둘러싼 또 하나의 푸른 바다 같았다.

케이지의 눈에 눈물이 고였다. 이 푸른 하늘은 아버지가 돌아가신 필리핀까지 이어져 있다. 그리고 어두운 땅속에서 비명도 지르지 않고 가만히 기다리고 있는 유골들을 지켜봐 주고 있다. 그 유골들에게 이 푸른 하늘을 보여주고 싶다…….

눈앞의 나무들이 햇빛을 받으며 크게 술렁거렸다. 케이지의 시선이 나뭇가지 끝에 닿은 순간, 나뭇가지의 흔들림이 멈춘 것 같았다.

케이지는 이마에 맺힌 땀을 손으로 슥 닦고는 걷기 시작했다. 더 이상 뒤를 돌아보지 않았다. 할머니가 홀로 서서 기도하던 섬의 성지 나무들이 케이지를 응원하듯이 크게 흔들린 것 같았다.

게라마는 보이지만

1

"키요시……, 키요시니?"

"네, 아버지 저예요."

"아빠다……."

"웬일이세요, 아버지?"

"저기, 놀라지 말고 들으렴……."

아버지의 떨리는 목소리가 수화기를 통해 들려온다. 키요시는 심상치 않은 낌새를 느꼈다.

"할아버지께서……, 할아버지께서 자살하셨다."

"……네? 자살이요? 아니, 어째서 자살을……."

"왜 자살했는지는 아빠도 잘 모르겠구나."

"자살은 확실한 거예요?"

"응, 그건 확실해. 유서가 있었어. 여러분 그동안 감사했습니다, 라고 쓰인……, 하지만 자살의 이유까지는 나도 잘 모르겠다."

"아니 그런……."

"……."

아버지는 입을 굳게 다문 채 침묵했다. 그러다 결심한 듯 말을 이었다.

"일단은 시간 좀 내서 와줬으면 좋겠구나. 물론 일 때문에 바쁘겠지만, 그래도 자세한 이야기는 와서 하도록 하자. 올 수 있겠니?"

"네, 물론이죠. 최대한 빨리 갈게요."

키요시에게 아버지인 키요마사로부터, 조부인 세이지로의 죽음을 알리는 전화가 온 것은, 오전 일곱 시경이었다. 아내 미나코와 함께 딸 치나츠를 어린이집에 등원시키기 위한 준비를 마치고 겨우 아침 식사를 하려던 참이었다.

키요시는 나하 시내에 있는 중학교에서 국어를 가르치고 있다. 아내 미나코도 시내에 있는 다른 중학교의 수학 교사이다.

미나코는 둘째 출산일이 다가와, 삼 주 전에 출산휴가를 얻었다. 다음 주 정도에 둘째 아이가 태어날 예정이다. 부모님과 조부모님도 이 사실을 알고 계셨다. 할아버지도 기대하고 계셨을 텐데……. 할아버지의 비보가 아버지로부터 도착할 줄이야……, 그것도 자살이라니. 생각지도 못했던 일이었다.

"새아가는 굳이 무리해서 오지 않아도 돼. 몸도 무겁고 치나츠도 있으니까. 올지 안 올지는 너희들끼리 알아서 결정하렴."

"네, 그럴게요……."

미나코는 젓가락을 놓고 키요시의 전화 내용을 들었다. 심상치 않은 낌새를 느꼈을 것이다. 어린이집에 가자고 보채던 치나츠까지도 키요시의 전화에 긴장한 채였다.

"일단 치나츠를 어린이집에 보내주고……, 학교에 가서 휴가를 낸 다음에 바로 항구로 갈게요. 최대한 9시 배에 탈 수 있도록 해볼게요. 서두르면 아마 제시간에 도착할 수 있을 거예요"

"그래, 그래주면 고맙겠구나."

"네, 그럼요. 당연하죠."

"고맙다……. 영결식은 아마 내일이 되겠지만 상복도 준비해오렴."

"네, 그렇게 할게요."

"그럼 번거롭겠지만 기다리고 있을게."

"자, 잠깐만, 잠깐만요, 아버지. 세츠코 누나랑 노부코한테 연락은요? 했어요?"

"이제 할 생각이다. 세츠코한테 연락해보고 같이 올 수 있으면 같이 와."

"알겠어요, 나중에 누나한테 전화해볼게요."

"센다이에 있는 노부코에게도 아빠가 전화할게. 놀라긴 하겠지만 올지 안 올지는 노부코가 알아서 결정하겠지."

"네, 알겠어요."

누나인 세츠코는 키요시와 네 살 차이로 같은 나하 시내에 살고 있다. 세 살 차이 나는 여동생 노부코는 센다이로 시집간 지 2년이 되었다.

"아버지, 또 뭐 필요한 건 없어요?"

"딱히 없다. 빨리 와 주면……, 그것만으로도 충분해."

기분 탓인지 아버지는 기운이 없어 보였다. 무리도 아니다. 아버지의 아버지가 자살한 것이다. 아버지는 내년에 오랜 세월 동안 근무했던 우체국을 퇴직할 예정이었다. 서로 말을 찾다 찾다, 결국 '그럼 나중에 보자'고 말하고, 아버지는 전화를 끊었다.

전화를 끊은 후에, 키요시는 엄마 도미코와 할머니 우토는 어떻게 하고 계실지가 걱정이 되었다. 다시 한번 황급히 아버지에게 전화를 했지만 받지 않았다. 통화 중임을 알려주는 발신음이 계속 울린다. 아버지가 통화 중인 것 같아 포기하고 수화기를 놓았다.

키요시의 본가는 게라마제도 중 하나인 N섬이다. 게라마제도는 오키나와 본섬에서 서쪽으로 약 40km정도 떨어진 곳에 있다. 가장 가까운 섬은 30km도 되지 않는다. 게라마 해협을 중심으로 도카시키 마을과 자마미 마을로 나뉘는데, 무인도를 포함하면 약 열일곱 개의 섬들로 이루어져 있다. 맑은 날에는 나하 시내에서 육안으로 섬들의 그림자를 볼 수 있다.

N섬에는 키요시의 아버지와 어머니, 그리고 조부모님이 살고 계신다. 할아버지께서 돌아가신 지금, 정확히는 할아버지는 살고 계셨다, 가 맞을지도 모르겠다.

누나 세츠코는 키요시와 마찬가지로 섬을 나와, 나하에서 고등학교와 대학 생활을 보내고, 결혼까지 하여 나하에서 가정을 꾸렸다. 아버지는 그 세츠코 누나에게 연락해서 함께 오라는 것이었다. 여동생 노부코는 도쿄의 전문학교를 졸업하고, 그곳에서 사귄 남자 친구와 결혼했다. 둘 다 도쿄에서 직장을 잡았다가, 남자 친구의 고향인 센다이로 옮겨가, 함께 배운 기술을 살려 작은 이발원을 운영하고 있다.

게라마제도에는 하루 두 편, 9시와 15시에, 나하에서 출발하는 정기 선편이 운항되고 있다. 지금 바로 학교에 들러 휴가를 내고 항구로 향하면, 아버지에게 말했듯이, 9시 배편에 탈 수 있을 것이다. 다행히도 학교가 항구와 가까운 거리에 있다.

수화기를 놓은 키요시에게 아내 미나코와 딸 치나츠의 목소리가 겹쳐 들려온다.

"아빠……, 누가 돌아가셨어?"

"여보, 무슨 일이야?"

키요시는 서둘러 두 사람이 앉아있는 식탁으로 돌아갔다. 급히 사정을 설명하려고 했으나 문득, 치나츠에게는 어떻게 말하면 좋을지 막막했다. 세 살이 넘었다고는 하지만, 자살이라는 단어를 쓰는 것은 이르다고 느껴졌다.

"응, 큰할아버지가 돌아가셨대."

"왜? 큰할아버지 아팠어?"

치나츠가 아니나 다를까 궁금한 얼굴을 하고 고개를 갸웃거린다.

키요시는 치나츠에게 할아버지는 큰할아버지, 아버지는 할아버지라고 가르쳐주었다.

"아빠, 큰할아버지 아팠어?"

"아니, 아픈 건 아니었지만……."

"그럼, 왜?"

"……."

"그러게……. 어째서 돌아가셨을까……. 큰할아버지는 언제나 치나츠에게 세뱃돈도 많이 주셨었는데……."

치나츠가 이상한 표정을 짓는다.

키요시는 치나츠의 물음에 대답하지 않고, 미나코에게 눈짓을 보내, 슬쩍 아버지와의 통화 내용을 전했다. 학교에 들렀다가 바로 N섬으로 가는 배에 타야 될 것 같다고 말하고, 아울러 상복 준비도 부탁했다.

"나와 치나츠는 어떻게 하면 좋을까……."

"글쎄, 세츠코 누나와도 얘기해보겠지만……, 나는 여기에 있는 편이 나을 것 같아. 출산 예정일도 다음 주고, 섬에는 산부인과도 없고, 조심하는 게 여러모로 좋으니까."

"응 그렇지……."

"이번에는 나 혼자 갈게. 내가 상황을 보고 와서 이렛날에 치나츠만 데리고 가든가 할게. 당신은 아기 낳고 좀 쉬고 나서 와도 되니까."

"응……. 그게 나을지도 모르겠네. 오히려 거치적거려서 폐만 끼치게 될지도 모르고……. 세츠코 형님과 상의해볼까?"

"응, 그게 좋을 것 같아."

"알았어, 지금 바로 전화해볼게."

"응, 중간에 나도 좀 바꿔줘."

미나코는 바로 세츠코에게 전화했다.

키요시는 숟가락질이 멈춘 치나츠를 보았다.

"자, 치나츠 빨리 먹자. 아빠도, 엄마도 바빠요."

"아빠, 외출하는 거야?"

"응, 큰할아버지가 돌아가셨으니까 섬에 가는 거야."

"치나츠는?"

"치나츠는 다음 주에. 아빠가 돌아오면 그때 같이 가자. 오늘은 엄마와 집을 부탁할게. 알았지?"

"응, 알았어."

치나츠는 토라지지 않고 다시 숟가락을 움직이기 시작했다. 치나츠도 비상사태임을 느꼈을지도 모른다.

그나저나……, 라고 키요시는 생각했다. 할아버지는 왜 자살했을까? 치나츠의 말대로 올해 설에 귀성했을 때, 자살의 전조는 전혀 느껴지지 않았다. 평소와 같은 할아버지의 미소였다. 올해 조부모님 모두 87세를 맞이한다. 내년에는 88세 미수米壽 잔치가 기다리고 있었다. 경사스러운 일이라며 나이에 관한 이야기가 나왔을 때에도 할아버지는 할머니와 함께 웃고 계셨다.

조부모님은 친인척이 적었다. 섬의 많은 사람들이 그렇듯이, 전쟁으로 인해 섬에서 살던 많은 사람이 목숨을 잃었다. 할머니에게는 전후까지 살아남은 친오빠가 한 분 계셨지만, 지금은 이미 돌아가신 뒤였다.

아버지인 키요마사는 조부모님에게 있어서 하나뿐인 아들이었다. 그런 아버지에게 할아버지의 장례는 굉장히 막막하고 불안할 것이다. 한시라도 빨리 아버지 곁으로 달려가고 싶었다. 그리고 할아버지의 자살을 지나치게 받아들여 괴로워하지 않았으면 좋겠다고 생각했다.

"왜 할아버지는 자살 같은 걸 하신 걸까? 남겨지는 사람들의 기분은 한 번이라도 생각해 보신 걸까……."

키요시는 형언할 수 없는 슬픔과 동시에 화나는 마음이 복받쳐 올라와 속으로 중얼거렸다. 키요시에게는 처음 겪는 가족의 죽음이었다. 역시 동요하고 있었을지도 모른다. 미나코가 여보, 전화 받아……, 라며 키요시에게 말했지만, 키요시는 미처 듣지 못했다.

키요시가 겨우 알아차리고 미나코로부터 수화기를 건네받자, 곧 세츠코의 씩씩한 목소리가 날아들었다.

"나는 오후 3시 배편으로 갈 거야. 좀 전에 아버지한테 전화 왔었는데, 오후 3시 배 타고 가겠다고 말했어. 여러 가지로 정리도 좀 하고, 아이들에게 일러두고 싶은 말도 있고……. 네가 먼저 가서 도와드리고 있어."

"응, 그럴게……."

키요시는 오후 3시까지 기다리지 못하고 한발 앞서 출발하기로 했다. 쾌속 여객선을 타고 한 시간 남짓의 여정이기 때문에 N섬의 본가에는 점심 전에 도착할 수 있을 것이다.

세츠코의 남편인 켄이치와 아이들은 영결식 시간에 맞춰 내일 섬으로 온다고 했다. 세츠코도 미나코와 치나츠는 이번에는 오지 않아도 괜찮다고 말해주었다.

"죽은 사람도 소중하지만, 살아있는 사람은 더 소중하니까. 미나코 씨 지금은 배 속의 아이만 생각해야지."

"응, 고마워."

"내가 사는 곳은 너와 달리 이삼 일 쉴 수가 없어. 언제나 한숨 소리만 가득한 거 알지?"

"응, 알고 있어."

누나네 부부는 작은 인쇄소를 운영하고 있다. 켄이치 매형과 둘이서 모든 것을 관리하고 있지만 경영은 꽤나 어려운 것 같다. 세츠코는 키요시에게 항상 푸념을 늘어놓는다. 종업원은 누나 부부 외에 컴퓨터를 다룰 줄 아는 여성이 한 명 있다. 케이코라는 이름으로 25, 6세 정도 되는 것 같은데 아직 독신이다.

케이코 씨에게는 컴퓨터뿐만 아니라, 배달 같은 것도 부탁하고 있다. 그렇게 합의를 보고 채용했는데 싫은 얼굴을 하는 경우가 많다고 한다. 영업은 남편과 세츠코가 공동으로 하고 있고, 경리는 거의 세츠코 혼자 담당하고 있다. 교사직을 맡고 있는 키요시나 미나코에게까지 간혹 험담을 하기도 하지만, 키요시는 원래부터 성격이 밝았던 세츠코를 부러워하기도 했다.

세츠코에게는 초등학교 3학년 다이시와, 이제 막 1학년이 된 유야 두 아들이 있다. 둘 다 한창 개구쟁이고, 야구와 축구에 각자 '목숨을 바치고 있다'며 세츠코가 웃으며 말했다.

"그건 그렇고, 할아버지는 왜 이 바쁜 시기에 자살 같은 걸 하신 걸까? 3, 4월은 인쇄업자한테 있어서 성수기라고."

세츠코의 푸념을 들어줄 시간은 없었다. 세츠코도 아이들의 준비가 늦어지고 있다는 것을 알아차린 듯했다. 잠깐 투덜거리며 한숨을 쉰 후, 먼저 전화를 끊었다.

키요시는 미나코가 준비해 놓은 상복과 이삼 일 분의 옷을 가방에 넣고 치나츠를 재촉했다. 치나츠를 어린이집에 데려다주는 것은 키요시 담당이다. 키요시는 치나츠의 손을 잡고 서둘러 집을 나섰다.

2

N섬에 도착하니, 아버지가 항구까지 경트럭을 몰고 마중을 와 계셨다. 작은 흰색 트럭은 아버지가 할아버지와 함께 밭일에 가기 위해서 십수 년 전에 산 것이었다. 경트럭은 사시사철 바닷바람을 맞아서인지, 도장이 벗겨져 있고 빨간 녹도 보이기 시작했다.

아버지는 운전석에서 내려와 오른손을 들고 웃어 보였지만, 평소와 달리 이내 표정이 굳어졌다. 할아버지가 돌아가신 지 반나절이 지났을 뿐인데 벌써 지친 것 같아 보였다.

키요시는 아버지와 간단한 인사와 위로의 말을 나눈 후, 상복이 든 가방을 무릎에 올려놓고 조수석에 올라탔다.

아버지는 키요시가 운전대를 잡겠다는 것을 거절하고, 시동을 걸어 차를 몰며 곧바로 본론에 들어갔다. 몹시 낙심한 듯 목소리도 가라앉아 있었지만, 사무적인 내용은 키요시에게도 확실히 전달되었다.

"……그래서 오늘 하룻밤 새고, 내일 10시에 화장해서 오후 2시에 유골을 담고 3시쯤에 영결식을 할까 하는데, 어떠니?"

아버지는 키요시의 동의를 구하는 듯 돌아보았다.

"영결식은 어디서 해요?"

"자택에서 할 생각이야."

"화장터는……."

"영결식이 가능한 공간이 없어"

"네, 알겠어요. 충분해요."

아버지는 키요시의 대답을 듣자 안심한 듯 고개를 끄덕이며, 이윽고 전방의 좁은 길을 응시한 채 핸들을 움켜쥐었다. 집 옆에 만든 차고에 차를 넣고, 집 밖을 돌아 문을 빠져나오자, 조문객이 찾아오고 있었다. 아버지는 바로 거실로 올라가서 손님과 인사를 나눴다.

어머니는 바쁘게 할아버지의 시신이 있는 거실과 부엌을 오가고 있었다. 미나코가 임신하지 않았다면 어머니를 도와줄 수 있었을 것이라고 생각하니 죄송한 마음이 들었다. 키요시는 부엌으로 가서 어머니께 인사를 한 후, 마음을 전하자 어머니는 말없이 웃으셨다.

할머니 우토는 기력이 없으신 것처럼 할아버지의 머리맡에 앉아 계셨다. 조문객이 무슨 말을 하든, 무엇을 묻든, 그냥 말없이 고개를 끄덕일 뿐이었다. 위로의 말에 고맙다는 말조차 하지 않았다. 완전히 나이 든 사람처럼 보였다.

"많이 놀랐지……."

조문객이 끊겼을 때 아버지가 차를 권하면서 키요시에게 말을 걸었다.

"네, 조금요. 할아버지, 설날에는 건강해 보이셨는데……."

"그랬지……."

아버지는 키요시 앞으로 시선을 떨구고, 왼손으로 몇 번 이마를 문지르며 재차 키요시를 향해 말을 걸었다.

"유서는 봤니?"

"아니요, 아직이요……."

"그렇구나……. 잠깐 따라와 보렴."

아버지가 일어나서 키요시를 옆방으로 불러 할아버지의 유서를 보여주었다. 유서는 먹으로, 정중한 해서체로 쓰여 있었다. 오랫동안 관청에서 근무했던 성실하고 정직한 할아버지와 어울린다고 생각했다.

그러나 적혀있는 내용도 분량도 적었다. 쌀쌀하고 매정했다. 무의식중에 키요시는 다시 한번 읽었다. 감사 인사를 의례적으로 썼을 뿐이다.

"이것뿐이에요?"

키요시는, 할아버지가 한 장의 편지지에 적은 몇 줄의 글자로 자신의 인생을 청산한 것인가 하는 생각이 들자, 몹시 씁쓸한 기분에 휩싸였다. 한 번 더, 유서 봉투에 쓰인 글자를 본다. 그리고 뒤집는다. 3월 28일. 야마시로 세이지로. 그 외에는 아무것도 쓰여 있지 않았다.

"아버지……, 정말 이것뿐이에요?"

키요시는 자신도 모르게 되묻고 있었다.

아버지는 그 말에 망설이면서도 결심한 듯 다시 일어섰다. 장롱 안쪽에서 짙은 감색의 보자기를 꺼내어 키요시 앞에 놓았다.

"사실 너에게 전화하고 나서 이걸 발견했어."

아버지는 그렇게 말하면서 보자기를 정성스레 풀었다. 안에는 여러 권의 대학노트가 겹쳐 있었다.

"좀 봐 보겠니……. 그 후에 너의 생각도 들어보고 싶구나."

아버지는 그렇게 말하며 눈앞에 공책을 펼쳤다. 그리고 키요시에게 읽어보라고 재촉했다. 키요시도 그중 한 권을 빼내어 몇 페이지를 조용히 넘겼다.

키요시는 노트를 보고 놀라지 않을 수 없었다. 낯익은 글씨체이다. 그것도……, 페이지를 몇 장 넘겼을 뿐인데도 마음이 무거워지는 할아버지 내면의 갈등을 엮어낸 수기였다.

키요시는 한동안 노트를 뚫어지게 보다가 읽기 시작했다.

"아버지 이거……."

"그래……. 나도 할아버지가 집단 자결과 관련되어 있었다는 것은 알고 있었다. 하지만 이런 수기를 쓰고 있는 줄은 전혀 몰랐어……. 너도 이 섬에서 집단 자결이 일어났었다는 건 알고 있지?"

"네, 알고 있어요. 하지만……."

"하지만……."

아버지도 키요시와 같은 말을 하고는 말이 막혀, 주머니에서 손수건을 꺼내 눈물을 닦았다. 그리고 말을 이었다.

"하지만 이 섬에서는 할아버지 연세라면 누구나 전쟁을 경험한 사람들이야. 집단 자결을 체험한 사람들이 많지."

아버지는 여기서 말을 끊고, 괴로운 듯한 표정을 지었지만, 결심한 듯 다시 입을 열었다.

"그래도 말이야 전후 60년이야. 벌써 60년이 지난 거다……. 전쟁이 끝나고 나서도 60년을 괴로워하셨을 거라고 생각하니 견딜 수가 없구나."

아버지는 손에 들고 있던 한 권의 노트를 내려놓고, 멍하니 시선을 두었다. 키요시는 아버지의 행동을 보면서 어떤 말도 하지 못했다. 읽어 나가면서 이것이 할아버지의 유서일지도 모른다고 생각했다. 모두 몇 권이나 되는 걸까…….

"총 열 권이다. 그래도 종전 직후와 복귀 전후의 몇 년간은 빠져 있더구나……. 왜인지는 아빠도 모르겠어. 이 기간 동안만 쓰지 못했나? 아니면 이 기간의 쓴 것들을 태워버린 건가……."

키요시는 아버지 말의 진의를 이해할 수 없었다. 아버지께 왜 그런 말을 하시는지 이유를 물었어도 아버지도 대답하지 못했을 것이다.

"아버지 이건 너무……, 끔찍해요……."

"그래. 너무 슬프고도 끔찍한 일이지……."

"할아버지가 이런 걸 쓰고 계셨다니 전혀 몰랐어요."

"응, 나도 몰랐어. 책상에 앉아있는 것을 몇 번 본 적은 있지만,

간단한 메모 정도의 일기일 거라고 생각했다……. 올해 일기도 있어. 그것도 마지막 날짜가 사흘 전이다. 3월 25일이 마지막이더구나……."

"그러네요……."

"할아버지 옷을 수의로 환복하기 위해 장롱을 열어보니 보자기에 싸여있었다. 오전 중에는 뭔가에 홀린 듯이 그것만 읽고 있었어……."

아버지는 키요시를 바라보지 않고 때로는 눈을 감고, 때로는 멍하니 정원을 바라보며 계속 말을 이었다. 겨우 눈물이 멎었을 때였다.

"이것저것 생각나는 것이 많아서 말이야, 눈물이 멈추지 않더구나."

키요시도 무슨 말이라도 해야겠다고 생각했지만, 좀처럼 정리가 되지 않았다. 할아버지가 자살했다는 말을 들었을 때, 우리들의 사정은 봐주지 않은 거냐며 불만을 느꼈지만, 수기를 본 지금, 그런 식으로 생각한 것이 매우 죄송스러웠다.

"여보, 손님이에요."

어머니의 목소리가 옆방에서 들려온다. 아버지는 알겠다고 한 후, 키요시에게 말했다.

"내가 손님을 받을 동안 너는 여기서 이 수기를 읽어보렴. 어떻게 해야 좋을지……, 나중에 의견도 말해주면 좋겠구나."

"알겠어요……."

"그리고……, 노트에 관해서 엄마한테는 얘기해놨지만, 할머니께는 아직 말하지 않았다. 당분간은 비밀로 해두려고 하는데 괜찮겠니?"

"네, 그렇게 할게요……."

아버지는 그렇게 말하고 일어나 키요시의 어깨에 손을 얹은 후, 옆방으로 넘어갔다.

키요시는 천천히 시선을 앞마당으로 돌렸다. 아버지가 조금 전에 멍하니 바라보던 할아버지의 마당이다.

할아버지가 심은 귤나무 한 그루에는 초록 잎이 무성했다. 모래를 뿌린 듯한 하얀 정원에는 태양이 내리쬐고 있고 나무 기둥에 맞춰 귤나무 그림자가 둥글고 작게 드리워져 있다. 바람은 잔잔하고 공기는 조금 흐리고 탁한 것 같았다.

3

할아버지는 수기를 만년필과 연필을 이용하여 직접 쓰신 것 같았다. 마음의 동요를 나타내는 것처럼 곳곳에는 글자도 뜻도 흐트러진 부분이 남아있었다. 수정이나 삭제한 흔적도 선명하게 남아 있었다.

키요시는 아버지의 말에 따라 잠시 동안 할아버지의 수기를 읽으려 했다. 이런 기분으로는 조문객 앞에 설 수 있을 것 같지도 않았다. 무작위로 눈앞의 한 권을 들었다. 표지는 약간 노랗게 변해 있었지만, 'N섬 노트 1963년'이라는 글자는 뚜렷했다. 1963년은 전쟁이 끝난 지 18년째로, 그해 봄 3월에 쓰인 수기이다…….

3월이 되면 이 섬에는 광기를 상기시키는 바람이 분다. 미군의 함포 사격이나 공습이 시작된 것은 1945년 3월 23일. N섬에 상륙한 날은 28일이었다. 그날, 많은 섬사람들이 서로를 죽였다.

3월이 되면 이 섬에서는 죽은 사람들의 넋을 위로하기 위해 모든 집이 향을 피운다. 많은 집에서의 향냄새가 길거리로 흘러나온다. 그리고 이 냄새와 함께 전쟁의 기억이 되살아난다.

왜 그런 짓을 했는지……. 무서운 일이 아닐 수 없다. 지금은 생각하면 말도 안 되지만, 그때는 옳은 일을 하고 있다는 숭고한 기분에 가득 차 있었다. 일본 국민으로서, 본토 국민보다 훨씬 빨리 명예로운 죽음이 주어지는 것이라고 기뻐했었다.

물론 죽는 것에 대한 두려움은 있었다. 그러나 그러한 공포는, 미군에게 일가가 참살당하고, 화염방사기에 타죽는 것보다는 나은 일이었다. 군인뿐만 아니라, 섬에 사는 우리에게도, 귀축미영에게 포로가 되는 것은 매우 부끄러운 일이라고 여겼다.

나는 무엇보다도 나의 아내가 미군 병사에게 능욕을 당할 것이라는 생각만 하면 괴로웠다. 우리는 신혼이었고, 아내의 몸속에 새로운 생명이 들어서 있었기 때문에 어떻게 해서든 살아남고 싶다는 생각이 강했다.

그러나 그것이 불가능하다는 것을 깨닫고, 아내와 함께 명예롭게 죽어, 저세상에서 행복하게 살자고 생각을 고쳐먹었다. 우리는 만일의 경우 포로가 되는 것보다 옥쇄玉碎 하는 것이 소중한 국가에 대해 봉사하는 것이라고 배웠다.

나는 당시 21세, 섬의 동사무소 직원으로서, 마을을 위해, 나라를 위해, 그야말로 열심히 일하고 있었다. 천황 폐하를 향한 충성심은 누구 못지않다고 자부했다.

나의 아버지는 가난한 어부였지만, 가족을 지키는 일에는 우직했다. 나에게는 형과 두 명의 여동생, 그리고 남동생이 있었다. 형은 나하와 N섬을 왕복하는 연락선 승무원이었다.

전쟁이 시작되자, 나와 형은 국가를 위해 봉사하기로 마음먹고, 서로 경쟁하듯 징병검사를 받았다. 형은 합격했지만 나는 불합격했다. 폐결핵을 유발하는 균이 있다는 것이 불합격의 이유였다. 나는 그때만큼 속상한 적이 없었다.

형은 운명이라며 나를 위로해 주었고, 자신이 전쟁터에 가 있는 동안 자신을 대신해서 가족을 잘 돌보길 바란다, 마을 사람들에게 손가락질받지 않게 잘 처신해라, 이것이 네 역할이다, 라며 나를 격려해 주었다.

나는 형에 비해 원래 몸이 약했기 때문에 의사의 말도, 형 말도, 틀렸다고 말할 수 없었다. 나는 마음을 바꿔 형과의 약속을 지키는 일에 심혈을 기울였다.

형은 섬을 떠나 남양제도로 진군하는 연대에 편입되었다. 두세 번 편지가 도착했지만, 얼마 지나지 않아 전사했다는 소식이 들려왔다.

아버지는 말없이 형의 사진을 향해 경례를 했다. 나도 눈물을 참고 예를 차렸다. 18살과 15살의 두 여동생과 12살인 막내 남동생도 모두 아버지와 나를 따라 인사를 했다. 나는 동생들을 든든히 지켜내자고 형의 영정 앞에서 굳게 맹세했다.

일본군이 섬으로 건너온 것은 1944년 9월이었다. 그 이후로 섬은 전쟁 태세를 갖춘 기지의 섬이 되었고, 섬사람들은 군대의 지시하에 참호를 파고 미군을 향해 공격할 진지를 만들었다.

군은 섬으로 건너와 민가를 막사 대신 사용했다. 우리는 기꺼이 병사들을 맞이했고, 우리 집에도 10명 정도의 병사들이 생활했다. 그 때문에 우리 가족은 쪽방 한구석에 몸을 기대어 살았으나, 누구 하나 투덜거리는 사람은 없었다.

우리는 식량을 조달하고, 공출하는 것에도 최선을 다했다. "군인분들 감사합니다. 이길 때까지 저희는 괜찮습니다." 마을 사람들 모두가 주문처럼 이 말을 외우며 가난한 생활을 견뎌냈다.

군의 지시로 대피호도 팠다. 나는 동사무소에 근무했던 적이 있었기 때문에 동사무소의 간부 임원과 마을 사람들에게 군의 명령을 전달하는 전령원으로 발탁되었다. 나는 형의 원수를 갚을 절호의 기회를 얻었다고 생각하고 자랑스러운 마음을 가지고 열심히 일을 수행했다. 전령원에는 십수 명의 소년들이 속해있었다. 대부분은 마을의 젊은이들이었지만, 그중 몇 명은 나하 시내의 중학교에 다니던 15, 16세의 소년들이었다. 휴교되어 섬으로 돌아온 것이다.

전령원은 두세 명 정도로 팀을 구성하여 부대와 부대, 또는 군대의 명령을 마을 사람들에게 전달했다. 나는 스무 살이 넘었었기 때문에 소년들의 신뢰를 짊어지고 열심히 임무를 수행했다.

그러나 모든 것이 헛수고였다. 미군은 우리의 상상을 초월하는 함포사격과 폭격을 퍼부었다. 섬뜩한 금속음을 울리며 덮쳐오는 포탄은 우리가 쌓은 방공호를 단숨에 날려버렸다. 게다가 압도적인 병력으로 상륙해 오는 미군의 모습을 보고 우리는 두려움에 빠지고 말았다. 우리만 그런 것뿐만 아니라, 군대도 통솔할 수 없게 되었다. 전령의 내용은 모순되고, 서서히 무너져 갔다. 전한 말을 바로 취소하러 가기도 했다.

우리 가족은 함포사격이 시작되고 나서, 이웃 두 가족과 함께 섬의 동쪽 경사면에 팠던 굴에 몸을 숨겼다. 섬의 동쪽은 촌락이 있고 그곳에서부터 비탈진 언덕이 뒤쪽으로 누워있으며, 서쪽은 바다를 조망하는 듯이 단숨에 깎아지른 낭떠러지였다.

미군은 마을이나 비탈면에 계속해서 포탄을 쏜 후, 취락이 있는 눈앞의 모래해변에 상륙해 왔다. 우리가 숨어있는 굴 근처에도 이미 몇 발의 포탄이 떨어져 불이 났다. 굴 안으로 폭풍이 불어 들어오고, 암석이 떨어져 다친 사람도 있었다. 방공호는 이미 방공호의 역할을 못하고 있었다.

우리는 손을 잡고 더 깊은 산속으로 도망쳤다. 그러나 이곳은 작은 섬이다. 산속이라 해도 몇 시간이면 일주할 수 있을 정도의 작은 섬이었다. 숨을 곳도, 도망갈 곳도 없었다고 하는 게 맞을지도 모르겠다. 그저 나무 그늘에 몸을 숨기고, 눈물로 버티고 두려움을 나눠 가졌다.

3월 28일. '미군이 상륙했다. 모두 동사무소 근처의 충혼비 앞으로 모이도록' 이라고 하는 전령이 각 굴에 숨어있는 마을 사람들에게 전해졌다. 나는 그때 이미 임무가 끝나 가족과 함께하라는 명령을 받았고, 그 전령이 무엇을 의미하는지 알고 있었다. 하지만 일본이 질 리가 없다고 믿었다. 나는 군의 진의를 확인하기 위해 군 진지에 가서 전령의 진위를 확인하고 싶다고 아버지에게 말했다.

아버지는 허락해 주지 않았다. 죽을 때는 가족이 함께해야 한다며 각오를 다지고 있었던 것 같았다. 아버지의 굳건한 결심에 따라 나도 각오를 마치고 가족과 함께 산을 내려왔다.

충혼비 앞에 도착하자 이미 수십 명의 마을 사람들이 모여 있었다. 순간 늦은 게 아닌가 싶어 후회가 되었다. 아버지는 내 이상으로 당황한 표정을 지으며 나를 책했다.

모여 있는 마을 사람들 중에는 예쁜 옷으로 갈아입은 사람도 있었다. 손바닥에 움켜쥔 작은 흑설탕을 최후의 만찬처럼 나누고 있는 가족도 있었고, 아이들을 꼭 껴안고 울고 있는 어머니의 모습도 보였다.

그런데 마을 사람들이 충혼비 앞 광장에 모이기 시작하자, 이 사실을 마치 알고 있었던 것처럼 갑자기 함포 사격이 시작되었다. 철의 폭풍이다. 우리의 머리 위로 비가 쏟아지듯 포탄이 쏟아졌다. 그 자리에서 직격탄을 맞아 몸이 찢어지고, 한순간에 죽어가는 사람들이 늘어갔다. 나는 이상하다고 생각했다. 우리들은 모두 죽기 위해 모였는데, 함포의 공포에서 벗어나기 위해 비명을 지르며 흩어져갔다.

우리 가족도 다시 산속으로 들어갔다. 도중에 함포사격이나 공습을 피하기 위해 황급히 나무 그늘에 몸을 숨기고, 눈앞의 벙커로 뛰어 들어갔다.

벙커 안에는 이미 많은 사람들이 끔찍한 모습으로 죽어있었다. 군으로부터 받은 수류탄으로 목숨을 끊은 사람, 목에 밧줄을 감고 죽어있는 사람, 낫으로 목덜미를 벤 것 같이 보이는 사람 등 다양했다. 일가족 옥쇄의 시체였다. 더 이상 도망칠 수 없다는 것을 느끼고, 적의 손이 아닌 서로의 손에 죽음을 맞이하기로 결심했던 것이다.

마을 간부 임원도 자결을 했다. 생존자가 있는 벙커 안에서도 모두 죽을 준비를 하고 있었다. 군에서 받은 수류탄을 쥐고, 혹은 쥐약을 가지고, 혹은 낫을 갈고 있었다.

아버지는 한 가족에게 수류탄을 나눠달라고 부탁했지만 거절당했다.

우리는 무거운 발걸음으로 산속의 외딴곳으로 돌아왔다. 그 누구도 말이 없었다. 함께 생활하고 있는 방위대에 가 있던 A씨의 아버지와 의용대에 참가하고 있던 B씨의 아들이 돌아왔다. 나와 똑같이 임무를 끝내고 가족과 운명을 함께하라는 부대장의 훈사가 있었던 것 같았다.

두 사람에게서 각각 절망적인 전황을 보고받았다. 나는 줄곧 신경이 쓰였던 군대로는 더 이상 돌아가지 않아도 되겠다고 확신했다. 가족과 운명을 함께 할 각오를 다졌다.

우리 모두가 죽음을 지체해서는 안 된다고 생각했다. A씨가 가져온 수류탄은 A씨의 가족이 사용했다. 우리는 옥쇄용으로 받았다는 그 수류탄이 너무나 부러웠다.

B씨의 아버지와 내 아버지는 각자 자기들끼리 가족을 정리할 결의를 다졌다. 벙커 안에는 세 개의 원이 그려져, 각각의 가족들

이 서로 어깨를 맞대고 껴안았다.

아버지는 먼저 가지고 있던 낫으로 어머니의 목을 베었다. 튀어나오는 피를 뒤집어쓴 얼굴로 나에게도 내 아내를 정리하라며 소리를 질렀다. B씨가 자기 딸들의 목을 베고 있는 것이 눈에 들어왔다. 나는 면도칼을 들고 아내를 끌어안았다. 눈물이 멈추지 않았다.

아버지가 여동생의 목을 베는 것을 보았다. 옆에서 남동생도 아버지를 보고 있었다. 나는 손이 떨렸지만 떨면 안 된다고 마음을 다잡았다. 벙커 안의 모든 사람들이 보고 있다고 생각하며 나는 부둥켜안은 아내의 목에 면도칼을 대고 힘껏 당겼다. 아내의 피가 내 얼굴에 물거품처럼 튀었다. 아내는 내 팔 안에서 나를 끌어안고 두 다리를 경련시키며 서서히 목숨을 잃어갔다.

아버지는 남동생을 부탁한다고 말하고, 스스로 낫으로 목을 그었다. 선혈이 기묘한 소리를 내며 주변에 샤워기처럼 쏟아지며 아버지가 쓰러지셨다. 더 이상 동생을 죽일 힘이 없었던 거였다.

나는 동생과 함께 가족 모두를 한 줄로 세워 눕혔다. 그러고 나서 합장을 하고 동생을 끌어안았다. 남동생이 순간 뒷걸음질 친 듯한 느낌이 들었지만, 곧바로 내 쪽으로 몸을 기대고 발돋움하듯 목을 내밀었다. 물론 내 오른손에는 면도칼이 쥐어져 있었다. 나는 아내 때와 마찬가지로 동생을 꽉 껴안았다.

그때였다. 큰 폭발음이 벙커를 흔들었다. 숨 돌릴 틈도 없이 두 번 연속으로 일어난 일 같았지만 확실하지는 않다. 나는 등에 강한 열풍을 느꼈다고 생각하는 순간, 정신을 잃었다…….

4

키요시는 망연자실했다. 할아버지의 수기는 너무나도 충격적이었다. 게라마 섬에서 집단 자결이 일어났었다는 것은 알고 있었다. 그러나 가까운 가족들에게 이런 비극이 찾아왔었다니…….

생각해보면 충분히 있을 수 있는 일이다. 단지 키요시는 섬의 역사에 대해서, 집단 자결의 비참함에 대해서, 깊이 생각해 보지 않았을 뿐이다…….

객실로 돌아오자, 조문객들은 이미 자리를 뜬 뒤였다. 아버지 혼자 덩그러니 할아버지의 머리맡에 어깨를 축 늘어트린 채 앉아 계셨다.

아버지는 돌아온 키요시를 올려다보고는 혼잣말처럼 중얼거렸다.

"할아버지는 60년간……, 괴로우셨겠지. 그걸 생각하면……."

아버지도 벌써 50세를 넘기고 있다. 전쟁 당시 할아버지 연령을 훌쩍 뛰어넘었다. 흰머리가 군데군데 보인다. 할아버지의 머리도 하얬기 때문에, 아버지도 머지않아 전부 흰머리가 될 것이다. 그리고 아마 나도 그렇게 되겠지…….

아버지가 할아버지 얼굴에 씌워진 하얀 손수건을 걷어내며 말했다.

"키요시……, 여기 와서 할아버지 얼굴을 봐 보렴. 이제 괴로워하지 않으시겠지."

키요시는 무릎걸음으로 다가가, 할아버지의 얼굴을 보았다. 야윈 할아버지의 뺨이 더욱더 움푹 패인 것처럼 보인다. 코에는 탈지면이 채워져 있다.

"할아버지께 아무것도 못 해드렸는데……, 나는 좋은 아들이었을까……."

아버지가 눈물을 참으며 중얼거린다.

"그런 것들만 생각하면 할아버지께 너무 죄송해서……."

"괜찮아요 아버지……. 그 누구라도 할 수 있는 건 없었을 거예요……."

"그래, 그랬겠지……."

아버지는 고개를 끄덕이시며 할아버지의 얼굴을 어루만지셨다. 그런 다음 다시 하얀 손수건을 할아버지 얼굴에 씌웠다.

"다 읽었니?"

"아니요, 아직이요……."

"그렇구나……. 할아버지가 저런 걸 쓰고 계신지 전혀 몰랐어. 꼼꼼하셨으니까 일기 정도는 쓰고 있겠지, 라고만 생각했는데……."

"그죠……. 저도 할아버지가 정년까지 동사무소에도 근무하셨으니까, 책을 읽거나 글을 쓰거나 하는 건 그 영향 때문이라고 생각했었어요."

"그렇지, 성실하신 분이셨으니까……. 마을의 유지가 간부임원을 권해도 거들떠보지도 않았는데, 이제는 그 이유를 알 것도 같아."

"네, 그러게요……."

왠지 키요시도 할아버지의 삶이 얇은 한 가닥 실에 이어져 온 것 같은 느낌이 들었다. 할아버지는 말을 조금 더듬는 버릇이 있었는데, 관리직을 맡지 않은 것이 그 때문만은 아니었던 것이다.

"아버지……, 이 수기는 할아버지의 유서 같아요. 전후 60년이라는 오랜 세월 동안 할아버지가 써온 유서요."

"그래, 나도 그런 생각이 드는구나……."

"할아버지는 60년간 죽을 일만 생각하면서 살아오신 걸까……."

키요시는 여기까지 말하니 눈물을 참을 수가 없었다. 키요시도 할아버지를 위해 무언가를 해드린 게 없다. 그러나 60년이란 세월은 너무나도 길다. 그 세월에는 키요시가 함께 살아온 29여 년의 세월도 포함되어 있다. 그런 생각을 하니 눈물이 났다.

현관문이 열리고 두 명의 조문객이 찾아왔다. 아버지의 직장 사람들이다. 키요시는 황급히 눈물을 닦고 가볍게 인사를 했다. 그리고는 살며시 아버지에게 물었다.

"우토 할머니는요?"

"뒷방에 누워계셔……."

"잠깐 들여다보고 올게요."

키요시는 아버지에게 조문객을 맡기고 우토 할머니가 계시는 방으로 갔다. 우토는 등을 보인 채 누워있었다. 우토의 몸이 전보다 작아진 것 같았다.

키요시가 다가와서 말을 걸자, 우토는 눈꺼풀을 떨면서, 키요시 쪽으로 손을 뻗었다. 키요시는 황급히 무릎을 꿇고 두 손으로 잡았지만 우토의 눈꺼풀은 열리지는 않았다. 얇게 떨리는 눈은 언제까지나 닫힌 채였다.

5

학교로 돌아오자, 키요시 주변에 학생들이 모여들었다. 키요시가 갑자기 학교를 쉰 이유를 듣고 싶어 했다.

키요시는 솔직하게 할아버지의 장례식에 참석했기 때문이라고 답했다. 하지만 할아버지가 자살한 것과 자살한 이유에 대해서는 솔직하게 말하지 못했다.

"선생님 게라마 출신이었어요? 몰랐어요."

"게라마는 바다가 아름다운 곳이지. 고래 관광도 할 수 있죠?"

"본토 관광객들에게는 다이빙이 인기래."

학생들은 할아버지의 죽음보다 관광지로서의 게라마제도에 더 관심이 있는 것 같았다. 어느덧 화제는 그쪽으로 향하고 있었다. 쓸데없는 변명을 하지 않아도 됐기 때문에 키요시에게도 오히려 다행이었다.

"있잖아요 선생님……, 선생님이 태어난 N섬에 관광객은 오나요?"

"여관은 있어요?"

"민박집 같은 곳도 있겠지."

"있잖아요, 선생님, 여름방학에 다 같이 N섬으로 캠핑 가요!"

"그래, 좋다!"

"찬성! 찬성!"

학생들은 캠프 이야기로 들떠있었다.

학생들은 키요시의 고향인 게라마제도에서 벌어진 집단 자결에 대해 알고 있을까? 학생들에게 게라마는 단지 바다가 예쁜 관광지로밖에 보이지 않는 것일까?

키요시는 학생들의 화제가 관광지로 넘어가서, 할아버지의 죽음에 대해 얘기하지 않아도 된다고 생각했지만, 그와 동시에 떠들고 있는 학생들을 보며 정말 이걸로 괜찮은 걸까 하는 의문이 들었다. 할아버지의 죽음이 자살임을 알리고, 자살한 이유가 60년 동안 줄곧 마음에 품고 있던 집단 자결이 원임이었음을 알려주면 학생들은 어떻게 생각할까…….

"있잖아, 저번에 신문에 났었는데, 봤어?"

무리 안에 있던 한 소년이 생각난 듯 모두에게 물었다.

"뭐? 뭔데?"

"게라마제도와 관련된 거야?"

"응, 완전."

"뭔데?"

"게라마제도는 말이야, 관광지뿐만이 아니야."

"그래서 뭔데? 빨리 알려줘."

키요시는 한 사람 정도는 집단 자결을 아는 학생이 있을지도 모른다고 생각했다. 왠지 복잡한 기분이 들었지만, 위안을 얻을 수 있을 것 같기도 했다.

"자살 스팟 말이야!"

키요시는 무의식중에 그 학생 쪽으로 다시 돌아섰다.

"있잖아, 인터넷에서 알게 된 사람들이 말이야, 함께 N섬으로 가서 자살을 했대."

"헉, 그게 정말이야?"

"응, 정말로."

"와, 무섭다."

"나도 그 이야기 알고 있어. 그 기사 신문에서 읽은 적 있어."

학생들이 여러 가지 반응을 보인다. 순간 키요시는 집단 자결을 말하는 걸까 하고 긴장했지만, 보기 좋게 허탕을 쳤다. 하기야 어떻게 보면 이 일도 집단 자결인 건가? 쓴웃음이 나온다.

"N섬은 귀신의 섬이 되는 걸까?"

"죽은 사람이 모두 귀신이 되는 것은 아니지."

"바보야, 귀신 따윈 없어."

웃음소리와 무섭다는 목소리, 바보야 하는 목소리가 여기저기서 들려온다. 중학교 2학년이라 아직 미숙한 부분도 많을 것이다.

N섬은 학생들이 말했다시피 지금은 관광지로 자리 잡았다. 백사장과 푸른 바다를 자랑으로 삼아, 마을에서도 캠페인을 하고 있다.

하지만 적극적으로 섬을 장사의 도구로 삼고 있는 것은 대부분

야마토본토에서 온 사람들인 것 같다.

대부분의 전쟁을 겪은 사람들이 할아버지처럼 광기가 휘몰아치는 섬의 계절을 몸소 겪으며 살아가고 있다는 생각이 든다.

자살 사건이 있었던 것은 키요시도 알고 있었다. 낯선 젊은이들끼리 인터넷 사이트를 이용하여 N섬을 자살 장소로 선택한 것이다. 처음에는 살인사건이 아닌가 하고 마을 사람들에게까지 혐의가 가기도 했다. 그 자살한 사람들은 이 섬에서 집단 자결이 일어났었다는 것을 알고 있었을까?

"있잖아요 선생님, 귀신 따윈 무섭지 않으니까 여름방학에 다 같이 캠핑 가요. 네? 선생님?"

"그러네."

"앗싸!"

"와 좋아요, 선생님! 너무 신난다!"

"응? 그러네, 라고만 말했을 뿐이야."

"에이, 그런 거예요?"

모두들 환호성을 지르고 있다. 왠지 학생들의 기세에 눌릴 것 같았다.

"게라마에 대해서 좀 더 자세히 알아보고 가도록 하자……. 게다가 선생님은 할아버지가 돌아가신 지 얼마 되지 않아서 그럴 기분이 아닙니다—."

어미 부분을 조금 늘려서 농담처럼 말했다.

마침 그때 수업을 알리는 종이 울렸다. 학생들은 마지못해 자리로 돌아갔다. 키요시도 교실을 나섰다.

복도를 지나 교무실로 향하면서, 키요시는 고향인 N섬에서 일어난 비극에 대해 생각했다. 학생들에게 역시 집단 자결에 대해 알려줘야 하지 않을까? 할아버지의 죽음에 대한 이유를 말해야 하지 않을까? 그런 생각이 들기 시작했다.

그러나 할아버지의 수기는 아버지와 둘이서만 유서라고 단정한 것이며, 아직까지도 확신은 들지 않았다. 좀 더 꼼꼼히 읽을 필요가 있다. 그리고 N섬의 비극에 대해서도, 키요시 스스로가 좀 더 알아봐야겠다고 생각했다.

그러기 위해서는 오키나와전의 전반적인 내용을 다시 파악해 볼 필요가 있다. 학생들을 캠프에 데려갈지 말지는 이 결론이 난 후에 생각하면 된다. 그렇게 생각하고 나니, 더 이상 망설일 것이 없었다. 교무실로 돌아가 교과서를 책상 위에 놓고 곧바로 도서실로 향했다. 오키나와전이나 집단자결에 관한 온갖 책을 빌려야겠다고 생각했다. 이를 통해 할아버지 죽음의 진상에 가까워지고 싶다고 생각했다.

도서실에는 예상외로 오키나와 전투에 관한 책이 많이 진열되어 있었다. 알고 있고 또 읽은 줄만 알았던 책은 극히 일부였다. 아무래도 오키나와 전투에 관한 책은 아직도 계속해서 출판되고 있는 것 같았다.

우선은 책등에 있는 제목을 보고 관심이 가는 책을 책장에서 빼내어, 훌훌 넘기면서 빌릴 책을 찾았다. 전후 60년, 지금 기록해두지 않으면 각각의 전쟁체험은 영원히 세상에 나오지 못하고 묻히고 만다. 체험자의 그러한 절박함도 마찬가지다. 또는, 그 이상으로 일본 현재 상황에 위기감을 더해 가는 듯하다. 책의 끝머리나 머리말 등에서는 비명과 같은 목소리가 터져 나오고 있었다.

키요시의 눈에 "게라마제도란 '축복慶'과 '선량良' 사이에 누워있는 섬들을 말하는 것"이라는 한 구절이 몇 번이고 눈에 들어왔다. 자신의 고향임에도 불구하고 이 사실조차 알지 못했다. 이 사실을 몰랐던 자신에게 분노마저 느껴졌다. 이런 아름다운 이름의 유래가 있는 섬에서 집단 자결이 일어난 것이다. 믿기지 않는 일이지만, 모든 책들이 이 사실을 전하고 있었다. 조급해지는 마음을 억누르면서 네다섯 권의 책을 가지고 급히 카운터에서 대출 수속을 밟았다.

교무실로 돌아가서도 당장 읽고 싶은 충동을 억누르기가 힘들었다. 몇 번인가 넘겨보다가 마음을 다잡고 가방에 넣었다.

집으로 돌아와 저녁 식사 후, 책 한 권을 들었다. 첫 번째 책은 오키나와전을 기록한 전사 『오키나와~미일 마지막 전투』이다. 편자는 미국 육군부로, 역자는 소토마 쇼시로.

키요시는 지금까지 오키나와 역사나 증언집 등, 오키나와전 기록에 관련된 책들을 읽어왔다. 오키나와에서는 오키나와전이 종결된 6월 23일을 '위령의 날'로 명명하여 공휴일로 지정되어 있다. 위령의 날에는 현이나 유족 단체 등이 주최하는 다양한 관련 행사가 열리고, 학교에서도 자율학습시간을 활용하여 평화 학습 등이 반복적으로 이루어지고 있다.

키요시도 선배 교사로부터 교직에서 그러한 대처 학습이 얼마나 중요한지를 배웠다. 매뉴얼 책도 다수 출판되고 있다. 하지만 미국 입장에서 쓰인 본격적인 오키나와전에 관련된 전사戰史를 읽는 것은 처음이었다. 그래서 그런지 약간의 긴장감도 있었다.

'역자 머리말'에는 "이 책은 미 육군부 전사편집부의 편집에 의한 책을 국역한 것으로, 오키나와전과 관련된 가장 권위 있는 전사이며, 치열하기 그지없는 90일간의 사투를, 언론인의 날카로운 관찰을 통해 사실에 입각하여 정확하게 기술하고 있다는 점에서 가장 가치 있는 책이다"라고 적혀 있었다. 그리고서는 다음과 같이 쓰여 있다.

오키나와를 점령하고, 일본에 최후의 일격을 가하기 위해 동원된 미군의 전투 부대가 약 18만, 지원 부대를 포함하면 약 총 45만 대군이었다. 이에 비해 일본군 오키나와 수비대는 약 10만이었다. 베트남 전쟁에서의 미군 파병이 50만이라고 했을 때, 남베트남의 130분의 1의 면적밖에 되지 않는 오키나와 섬에 45만 대군이 몰려온 것을 보면, 오키나와전이 얼마나 치열한 것이었는지 쉽게 상상할 수 있을 것이다.

3월 24일, 게라마제도에 미군이 상륙함으로써 시작된 오키나와 방어전은 '존재하는 모든 지옥을 한곳으로 모아놓은' 듯한 사투의 연속이었다. 그곳에서는 '일본군은 항복이라는 것을 모르고 있었고, 아는 것은 오직 죽음뿐'이었으며, '다친 자는 그대로 죽어가거나, 혹은 죽기 위해 다시 전선으로 돌아' 갔다.

90일에 걸친 사투 끝에, 전사자는 일본군 6만 5,090명, 오키나와현 출신자군인 군무원 2만 8,228명, 그 외의 전투 참가자 5만 5,246명, 일반인 9만 4,754명으로 총 24만 4,136명이다. 여기에 미군 전사자 1만 1천 명을 더하면 총 25만 5,136명의 고귀한 생명을 앗아갔다. (1968년 9월 조사에 의한 최종 결과) 이는 매일 2,834명씩 죽어간 것이다.

이 중에는 물론, 집단 자결한 초등학생도 있으며 스스로 죽을 줄 알면서도 갓난아기를 업고 미군 진지로 쳐들어간 여인들도 있다. 또, 교복에 '별 견장'을 붙이고, 군대의 '규칙'도 잘 모르면서, 통신대의 케이블 운반과 전령, 급기야는 스스로를 철혈 근황대라고 하는 15살 중학생 군대도 다수 있었다…….

숨이 막히는 듯한 기술이 계속되고 있었다. 좀 더 읽으면, "오키나와전에서 병든 미군 병사 환자는 해병 2개 사단에 6,350명, 육군 4개 사단에 7,762명이었다". 이렇게나 무시무시한 전쟁이 펼쳐진 오키나와전의 실상은 오키나와뿐만 아니라, 미군에게도 역시 처참한 싸움이었던 것이다…….

6

"슬슬 오늘쯤에 입원해야 하지 않을까 싶은데……."

아내 미나코가 아침 식사 때 조심스럽게 말을 꺼냈다.

"엄마! 아기가 태어나는 거야?"

"응, 이제 치나츠는 누나가 되는 거야."

"우와, 너무 좋아!"

미나코 옆에 앉아있던 치나츠가 키요시보다 먼저 미나코의 말에 반응했다.

"아빠도 너무 좋아요."

키요시는 치나츠보다 대답이 늦은 것을 사과하는 듯한 뉘앙스로, 두 손으로 뺨을 가볍게 치며 농담처럼 말했다.

미나코는 신경 쓰는 것 같지 않았다.

"당신……, 밤을 새운 것 같은데 괜찮아?"

키요시에게 미리 준비해놓은 것 같은 질문을 던진다.

"응, 괜찮아."

키요시는 그렇게 대답한 후, 웃는 얼굴로 말을 이었다.

"아기는…… 문제없는 거지? 순조로운 거지?"

"응, 다 괜찮아 문제없어. 병원에는 어떻게……."

"응 내가 데려다줄게. 오후에 반차 냈으니까 병원에 갔다가, 그 후에 항구로 가서 배 타면 돼. 차는 항구에 맡겨 놓을게. 학교에도, 학생들에게 내일은 할아버지의 칠우제七虞祭라 N섬에 간다고 말해 놨어. 그랬더니 잘 다녀오라고 하더라."

"그래 알겠어……. 이런 날에 출산일과 겹쳐서 미안해."

"응? 아니야, 사과할 거 없어. 그것보다 치나츠 준비 좀 부탁할게. 오후 3시 배야."

"알았어."

키요시는 미나코의 대답을 듣고, 치나츠를 마주 보며 가능한 밝은 목소리로 말한다.

"치나츠, 오늘은 아빠와 함께 할아버지 댁에 갈 거야. 큰할아버지께 인사드리러 가자."

치나츠가 눈을 크게 뜨고 소리를 높였다.

"배 타는 거야?"

"응, 배 타러 갈 거야."

"우와, 너무 좋아……. 오늘은 좋은 일이 많다!"

"왜?"

"왜냐면 아기도 태어나고 또 배도 탈 수 있으니까!"

"그렇네. 좋겠네, 치나츠는. 돌아오면 아기가 태어나 있어서, 치나츠가 누나가 되어 있을지도 몰라."

"응? 아기는 오늘 태어나는 거 아니야?"

치나츠가 미나코를 쳐다본다. 미나코가 타이르듯이, 치나츠에게 얼굴을 가까이 대며 말한다.

"오늘이 될지 내일이 될지는 모르는 거야. 아기가 태어나는 날은 하나님이 정해주시는 거거든. 이제 곧이에요, 라고 말하는 하나님의 목소리가 들렸기 때문에 오늘 병원에 입원하는 거야. 치나츠와 아빠가 엄마를 병원까지 바래다줄 거란다."

치나츠가 신기한 듯, 키요시와 미나코를 번갈아 쳐다본다. 역시 아직은 어린이다.

"엄마는 큰할아버지한테 안 가?"

"배를 타면 뱃속의 아기가 깜짝 놀라요. 그래서 엄마는 못 가. 그러니까 치나츠가 엄마 대신 큰할아버지한테 인사드리는 거야. 아빠 말씀 잘 듣고 착하게 있어야 해. 엄마 부탁이에요. 알았지?"

"응, 알았어."

"할 수 있겠어?"

"응, 걱정 마. 맥기만 줘!"

치나츠의 활기찬 목소리에 키요시도 미나코도 무심코 서로의 얼굴을 쳐다보며 웃었다.

그런데 맥기만 줘는 도대체 언제 배운 걸까? 치나츠의 어린이집에서 사투리를 가르친다고 들은 적이 있었던 것 같은데 그게 정말이었나? 키요시와 미나코가 대화할 때, 사투리를 거의 쓴 적이 없는 것 같은데…….

"여보, 치나츠 사투리 잘해. 내가 모르는 사투리까지 가끔 쓰니까……, 그치, 치나츠?"

"맥기만 줘!"

치나츠가 득의양양하게 대답한다. 미나코가 키요시의 당황함을 꿰뚫어 본 듯 웃고 있다. 왠지 딸에 대해서 이런 것도 모르느냐고 웃고 있는 것 같았다.

키요시는 학교 오전 수업을 마치고 나서, 서둘러 어린이집에 있는 치나츠를 데리러 갔다. 어린이집에서 담당 선생님께 방언에 대해 물었더니, 아이들이 재밌게 배우고 있어요, 라는 답변이 돌아왔다. 할아버지, 할머님들도 매우 기뻐한다고 했다.

"그렇나요……, 분명 좋은 일이죠. 듣고 있자니, 왠지 저마저 즐거워지더라고요."

키요시는 아이들이 목소리를 맞춰 큰 소리로 방언을 배우고 있는 모습을 상상하자 웃음이 났다.

어쩌다 보니 감상까지 말하고 있었다. 조금 민망해져서 가볍게 인사를 하고, 치나츠의 손을 잡았다.

그리고 집으로 돌아와, 미나코에게 치나츠의 갈아입을 옷이 든 가방을 받았다. 미나코는 치나츠 몫과 키요시 몫, 그리고 자신의 몫까지, 척척 준비를 해냈다. 그리고 셋이 함께 병원으로 향했다.

병원에 도착해서 간호사분께 인사를 드리고, 미나코를 병실에 데려다주었다. 막상 가려고 하니, 미나코가 신경 쓰였다. 키요시는 왠지 사과를 해야 할 것 같아서 미나코에게 말을 걸었다.

"출산인데……, 함께 있어주지 못해서 미안해."

미나코가 순간 놀란 듯이 고개를 들었다가, 미소를 지으며 키요시를 보았다.

"무슨 소리야, 당신도 참……. 여기 있어도 당신이 도와줄 건 없네요. 괜찮아, 맥기만 줘!"

미나코는 치나츠가 아침에 말했던 사투리를 흉내 내며 밝고 씩씩하게 브이를 만들어 보였다. 키요시는 미나코와 치나츠의 얼굴을 번갈아 보며 웃었다.

"있잖아, 뭐가 맥기만 줘야?"

치나츠가 이해가 가지 않는다는 듯이 미나코를 쳐다보았다.

"아빠하고 엄마, 둘만의 비밀이야."

"너무해! 너무 치사해!"

미나코의 말에 치나츠가 떼쓰듯이 어리광을 부린다.

"자, 미나코는 이제 곧 누나가 되는 거예요. 아빠랑 사이좋게 잘 다녀와. 엄마의 부탁도 잊으면 안 돼."

"맥기만 줘!"

치나츠는 조금 전의 불만은 싹 잊어버린 듯 의욕이 넘친다.

"그럼 다녀올게. 무슨 일이 생기면 바로 전화해. 나하에서 게라마는 가까우니까……."

키요시는 그렇게 말하고 미나코를 뒤로한 채 문으로 향했다.

"고마워 여보……."

키요시는 미나코의 말을 듣고 뒤돌아보았다. 웃는 미나코를 보자, 순간 감정이 북받쳐 올라왔다. 행복하다고 느꼈다. 그와 동시에 이 행복을 키요시만 느낀 것이 아니라는 생각이 들었다.

당연히 아버지, 어머니 그리고 조부모님도, 이 순간이 있었을 것이다. 이런 일상의 행복을 빼앗는 것이 있다면 절대 용서할 수 없다. 할아버지의 장례식에 가는 것이 이러한 가족의 행복을 지켜야겠다는 다짐으로 이어지는 것 같았다. 뜬금없다고 느꼈지만, 이런 생각에 가득차서 저절로 눈시울이 뜨거워졌다.

7

게라마로 건너가는 동안에 바다는 잔잔했다. 정원이 백 명 정도 되는 페리는 거의 흔들림 없이 N섬의 항구로 향했다. 키요시는 치나츠가 졸라서 선실에 들어가지 않고, 계속 갑판 위에서 바다를 바라보고 있었다.

N섬에서 태어나, N섬에서 유년 시절을 보낸 키요시에게는, N섬에서의 즐거운 추억이 가득하다. 봄이 되면 뒷산에는 소귀나무가 가지 가득 열매를 맺는다. 학교가 끝나면 친구들과 함께 소귀나무 열매를 찾아 산속을 뛰어다녔다.

여름에는 사시사철 바닷가에서 지냈다. 키요시와 친구들은 수영뿐만 아니라, 조개잡이에도 열정을 쏟아 부었다. 재미있게도 조개와 물고기가 잘 잡혔다.

아버지와 함께 횃불을 켜고, '이 자리'라고 부르는 밤 썰물 사냥에도 나갔다. 물고기들은 산호나 바위 뒤에 몸을 숨기고 잠을 자고 있었기 때문에, 찾으면 맨손으로 잡을 수도 있었다. 산호를 밟으면

무수한 별과 같은 빛이 발밑에서 퍼져 나온다는 사실 또한 너무 신기했다.

아마 전쟁 전에도 당연했을 것이다. 게라마제도의 모든 마을은 가난하지만 풍요로운 자연에 둘러싸여 화목하고 평화로운 삶을 살아가고 있었겠지. 그런 생활이 전쟁으로 인해 갑자기 파괴된 것이다.

키요시는 바닷바람을 맞으며 어젯밤 읽었던 전기를 생각했다. 1944년 9월, 게라마제도에 속한 섬에 일본 군대가 배치된다. 아무로섬 앞바다에 일본군의 수송선단이 나타나, 배에 탄 많은 병사가 상륙한다. N섬 해변에도 다량의 물자가 들어왔다. 학교나 민가가 병사들의 생활 터전이 되었다. 마을 전체가 그날부터 군대에 협력하기 시작하였다. '나라를 위해', '천황폐하를 위해'라며 분골쇄신하는 헌신적인 노력이 시작되었다.

그 게라마제도를 미군은 오키나와 작전 최초의 싸움의 무대로 삼았다. 오키나와 본섬 상륙 작전 6일 전에 실시된 게라마 점령 계획은, 다음으로 계획된 일본 본토나 오키나와 본섬의 대진공 작전을 위해, 수상기 기지와 함대 정박을 확보하기 위한 것이었다고 한다.

키요시의 눈앞에 있는 바다에 당시 많은 대형 수송선, 항공모함, 구축함들이 집결했을 것이다. 바다를 뒤덮는 대항단에 마을 사람들은 간담이 서늘해졌을 것이다. 그리고 마을 사람들의 불안은 적중했다.

1945년 3월 23일, 섬을 둘러싼 함정에서 일제히 포격이 시작되면서, 수만 발의 포탄이 섬으로 날아들었다. 더욱이 미군기 삼백 대를 통한 대공습이 사흘 동안이나 계속되었다. 그 사이 마을에는 다수의 희생자가 발생하였다. 그 후 3월 26일 오전 8시 4분, 미군은 최초의 상륙지인 아카지마 해안에 한 발을 내디딘다. 이어서 게루마, 자마미 등에 속속히 상륙을 시작했다…….

"아빠! 큰 메뚜기가 바다 위를 헤엄치고 있어!"

"응? 메뚜기가 바다에도 있는 건가."

"잉? 아빠도 참……, 저기 봐봐!"

키요시는 치나츠가 가리키는 방향을 주시한다.

"봐봐, 날았어!"

치나츠가 크게 소리쳤다.

"정말이네, 이걸 발견하다니. 대단한데? 치나츠는……."

치나츠가 수줍은 듯이 웃는다.

"하지만 말이야, 저건 메뚜기가 아니고 물고기야. 저 물고기들은 물 밖으로 튀어나와 나는 것 같다고 해서 날치라는 이름이 붙은 물고기란다."

"아, 그래……, 아빠, 알고 있었구나."

순간 아차 했다. 키요시는 이 상황에 찬물을 끼얹은 것을 후회했다. 치나츠는 완전히 불만스러운 얼굴을 하고 있다.

"엄마는 모를지도 몰라. 엄마한테 가르쳐주자."

"그렇겠지? 엄마한테도 알려줘야지."

"응, 그러자. 엄마도 깜짝 놀랄 거야."

치나키는 눈을 반짝이며 다시 바다를 쳐다보고 있다.

키요시도 처음 날치를 봤을 때는 놀랐다. 아마 막 초등학생이 된 해의 여름방학에 가족끼리 나하로 놀러 갔을 때의 일이다. 옆에 있는 세츠코 누나의 손을 끌어당기며 몇 번이나 자랑스럽게 자신이 발견한 것에 대해 이야기했었다.

"아빠는 이 바다를 많이 봤으니까, 그래서 날치도 알고 있었던 거야."

"아하, 그런 거구나……."

"있지, 치나츠……. 신기한 거 하나 더 알려줄까?"

"응! 응! 알려줘!"

"있지, 이 바다에는 고래도 찾아온대."

"헉, 정말이야?"

"응 정말로. 아기를 낳으러 온대."

"우와 신기하다. 그럼 바다는 병원이네?"

"응? 왜?"

"아니, 엄마도 아기 낳으러 병원에 입원했잖아. 그러니까 병원이지!"

"그러고 보니 그러네. 바다는 병원이네……."

키요시는 그렇게 말하고, 마음속으로 치나츠의 발상에 감탄했다. 그리고 미나코에게 아기가 태어났을지도 모른다고 생각하니, 어이가 없어서 쓴웃음이 났다. 미나코와는 방금 막 헤어졌다. 2시간도 채 지나지 않았는데 아기가 벌써 태어났을 리가 없다.

치나츠가 얼굴을 들어 키요시를 보며 물었다.

"오늘도 와있을까?"

"뭐가?"

"고래 말이야!"

"글쎄, 와 있으려나?"

"치나츠가 한번 찾아볼게!"

"응, 발견하면 대단한 거야."

치나츠가 다시 한번 눈을 반짝거리며 바다를 본다.

"고래야 나와줘, 어서 나와줘. 고래야 나와라……."

치나츠의 중얼거리는 주문과 같은 노랫소리가 바람을 타고 날아간다. 치나츠의 노랫소리가 바다에 잘 전해지면 좋겠다. 잠자는 고래의 귀에 닿으면 좋겠다. 그런 생각이 키요시의 머릿속에 떠올랐다.

갑자기 할아버지가 생각났다. 동시에 치나츠와 비슷한 또래의 여자아이들도 집단 자결의 희생자라고 생각하니 견딜 수가 없었다. 갈 곳을 잃은 복잡한 생각이 방향을 정하지 못하고 휘몰아쳤다. N섬은 거의 코앞에 다가와 있었다.

8

키요시와 함께 온 치나츠를 부모님은 매우 반겨주셨다. 누나 세츠코는 이미 오전에 도착해있었다. 영결식을 위해 멀리 센다이에서 온 여동생 노부코 부부는 오늘은 참석하지 못하고 사십구재에 노부코만 오겠다고 했다.

세츠코 누나의 두 아들 타이시와 유야는 야구와 축구 연습이 잡혀있어서 매형과 함께 나하에 남았다. 켄이치 매형만 내일 당일치기로 들어온다고 했다. 그 덕분에 딸 치나츠는 키요시의 부모님과 찾아오는 이웃 사람들의 애정을 독차지하고 있었다.

그뿐만이 아니다. 치나츠는 우토 할머니의 무릎 위에 안기듯이 앉아, 어리광을 부리고 있었다.

"큰할머니 피곤해 하시잖아……. 자, 치나츠 어서 내려와."

그러나 우토는 키요시의 말을 제지하듯, 말없이 치나츠를 껴안고 가끔씩 머리를 쓰다듬어주었다.

치나츠는 조문객들이 오든 말든 신경 쓰지 않고, 바다 위에서 본

날치 이야기와 고래 이야기를 자랑스럽게 주변 사람들에게 이야기하고 있었다.

"큰할머니는 이제 혼자니까, 치나츠가 큰할머니랑 같이 자줄게!"

우토는 그런 치나츠의 말에 눈을 가늘게 뜨고 작게 고개를 끄덕이며 듣고 있었다.

치나츠는 어느새 자깝스러운 말을 하고 있었다. 곧 네 살이 된다고는 하지만, 할아버지의 죽음의 의미를 알 리가 없다. 쓴웃음이 나오지만, 그걸로 우토가 기운을 차릴 수 있으면 좋겠다고 생각할 뿐이다.

우토에게는 남편 세이지로의 죽음이 매우 충격적이었을 것이다. 갑자기 입을 닫고 고개를 작게 끄덕이는 동작만 할 뿐이었다. 그 누구의 물음에도 거의 대답하지 않고, 또, 스스로도 거의 입을 열지 않았다.

"할머니는 좋겠네요. 오늘은 치나츠가 같이 자준대요."

옆에서 어머니 도미코가 우토에게 말을 걸었다. 우토는 수굿이 미소를 지으며 고개만 끄덕일 뿐이다.

우토는 세이지로와 같은 나이이다. 세이지로는 과묵했지만, 우토는 어느 쪽인가 하면 오히려 세이지로의 곁에서 밝고 활기차게 행동했다는 인상이 강하다.

그랬던 우토가 먼 곳을 멍하니 바라보는 것처럼 시선의 갈피를 잡지 못하고 있다. 왠지 애처롭다. 허리를 접질려, 세이지로의 위패를 놓은 방에 말없이 앉아 있다. 그렇지 않을 때는 뒷방에 누워서 주무신다. 세이지로와 함께 다니던 아침 산책길에는 이제 나가려고 하지 않는다.

"왠지 할머니가 걱정되네요……."

키요시의 말의 뜻을 이해한 듯 아버지가 옆에서 작은 목소리로 얘기한다.

"연세도 연세신데……, 완전히 기운을 잃어버리셨어……."

아버지는 한숨을 쉬시듯, 누구와도 대화를 하려 하지 않는다면서 우토의 상황에 대해 이야기했다.

"할머니……, 기운 내셔야죠……."

우토는 키요시의 격려에도 고개만 끄덕일 뿐 대답을 들려주지 않는다.

우토의 마음에는 지금 어떤 생각이 소용돌이치고 있을까? 키요시도 신경이 쓰이기 시작했다.

키요시가 목소리를 낮추어 아버지께 물었다.

"할머니께 할아버지의 수기는……."

"아직 말씀드리지 않았다. 할머니께 보여드리는 것이 좋을지 어떨지, 아직도 망설이고 있어……."

아버지가 키요시의 물음에 답한다. 키요시도 판단이 서지 않았다.

"아버지, 수기는 어디에 있어요?…… 지난번에 못 읽은 부분을 마저 읽어보고 싶은데……."

"응 알았다, 따라오렴."

아버지는 일어나서 옆방으로 건너가, 저번과 마찬가지로 장롱 안쪽에서 짙은 감색 보자기를 꺼냈다.

"자, 여기."

"고마워요……."

키요시가 건네받자, 다시 옆방으로 돌아가는 아버지의 등을 바라본 후에 보자기를 풀었다. 역시나 묵직한 생명의 감촉이 마음을 혼란스럽게 한다.

노트를 펼쳐 본다. 그리운 할아버지의 필적이다. 'N섬 노트 1975년' 이라고 쓰여 있다. 한 권을 손에 들고, 페이지를 넘겨 본다…….

전쟁이란 무엇일까? 가족을 지키기 위해 가족을 죽였다. 가족의 행복은 국가가 안전하고 행복해야 성립된다. 그러므로 국가를 지키는 것이 즉, 가족을 지키는 것이라고 배웠다. 나는 그렇게 믿고 있었다. 세계가 평화로워야 일본이 평화롭다. 류큐가 평화로워야 게라마가 평화롭다. 그리고 게라마가 평화로워야 우리 집안과 가족이 평화로울 수 있다고…….

나는 N섬의 동사무소 직원이었다. 근무한 지는 얼마 되지 않았지만, 공무원이기에 앞장서서 국가의 대의에 목숨을 바치는 것이 나의 사명이었다. 이것이 가난한 어부 생활을 하면서, 나를 슈리 제일중학교[구제]에 진학시켜준 아버지의 은혜에 보답하는 것이었다.

나는 이에 대해 아무런 의심도 하지 않았다. 아버지의 기대를 짊어지고 나 자신 또한, 충분히 그 기대에 부응할 수 있다고 믿었다. 나는 큰 포부를 가지고 있었다.

아버지는 내게 자주 말씀하셨다. 섬사람들의 본보기가 될 만한 언동을 보여줄 것. 손가락질을 받을 만한 언동을 하지 말 것. 솔선수범하는 사람이 될 것. 이라고……. 아버지가 거나하게 취해서 기분이 매우 좋은 때일수록 그런 말씀을 하셨다.

내가 학생일 때, 슈리에서 알게 된 구니코를 섬으로 불러들여 결혼하고 싶다고 말하자, 기꺼이 찬성해 주셨다. 결혼식도 마을 사람들을 불러 모아 성대하게 열어 주셨다. 구니코는 곧 부모님의 마음에 들었다. 구니코는 부모님과 한 지붕 밑에서 생활하는 것도 힘들어하지 않는 것 같았다.

여동생과 남동생들도 구니코에게 곧잘 따라주었다. 행복한 생활이, 변하지 않는 섬의 아름다운 풍경처럼 영원히 계속될 것 같았다.

그러나 그렇지 않았다. 생각보다 전쟁은 가까이 다가와 있었다. 징병된 형이 전사했다는 소식이 얼마 되지 않아 도착했다.

더욱이 일본군이 섬으로 들어오자, 섬의 생활은 크게 달라졌다. 우리 집도 일본 군대가 주둔하는 숙소로 제공되었다. 또, 생활의 양식을 얻기 위한 아버지의 작은 배도 공출해야 했다. 격변하는 날들은 형이 세상을 떠난 지 몇 달도 채 지나지 않은 시기였다.

형의 죽음을 들었을 때의 아버지는 크게 낙담하셨다. 그러나 이러한 비상사태야말로, 신이 인간을 시험하는 것이라며 배운 것이 없는 아버지가 어디서 들었는지 모를 궤변을 선보였다.

우리 가족은 아버지에게 혼나가며, 필사적으로 섬에 주둔하고 있는 군대에 협력했다. 아니, 우리 가족만이 아니다. 섬사람들 모두가 합심하여 군대를 제1순위로 생각하고, 일본인으로서 천황에게 충성을 다하고, 국가에 봉사할 것을 서로 다짐하고 있었다.

군사기지 건설과 방공호 굴착을 병행하고, 군의 지시로 마을 사람들에게 방재훈련과 군사훈련을 시작했다. 그럴 때는 항상 우리 젊은 동사무소 직원들이 솔선해서 마을 사람들을 모으고, 군대와의 연락에 도움을 주었다.

그러나 지금 생각해보니 섬에 군대가 주둔한 것이 과연 정말로 섬을 지키는 길이었는지에 대한 의문이 든다. 군대가 주둔함에 따라 우리의 섬은 전장이 되어, 많은 희생자를 내게 된 것은 아닐까? 군대에 협력하고, 국가의 대의에 목숨을 바치는 것이 섬을 지키고 가족을 지키는 것으로 이어지는 것일까……. 불손한 일이라고 질책받을지도 모르지만, 그런 의문마저 들었다. 군대가 주둔하지 않았던 섬에서는 집단 자결이 일어나지 않았으니까.

전후에 남겨진 나의 가족은 나와 남동생 둘뿐이었다. 형은 전사했고, 아버지는 옥쇄라는 명목으로 어머니와 두 여동생의 목을 베고, 자신의 목숨도 끊었다. 나 또한, 동생의 눈앞에서 사랑하는 아내의 목을 베고 동생 목에 칼날을 들이밀었다…….

살아남은 동생과의 생활이 시작되었지만, 동생의 눈은 나에게 강하게 묻고 있는 것 같았다. 왜 여기에 부모님이 안 계시는 건지, 왜 여기에 형과 여동생이 없는 건지, 도대체 왜 여기에 나와 동생 둘만 남아있는 것인지…….

나와 남동생뿐만 아니라, 죽지 못한 마을 사람들의 말할 수 없는 참극은, 모든 집의 지붕 아래에서 반복되었을 것이다.

죽은 사람이 얼마나 편할지. 섬에서 도망쳐 나온 사람들이 얼마나 편할지……. 몇 번이고 생각했다. 실제로 마을 사람들 중에는 편해지기 위해 스스로의 목숨을 끊은 자들도 있었다. 그러나 나는 죽을 수 없었다. 내가 죽으면 남겨지는 동생이 안쓰러웠다. 그렇다고 동생에게 다시 같이 죽자고도 차마 말할 수 없었다.

나는 계속 살아가야 했다. 전쟁 중에는 빨리 죽기를 바랐었는데, 전후는 계속 살아나가야만 했다. 동생의 자립을 도와야만 했다. 죽은 아내나, 부모님, 가족의 영혼을 모셔야만 했다. 살아남은 마을 사람들로부터, 다시 동사무소 직원으로 일하기를 요청받은 나는, 주저하면서도 마을을 부흥하는 것이 나처럼 살아남은 자들의 몫이라고 생각하고 받아들였다.

그러나 섬의 바람은 새로운 한 해가 밝을 때마다 나에게는 숨 막히게 느껴졌다. 특히 3월의 바람은 내 기억을 나날이 떠오르게 하는 공포의 바람이 되었다. 원망스럽게 나를 바라보는 동생의 무언의 추궁에서 나는 몇 번이나 도망치려고 했는지 모른다. 둘이서 마주 보고 식사하는 시간이 나에게는 지옥처럼 느껴졌다.

중학교를 졸업한 동생은 섬을 떠나갔다. 나하에 있는 고등학교에 진학했으면 좋겠다는 나의 부탁을 완강히 거부하고 갑자기 종적을 끊은 것이었다.

며칠을 기다려도 동생은 돌아오지 않았다. 섬과 나하를 잇는 연락선에서 동생과 닮은 소년의 모습을 봤다는 소식이 전해졌지만 확실하지 않았다. 하지만 나는 그러한 미미한 단서에 의지하여 쉬는 날에는 몇 번이고 연락선을 타고 나하로 나가, 사진을 들고 거리를 찾아다녔다. 몇 번을 나가도 찾지 못했다. 경찰에게 수색을 의뢰했다. 그러나 아무리 기다려도, 경찰에게서 연락은 오지 않았다.

나는 어떻게 전후를 살아야 할까? 다시 한번 생각을 해야만 했다. 동생이 돌아오기를 하염없이 기다려야 할까? 아니면 동생이 죽었다고 생각하고 나도 죽음을 택해야 하는 걸까? 내가 죽으면 누가 가족을 공양할까? 살아서 죽어간 가족 모두를 일생에 걸쳐 공양하는 것이 자신의 죗값을 치르는 것이 아닐까? 아니면, 마을 사람들과 함께, 이 섬에서 일어난 비극을 계속 짊어지고, 섬을 살리는 것이 우리 살아남은 자의 사명인 걸까…….

그러나 남동생이 실종된 지금, 재차 죽음의 유혹이 강렬하게 나를 덮쳐왔다. 빨리 아내가 있는 곳으로 가자. 빨리 가족들 곁으로 가자. 마찬가지로 저승에서 고통받고 계실 아버지를 위로해 드리고 싶었다. 그리고 빨리 아내에게도 사과하고 싶었다…….

나는 역시 죽는 길을 택하는 것이 맞다고 생각했다. 적어도 지금의 삶보다는 편해질 것 같은 기분이 들었다. 나는 더 이상 주저하지 않았다. 죽음을 강하게 원했다. 이상한 일이지만 저승에 가면 아버지에게 어떤 위로의 말을 드려야 하나, 적당한 말을 찾으면서 죽을 날을 정하고 스스로에게 남겨진 날들을 세기 시작했다. 동생에게도 버림받은 지금, 이 세상을 살아갈 미련 따위는 조금도 없었다.

그러나 나는……, 생각지 못하게 나처럼 죽기로 결정하고 죽으려고 하는 한 여인을 만났다. 현재 내 아내가 된 우토이다. 나는 나도 모르게 그 여성에게 살아야 한다고, 죽으면 안 된다고 소리쳤다…….

키요시는 여기까지 읽고 눈에 맺힌 눈물을 닦아냈다. 할머니 우토의 모습을 떠올렸다. 그러고 나서 세이지로의 뜰에 눈을 돌렸다. 정원에 나가서 찬바람을 쐬고 싶다고 생각했다. 할아버지께서 두려워하신 섬의 광기가 서려있는 바람이다.

키요시는 노트를 덮고 미닫이문을 열어 나막신을 신고 마당으로 나왔다. 할아버지의 명복을 비는 향냄새가 마당까지 퍼져 나오고 있었다. 키요시는 팔을 크게 벌리고 숨을 들이쉬었다.

다음 날 점심에 키요시의 핸드폰이 울렸다. 아내 미나코였다. 사내아이가 무사히 태어났다는 소식이었다. 일제히 박수가 터졌고, 모두가 축하해주었다. 그중에서도 치나츠가 매우 기뻐했다.

어머니 도미코도 치나츠를 안으며, 흥분된 기색으로 축하해주었다.

"하르방이 다시 태어난 걸지도 몰라."

"정말, 다들 적적하지 말라고 하르방이 내려주신 걸지도 몰라."

찾아오는 조문객까지 입을 모아 감상과 축하 인사를 해주었다. 키요시가 들은 많은 축복들이 정말이었으면 좋겠다고 생각했다. 태어난 아이와 할아버지와의 신기한 인연을 키요시도 느꼈다.

섬을 떠날 때, 키요시는 세이지로의 수기를 잠시 가져가도 되겠냐고 아버지께 물었다. 아버지는 순간 당황한 것 같았지만 기꺼이 승낙해 주셨다.

"이 수기를 어떻게 해야 할지……. 할머니께 보여드려야 할지……, 너도 한 번 더 잘 생각해보렴."

키요시는 고개를 끄덕였다. 어려운 숙제가 될 것이라는 생각이 들었지만, 세이지로의 수기를 모두 조심스럽게 가방에 집어넣었다.

9

세이지로의 칠우제가 끝난 것은 5월 중순이었다. 그리고 두 달 정도가 지나, 음력 7월 추석을 맞았다.

키요시는 추석에 맞춰 가족과 함께 섬으로 건너갔다. 아내 미나코와 딸 치나츠, 그리고 세이지로의 세 번째 글자를 따서 유우지라고 이름 지은 둘째까지, 총 넷이서 가는 고향길이다.

올해 추석은 여름방학 중이었기 때문에 4일 정도 천천히 머물다 갈 예정으로 준비를 마치고 배에 올랐다.

본가에 도착하자, 백일이 지난 지 얼마 안 된 유우지 주위에 금방 사람들이 모여들었다. 이웃집 아주머니들까지 찾아와, 유우지의 시선을 사로잡기 위해 까꿍하며 웃어 보였다.

"와아, 너무 귀엽다. 귀가 우후 할아버지랑 닮은 것 같네."

"어머, 웃는 것 좀 봐."

어머니는 미나코의 팔에서 유우지를 안아갔다. 추석에 분향을 하러 온 손님들도, 엄마 품에 안긴 유우지를 보고, 한참 동안 품평

회 같은 대화를 계속 나누고 있다.

치나츠는 조문객이 있을 때에도, 키요시의 소매를 잡아당기며 한참을 바다에 가고 싶다고 조르고 또 졸랐다. 치나츠는 수영복과 튜브를 들고 섬에 왔다. 그만큼 추석보다 바다에 들어가는 것에 더 관심이 있을 것이다. 또, 주위 사람들의 시선이나 관심이 유우지 쪽으로 향하고 있었기 때문에 치나츠는 지루해 했을지도 모른다.

키요시는 어렸을 적에 마을 사람들이 말하던 것을 떠올리고, 치나츠에게 말했다.

"추석에는 바다에 들어가면 안 된대."

"누가?"

"……."

"누가 그래?"

"섬의 신이 말이야……. 그러니까 오늘 밤에 우쿠이제사 지내고 내일 가자."

"싫어. 치나츠는 오늘 들어가고 싶단 말이야."

"안 된다고 했어."

키요시에게 혼난 치나츠가 울음을 터뜨릴 것 같다.

"치나츠, 할아버지와 함께 산책하러 갈까?"

키요시와 치나츠의 대화를 듣던 아버지가 옆에서 치나츠에게 말한다.

"어디로? 어디로 산책하러 가?"

"바다로 가지."

치나츠가 미소를 보이며, 크게 고개를 끄덕인다.

"좋아, 그럼 바로 가볼까?"

"응!"

아버지와 치나츠가 일어섰다. 치나츠는 웃으며 아버지에게 어리광을 부리고 있다.

"나도 같이 가도 될까?"

아내 미나코가 아버지와 치나츠에게 말을 건다.

본가에서 해변까지는 걸어서 십 분 정도다. 무엇보다 이 N섬의 어느 집에서도 걸어서 십 분 정도면 바다에 갈 수 있을 것이다.

"그럼 나도 갈까나."

키요시도 그렇게 말하며 일어선다.

"그래, 다 같이 다녀오렴. 집은 나와 유우지가 보고 있을 테니까."

"이봐, 큰할머니도 계시잖아."

"어머, 그러네, 미안, 미안."

아버지와 어머니가 웃으며 말했다. 그런 대화에 등 떠밀리듯, 모두 다 같이 밖으로 나왔다. 산호초 돌담을 쌓은 두세 채의 집을 지나자, 바로 방풍림 역할을 하는 유우나 나무 옆에 도착했다. 그 가지 밑을 지나자, 눈앞에는 드넓은 해변이 펼쳐져 있었다.

키요시는 N섬에서 보낸 학창시절을 생각했다. 수없이 지나다니던 길이다. 솟아오른 모래사장에는 갯메꽃이 연보라색을 띠며 꽃을 피우고 있다. 학창시절과 다를 게 없는 풍경이다.

치나츠가 환호성을 지르며, 바다를 향해 달려갔다. 미나코가 황급히 쫓아간다.

그 광경을 보고 키요시는 소리 내어 웃었다. 아버지도 웃음을 짓고 계신다.

그들 말고는 우쿠이 당일인 해변에 사람의 그림자는 없었다. 눈 앞에 가히지마가 보인다. 치나츠는 이미 바닷물에 발을 담그고 있었다. 떠들고 있는 치나츠의 목소리가 작은 파도 소리와 함께 들려온다. 햇볕이 약해진 아무도 없는 해변은 왠지 쓸쓸하다.

"건너편의 곶 주변에는 동굴이 있었다고 하더구나."

"네?"

"특공정을 숨기는 동굴 말이야."

"아, 그렇군요……."

"특공정은 이 게라마제도에만 약 삼백 척 정도가 배치되어 있었다고 하더라. 폭탄을 싣고 적함에 돌진하기 위해서 말이다. 당치도 않지……."

아버지는 그렇게 말하면서, 모래사장에 앉았다.

"실제로 사용되었나요? 특공정은……."

키요시도 아버지를 따라 앉으며 물었다.

"글쎄, 어땠으려나……, 아마 사용되지 않았을 거다. 동굴은 공습에 의해 파괴되었거나, 일본군이 스스로 태워버렸지 않았나 싶어."

아버지는 멀리 바라보며 눈을 가늘게 떴다. 가히지마의 뒤에는 아카지마섬과 게루마섬이 보인다.

키요시의 시야에, 쳐들어오는 미군 군함이 보이는 듯했다. 그치지 않는 함포 사격 소리도 들려왔다. 그 당시 하늘에는 폭격기의 그림자도 보였을 것이다. 그로부터 전후 60년이 지난 것이다.

물론 키요시의 집도 흔적도 없이 탔다고 한다. 할아버지가 그 자리에 집을 다시 짓고, 아버지가 다시 태풍에 강한 지금의 콘크리트 건물로 재건한 것이라고 했다. 그 집에서 키요시가 태어났다.

"세이스케 할아버지는 어부셨다. 세이지로 할아버지의 아버지니까 너에게는 증조할아버지겠구나. 알고 있었니?"

"네, 알고 있었어요. 할아버지 수기에 적혀 있었어요. 섬에 온 일본군에게, 작은 배를 공출당하셨다고……."

"그랬지……."

아버지는 말하면서도 시선은 고정된 채였다. 아마도 아버지는 지금 나와 같은 생각을 하고 있겠지, 라고 생각했다. 그런 생각을 하면서, 전부터 궁금했던 질문들을 물어보고 싶다는 감정이 치솟아 올랐다.

세이지로의 일기에 쓰여 있던 것으로, 아들 키요마사와 심하게 언쟁을 했다고 하는 내용이다. 구체적으로 어떤 언쟁을 했는지 적혀있지 않았다. 그러나 그 일에 관한 감회가 그 이후로도 며칠 동안이나 적혀있었기 때문에 대충 짐작은 된다. 하지만 명확한 답은 아니다. 1960년대의 수기였으므로 아버지가 중학생 때의 일이었겠지…….

"아버지, 한 가지 물어보고 싶은 것이 있는데, 괜찮을까요……."

"뭔데?"

"할아버지 수기에 관해서인데……."

"응, 말해보렴……."

"그게 말이에요……."

키요시는 말을 꺼냈지만, 순간 망설였다. 여쭤봐도 되는 걸까……. 역시 불안해진다.

키요시는 얼굴을 들어 바다를 보았다. 키요시의 시선의 끝에는 모래사장에서 놀고 있는 미나코와 치나츠의 모습이 보였다. 아버지에게는 지금 이 순간 두 사람의 모습은 보이지 않을 것이다. 자신에게도, 아버지에게도, 저마다 둘도 없는 소중한 순간의 장면이 있다. 역시 여쭤보자. 이 질문이, 할아버지의 죽음을 이해하고, 아버지의 삶을 이해하는 것으로 이어질지도 모른다. 사실 키요시는 그동안 아버지와 제대로 대화해 본 적이 없었던 것 같다. 할아버지는 수기에 키요마사가 아버지인 나를 '심하게 몰아붙였다'고 써놓았다. 과묵한 아버지에게 그런 격렬함이 있었다고는 생각할 수 없는 일이다.

키요시는 모래를 손으로 잡으며 마음을 다잡았다. 누구에게나 지켜야 할 것이 있다. 가장 사랑하는 인물이 때로는 과거의 할아버지와 아버지처럼 죽음으로 몰고 갈 때가 있다. 과거를 극복해야 한다. 아버지와 나란히 앉아서 이야기하는 긴장감이 키요시의 다짐을 공고히 했다.

"아버지가 중학생 때셨나. 위령의 날에 특별수업을 듣고 온 아들과 심하게 언쟁을 벌였다고, 할아버지가 써놓으셨던데……."

"아, 그것 말이구나. 나에게도 아직 선명하게 남아있는 기억이지. 그리고 할아버지에게 정말 끔찍한 말을 해버렸다고 후회하고 있어……."

아버지는 키요시의 질문에 얼굴을 일그러뜨리고 고통스러운 표정을 지으며 대답했다.

하지만 아버지는 그다음 입을 열지 않았다. 키요시는 신경이 쓰였고, 잠시 후, 아버지의 옆모습을 슬쩍 훔쳐보았다. 아버지는 눈을 꼭 감고 계셨다. 목젖이 작게 떨리고, 꿀꺽 침을 삼켰다.

"나에게도 정말 긴 세월이었다. 사과를 드렸어야 했는데……."

"아버지……, 힘들면 말씀 안 해주셔도 돼요."

"아니, 너에게 털어놓고 싶구나."

키요시의 움츠러든 기분을 아버지가 격려하듯 조금 쓴웃음을 지으며 말을 이었다.

"할아버지에서 나에게, 그리고 나에게서 너에게다……."

아버지는 작은 미소를 지으셨고, 양 손가락을 맞대며 마음을 결심한 듯 말하기 시작했다.

10

이 해변은 그때와 다를 게 없는 것일까? 자연은 유구하다고 하지만, 그래서는 곤란하다는 제멋대로인 감회가 키요시의 마음속에 떠올랐다. 물론 단순한 감회일 뿐이다. 기억을 지우고 싶다고 해서 풍경을 지울 수는 없는 것이다. 물론, 지우면 안 될 기억이나 풍경이 있다.

키요시는, 아버지가 불쑥불쑥 기억을 끄집어내듯이 말하는 전쟁 상처의 깊이에, 당황하고 있었다. 전쟁의 상처는 아물지 않고, 할아버지로부터 아버지의 삶으로 물려받고 있었던 것이다.

그러나 자신에게도 이어져 오고 있는 것일까. 아버지의 말을 들음으로써, 비로소 계승되는 것이라면, 반대로 이 일은 올바른 기억의 계승 방법인 것일까? 말하지 않으면 기억은 소멸해 버리는 걸까? 그런 의문과 불쾌함 또한 키요시를 당황하게 하는 원인이었다. 결코 할아버지나 아버지의 기억을 봉인해서는 안 된다.

또한, 모순적이게도 그 때문에 눈앞의 풍경을 지워버리고 싶었다. 그 당시에 할아버지가 보셨던 풍경과 아버지가 자랐던 이 해변의 풍경, 혹은 증조할아버지가 우민추로서 생활의 양식을 얻었던 이 해변의 풍경이, 키요시가 지금 보고 있는 풍경과 같다는 것을 용납할 수 없었다.

"할아버지는 너도 알다시피, 다른 사람에게 손대시는 분이 아니셨다. 차분하셨지. 그런 할아버지가 내 빰을 때린 거야. 물론 그때 한 번뿐이었지만, 할아버지도 후회하고 계셨을지도 모르겠다……."

아버지는 이따금 손가락 끝을 주물 거렸다. 그러고 나서 양손을 빰에 대고 얼굴을 가려 쓸어내렸다. 그리고는 눈을 감았다가 다시 말을 이었다.

"그때 나는 중학교 3학년이었다. 외동아들이어서 버릇없이 자란 구석이 없지 않아 있었겠지만, 동생을 원했었지. 분명 외로웠던 거겠지……. 그것이 전쟁 때문이라는 것을 알았을 때, 아버지에게 따졌었어. 아빠는 너무 제멋대로라고. 아빠 인생이 내 인생까지 망가뜨리고 있다고……. 아마 그런 말을 했던 것 같아. 물론 그럼에도 불구하고 할아버지는 말없이 듣고만 계셨다. 어머니께서 말렸지만, 제어가 되지 않았어……."

아버지가 그날 학교에서 열린 '위령의 날 특별수업'의 감상을 부모님께 말씀드린 것이 계기였다. 특별수업은 여러 번 들었었지만, 이때까지와는 다른 것이었다고 한다. 중학교를 졸업하고 고등학교에 진학하기 위해서는 섬을 떠나야 했다. 담임교사에게도 이 섬을 떠나는 아이들을 위한 마지막 특별수업이라는 의미도 있었을 것이다. 오키나와전에서 일어난 '집단 자결', 특히 이 게라마 섬들에서 벌어진 집단 자결에 대해서 자세하게 얘기한 것이다. 교실은 한순간에 얼어붙었다. 모두가 살아남은 자의 피를 이어받았다는 것을 알았기 때문이다. 많은 학생들이 살인자의 자손임을 절감했기 때문이다. 교실에는 흐느끼는 소리도 들렸다고 한다…….

아버지는 그날 저녁 식사 중에 집단 자결을 한 섬사람들을 '바보다!'라며 비난한 것이다. 할머니와 할아버지의 얼굴이 순간 굳었다.

할아버지는 젓가락을 두고, '그런 일은 가볍게 말할 것이 아니다'라며 일갈했다. '가볍게 말하는 거 아니야'라며 아버지도 맞받아친 것이다. 그리고 더욱더 거세게 섬사람들과 할아버지들의 전쟁 행위를 비난한 것이다.

할아버지는 대부분 말없이 들으셨고, 아버지 쪽에서 많은 말을 뱉어냈다고 한다. 소년이었던 아버지는 정의감과 윤리관이 넘쳐 있었던 것이다. 할아버지가 고통스럽게 얼굴을 일그러뜨리고 띄엄띄엄 논하듯이 반론을 하고 있을 때, '행방불명된 동생에 대한 그리움'에 대해서도 이야기했다고 한다. 이 사실을 아버지도 알고 있었지만, 무심결에 '삼촌은 전쟁에서 도망친 거야. 비겁해!'라고 외쳐버린 것이다. 그때 할아버지의 손바닥이 날아왔다. 그동안 많은 것을 듣고만 계셨던 할아버지는, 자기 동생을 비겁하다고 표현하자, 무의식중에 손이 나가버린 것이다.

아버지는 왼쪽 뺨을 누르고 소리를 지르며 그 자리에서 나뒹굴었다. 아픔을 참으며, 더욱더 할아버지에게 분노를 표출했다는 것이다.

그 광경이 키요시의 머릿속에 떠올랐다. 외동아들을 앞에 두고 슬픔에 얼굴을 일그러뜨리고 계신 조부모, 몸부림치고 있는 아버지, 몸을 맞대고 살아온 가족 세 명의 얼굴이 고통으로 일그러져 있다. 너무 안타까운 광경이다…….

"하지만……."

아버지는 말을 곱씹듯이 이어 나갔다.

"결국, 우리 가족이 끝까지 함께 할 수 있었던 건 다 할아버지가 노력하셨기 때문이다. 할아버지는 아마 나를 포함해서 많은 것을 참고 계셨겠지……."

"하지만 마지막은……."

"그래, 더 이상 견디지 못하고 죽음을 선택하신 거다. 할아버지가 처음으로 스스로 자유롭게 원하는 삶의 방식을 택한 거야."

"할아버지가 자유롭게 선택한 삶의 방식이 죽음이라니……."

"모순적이지"

"네……, 너무 모순적이에요."

"그게 전쟁이라는 거구나."

아버지는 그렇게 말하고서는 다시 양손으로 볼을 쓰다듬었다. 눈물을 닦고 있는 건가……. 아버지는 자신이 눈치채지 못하도록 눈물을 닦고 있는 것일지도 모른다고 키요시는 생각했다.

"전후 60년이 지나도 모순된 삶을 강요받는 게 전쟁이구나……."

아버지는 다시 그렇게 말씀하시고, 키요시 쪽을 보았다. 아버지가 말하기 시작한 이후로 키요시 쪽을 본 것은 처음이다.

"전쟁은……."

그다음 말이 나오지 않았다. 잔인하다는 말만으로는 부족한 것 같았다. 말을 찾아 헤매다 보니, 아버지가 쓴웃음을 지으며 말했다.

"할아버지의 사망신고서를 보고 삼촌이 돌아올지도 모른다고 기대했는데……, 소용없었구나. 삼촌은 이미 돌아가셨을지도 모르겠다……."

"그러네요……."

"할아버지의 일이 일단락되면, 삼촌도 아버지 곁에 묻어드려야지. 무당과 이야기해서, 마부이*를 불러들여 애도 드리자꾸나. 두 분 다 좋아하실 거야. 어찌 됐든 형제니까."

"그러겠죠……."

키요시는 왠지 애매한 대답밖에 하지 못하는 자신이 답답했다. 자신보다 더 많은 것을 아버지는 끌어안고 계셨다. 할아버지의 괴로움을 이어받아 고민하고 있는 것이다. 왠지 자신이 얄팍한 인간처럼 느껴졌다. 얄팍한 인간에게는 얄팍한 인생만이 주어지는 게 아닐까? 당당하고 떳떳한 인생을 걸어야 하지 않을까?

"할아버지가 말이야……, 이렇게 나와 모래사장에 앉아서 딱 한 번 나에게 섬을 나가고 싶냐고 물어본 적이 있었다……."

아버지는 조금 전과 달리 왠지 웃어 보이며, 밝은 표정을 하고

---

* 영혼

있는 것처럼 보인다.

"……그래서 아버지는 뭐라고 대답하셨어요?"

"응, 나가고 싶다고 대답했지."

"그랬더니?"

"그랬더니, 아무 말도 하지 않으셨어……. 단지 그것뿐이었다."

"그랬군요……."

"그래도 너 하고 싶은 대로 살아라, 너의 인생이니, 자유롭게 살라고, 그렇게 말해주고 있는 것 같았다. 크게 싸운 후였지만, 기뻤다. 그래서 나는 나하의 고등학교에 진학해, 대학까지 갈 결심을 했다. 혼자라서 외롭다고 울었던 내가, 부모님을 남겨두고 십 년 정도 섬을 떠나있었지. 부모님은 얼마나 외로우셨을까. 불효자식이야 나는……."

아버지는 그렇게 말씀하시며 고개를 드셨다. 무언가에 직면하고 있다는 느낌이 들었다.

"아버지……."

"응?"

"할아버지 수기 말이에요, 역시 할머니께 보여드리는 게 좋을 것 같아요……."

"그래, 그렇게 하자. 할머니도 할아버지와 함께 전후를 살아왔으니 말이다. 나도……, 그렇게 하는 것이 좋겠다고 생각하던 참이었다."

"네, 그렇게 하는 편이 좋을 것 같아요. 할머니에게도 할아버지는 가장 소중한 사람이었을 테니까요……."

"응, 그렇게 하자. 할머니가 너무 괴로워하실까 봐 조금 망설였었구나."

"네, 그렇겠지만……."

"그래도 진실을 아는 것은 중요한 일이니까. 수기는 가져왔니?"

"네, 가져왔어요."

"집에 들어가면, 할머니에게 바로 전해드리자. 비밀로 해왔던 일도 사과드리고……."

아버지는 한쪽 손으로 눈물을 훔쳤다. 이번에는 확실히 알 수 있는 행동이었다.

"아빠, 배야, 배!"

치나츠가 큰 소리로 키요시를 향해 소리쳤다. 키요시는 그에 대한 대답으로 손을 흔들었다.

치나츠가 가리키는 방향에서 한 척의 작은 배가 엔진 소리를 내며 다가온다. 어부 한 명이 선미에 우뚝 서서 키를 잡고 눈앞을 가로질러 간다. 뱃전에 작은 물결을 만들면서 나아간다. 그 모습에 증조할아버지와 할아버지의 모습이 겹쳐진다…….

"슬슬, 돌아갈까……."

아버지가 일어나 키요시를 재촉한다. 아버지의 말에 키요시도 끄덕이며 일어섰다. 증조할아버지와 할아버지는 어떤 방법으로 섬의 기억을 전해 온 것일까……. 그러한 생각에 빠져있는 키요시의 곁으로, 아내 미나코와 치나츠가 웃음소리를 내며 달려왔다.

11

치나츠의 손을 잡고 집으로 돌아온 키요시는 아버지와 함께, 할아버지의 수기를 할머니 우토에게 전했다. 우토 방으로 가서, 키요시가 가져온 수기를 우토 앞에 내려놓고 둘이서 고개를 숙였다.

그러나 우토는 아버지나 키요시를 나무라지 않았다. 응응, 고개를 끄덕일 뿐이었다. 그뿐만 아니라, 노트를 손에 들고 보려고도 하지 않았다. 키요시가 다시 한번 보자기를 우토 앞으로 들이밀었다.

뒷마당에는 할아버지와 우토가 취미로 가꾸던 작은 텃밭이 있다. 양상추와 파, 그리고 가지들이 아무렇게나 심어져 있다. 할아버지가 돌아가신 이후에는 기분 탓인지 잘 손질되어 있지 않은 것 같다. 그 텃밭을 우토는 눈을 가늘게 뜨고 가만히 바라보고 있었다.

키요시는 멍하니 정원을 바라보고 있는 우토를 두고, 아버지와 함께 방으로 돌아왔다.

"할머니께서 별로 놀라는 기색이 없는데, 수기를 알고 계셨던 걸까요?"

잠시 후, 키요시는 아버지에게 물어보았다. 노트를 발견했을 때의 자신이나, 아버지의 반응과는 너무 상반됐기 때문이다.

"글쎄, 어떠려나……, 잘 모르겠네."

아버지는 고개를 갸웃거리며 생각에 잠기는 듯한 행동을 보였다.

아버지의 머리는 눈에 띄게 흰머리가 많아졌다. 앞머리는 조금 벗겨져 있고, 머리카락도 얇아져 있었다. 할아버지의 죽음이 아버지를 여러 가지의 형태로 괴롭히고 있는지도 모른다고 생각하니 더 이상 묻기가 꺼려졌다.

키요시는 옆방으로 넘어가, 가지고 온 오키나와 전기를 다시 읽었다. 『오키나와~미일 마지막 전투』이다. 게라마제도에 상륙한 미군이 목격한 집단 자결이 다음과 같이 기록되어 있다.

게라마제도 — 이를 글자 그대로 말하면, '축복慶'과 '선량良' 사이에 누워있는 열도라는 뜻으로 — 이곳에서 산중에 내몰린 일본군이나 민간인이 끝끝내 자결하고, 쓸쓸한 최후를 마감한다고 하는 일본인들의 전통 행위가 행해졌다. 도카시키섬 북단에 야영하던 제306연대 병사들은 3월 28일 밤에 멀리서 들려오는 몇 번의 수류탄 폭발음과 고통에 찬 신음 소리를 들었다.

다음 날 아침, 작은 골짜기에 백오십 명 이상의 시체가 어질러져 있었으며, 곧 숨이 넘어갈 것 같은 사람들도 많았다. 그 대부분이 주민이었다. 아버지가 가족 한 명 한 명을 죽이고, 마지막에 단도나 들고 있는 수류탄으로 자신의 목숨을 끊은 것이다.

이 사람들 대부분이 그렇게 조직적으로 목숨을 끊었다. 그 안에는 한 장의 모포 아래, 아버지가 자신의 몸과 어린아이 둘, 할아버지, 할머니의 몸을 강하게 끈으로 묶어, 서로가 떨어지지 않도록 하여 자살한 형태도 있었다.

다음 날 아침, 현장에 온 미군도 의료진도 갖은 노력을 다했다. 주민들은 미국인이 '귀축'이라고 교육받았다.

이 귀축이 상륙해 온다면 남자는 죽임을 당하고, 여자는 성폭행을 당한다고 생각하고 있었다. 그렇기 때문에 미국인들이 음식을 주고, 의료를 베풀었을 때 그들은 깜짝 놀라 쳐다보고 있었다. 내 딸을 죽였다는 한 노인은 자책감에 사로잡혀 주저앉아 서럽게 울고 있었다.

키요시에게 막연했던 집단 자결이 뚜렷한 윤곽을 잡아가고 있었다. 할아버지의 수기와 함께 읽으면, 비참한 사실이 한층 뚜렷하게 떠오른다.

키요시는 기억에 남는 할아버지의 모습을 떠올려보았다. 동그란 안경을 쓰고, 정년까지 동사무소에 근무하던 조부 야마시로 세이지로. 허리가 굽어 눈을 내리깔고 앞으로 구부정하게 걸으시던 할아버지. 작은 좌탁에 앉아, 등을 곧게 피고 독서를 하시던 할아버지. 역시 과묵한 분이셨던 것 같다. 할아버지가 생전에 키요시에게 했던 말 중에 전쟁에 관한 말은 아무리 생각해봐도 전혀 떠오르지 않았다.

12

추석 제사 당일에도 세츠코 누나와 여동생 노부코는 본가에 오지 못했다. 세츠코의 남편인 켄이치의 본가가 본섬 중부에 있는 마을이었기 때문에, 가족 모두가 그곳으로 향했다.

센다이에서 사는 노부코 부부는 아무래도 번번이 섬에 들어오는 게 힘들었다. 원래는 할아버지의 사십구재에도 노부코 혼자만 분향하러 올 예정이었지만 부부가 함께 와주었다. 아버지는 고마워하며 추석에는 무리하지 말라고 전화로 단단히 일러준 듯하다.

불단에 향을 피우고, 아버지의 인사말과 함께 합장을 한 후에, 부모님과 할머니 우토, 그리고 키요시의 가족이 현관 앞까지 향로를 들고나가, 제사를 지냈다. '내년에도 또 와주세요'라고 말하는 어머니에게, 치나츠가 이상하다는 듯 되물었다.

"있잖아 할머니, 누구한테 오라고 하는 거야?"

"큰할아버지하고……. 큰할아버지의 아버지, 어머니 또 돌아가신 모두에게."

"또 와주라니……, 우리 집에 와 있었었어?"

"그럼~ 모두 불단에 앉아계셨지."

"정말? 치나츠는 보지 못했어."

"치나츠가 좀 더 크면 볼 수 있을 거야."

"정말?"

"응, 정말로."

"할머니는 봤어?"

"그렇고말고. 이 할미한테도 확실히 보이진 않았지만, 큰할머니에게는 보였을지도 몰라."

"그런데……, 불단에 모두가 앉을 수 있어?"

치나츠의 의문은 계속해서 샘솟는 것 같았다. 어머니가 도와달라는 듯 키요시를 본다.

키요시는 치나츠의 관심을 다른 것으로 돌려야겠다고 생각하고 말을 꺼낸다.

"치나츠 그 사탕수수대 가지고 와."

"왜?"

"왜냐니……."

"치나츠, 그럼 안돼. 그건 큰할아버지의 지팡이 대신이니까 내일까지 거기에 둬야 해……."

아버지가 웃으면서, 키요시의 곁에서 치나츠를 타이른다. 키요시도 어릴 적부터 배워온 추석의 관례를 기억한다. 지팡이 대신 사탕수수 그리고 저승에서 돈이 되는 지전, 선물인 수많은 물건…….

"치나츠, 큰할머니 손잡고 방으로 모셔드리자."

키요시는 다시 치나츠에게 말을 건다. 치나츠가 제사를 이해하는 것은 아직 어려울 것이다.

"네네, 알겠습니다! 큰할머니 가자!"

치나츠가 부르는 소리에 우토는 미나코가 준비한 걸상에서 일어났다.

우토는 허리를 살짝 펴고 몸을 천천히 좌우로 흔들면서 치나츠의 손에 이끌려 걸어간다. 음력 7월 보름의 보름달이 늙은 우토의 등을 선명하게 비추고 있었다.

제사를 마친 우토는 뒷방으로 들어가지 않고 어머니의 말 때문인지, 유우지를 안고 오랜만에 불단 앞에 앉아있었다. 우토에게는 유우지가 네 번째 증손자이다. 할아버지의 죽음 직후에 태어난 유우지를, 우토는 어떻게 생각하고 있을까?

"어머니, 유우지의 귀가 우후할아버지 귀를 닮았다고 사람들이 그러더라고요."

어머니의 말을 우토가 고개를 끄덕이며 듣고 있다. 품에 안겨 잠든 유우지를 바라보고 있었지만, 웃고 있지는 않았다. 할머니는 원래 감정을 드러내지 않는 사람이었나? 키요시로서는 이제 뭐가 뭔지 모르게 되었다.

테이블에는 차례로 어머니께서 손수 만드신 음식이 차려지고, 북적북적해졌다. 화제의 중심은 역시 치나츠이다. 치나츠가 애교를 부리며 모두를 웃게 만든다. 켜져 있는 텔레비전에서는 오사카에서 개최되고 있는 세계육상대회 장면이 나오고 있었다.

"할아버지도 TV를 좋아하셨지. 특히, 가족 드라마를 좋아하셨어. TV를 틀어둔 채로 주무신 적도 여러 번 있었으니까 말이야."

아버지의 말씀에 어머니가 고개를 끄덕이고 있다.

"할머니 피곤하시겠다. 우리 이만 방으로 갈까요?"

잠시 후, 키요시는 우토의 팔에서 유우지를 안아 미나코에게 안겨준다. 우토의 손을 잡고 일으켜, 방으로 모셔간다.

어머니께서 미리 깔아 놓으신 걸까? 이미 침구가 준비되어 있었다. 할아버지가 돌아가신 후, 우토는 작은 침대에 다다미를 올려놓고 잠자리에 들고 있다. 그곳에, 저도 모르게 '으쌰'라고 말하며 우토를 앉혔다. 우토는 할아버지에 비해서 다리가 약했다.

"……키요, 고마워."

키요시는 얼굴을 들었다. 그랬다. 우토는 키요시를 키요라고 불러주었었다.

우토는 시선을 내리깔고, 키요시에게 고맙다고 말하고 있다. 그러나 눈은 키요시를 외면하고 있었다. 언제부터 이렇게 된 걸까? 우토도 할아버지처럼 기억에 괴로워하고 있는 것일까…….

"키요……, 네 할아버지는 둘째를 원하지 않았어……."

"네?"

"자식을 소중히 여기렴……."

"할머니, 그게 무슨 말이에요?"

"응……."

우토는 애매하게 웃어만 보일 뿐, 키요시의 질문에는 답해주지 않았다. 베개를 자기에게로 끌어당겨 몸을 뉘었다.

"할아버지는 말이다, 내가 죽기를 기다린 게 아닐까……. 이제 더 이상 기다리기가 힘들어서 자기가 먼저 간 것 같구나. 할미는 그것을 알고 있었기 때문에 오기로라도 이렇게 살아온 건데 말이지……. 할아비가 그렇게 가버리면, 나도 이제 살 이유가 없구나."

"할머니……, 그런 말씀 마세요. 힘을 내셔야죠……."

"이제는 그럴 필요가 없구나. 할미는 할아비가 살린 목숨이었으니까……."

"……."

키요시는 우토도 할아버지와 마찬가지로 집단자결 생존자라는 것을 할아버지의 수기를 통해 알게 되었다.

"키요……, 할아버지가 말을 더듬게 된 것은 말이다, 전쟁이 끝나고부터였단다. 알고 있었니?"

"아니요……."

"네 할아버지는 굉장히 좋은 사람이었다……. 원래 인기 많고 착한 사람이 제일 괴로워하는 법이지……. 이 할미는……, 할아비가 있어서 지금까지 살아올 수 있었는데 말이야……."

우토의 말은 끊어질 듯하면서도, 많은 것을 키요시에게 말해주고 있는 것 같았다. 키요시의 가슴에 뜨거운 감정이 끓어오른다.

"할머니……."

하지만 말이 나오지 않는다.

"게라마는 보이지만, 전쟁은 보이지 않게 되었구나……."

우토는 그렇게 말하고 몸을 뒤척였다.

"할머니, 무슨 말이에요?"

"……오키나와 속담 중에 게라마는 보이지만 속눈썹은 보이지 않는다는 말이 있단다. 키요, 알고 있니?"

"네, 들어본 적 있어요. 멀리 있는 게라마는 보이지만 가까이에 있는 속눈썹은 보이지 않는다는 뜻이죠."

"맞아……. 그 말과 딱 들어맞는구나……."

"……."

"게라마는 보여도 전쟁은 보이지 않게 됐지. 이제 모두 전쟁의 일은 잊어버리고 만 건가, 라는 말이다……."

맞는 말이라고 생각했다. 우토는 게라마에서 벌어진 전쟁의 참극을 잊어서는 안 된다, 할아버지를 계속 괴롭혔던 전쟁을 잊어서는 안 된다고 말하는 것이다.

"전쟁은 왜 일어나는 걸까……. 왜 모두 서로를 죽여야만 했을까……."

우토도 60년 전에 일어난 일을 할아버지처럼 계속 마음에 담아두고 있었다. 전쟁은 아직 끝나지 않은 것이다…….

"전쟁이란 무얼까……."

"……."

키요시는 대답할 수 없다.

"모두 가엾었지…… 게라마에는 조선에서 끌려온 사람들도 있었는데 그들도 참으로 불쌍했다……. 벌레 취급받고…… 다들 이기적이고 미쳐있었지."

우토는 그렇게 말하고 눈꺼풀을 감았다.

키요시는 망연자실하며, 작아진 우토의 몸을 바라보고 있었다. 몸을 뒤척인 우토의 등이 작게 떨리고 있다.

"전쟁이란 무얼까……."

우토가 다시 조그맣게 중얼거렸지만, 그런 단순한 물음에 키요시는 어떤 대답도 할 수가 없었다.

키요시는 양손을 뻗어, 이불을 살짝 덮어주며 우토와 똑같이 중얼거렸다.

"전쟁이란 무엇일까……."

그리고 그에 대한 답을 미치도록 알고 싶다는 생각과 함께 눈시울이 붉어졌다.

13

세츠코의 전화에 놀랐다. 제사가 끝나고 나하에 있는 집으로 돌아오자, 그 타이밍을 기다리고 있었다는 듯이 세츠코로부터 전화가 걸려 왔다.

'부탁이야, 이야기 좀 들어줘……'라는 말이었는데, 키요시도 어떻게 하면 좋을지 전혀 감이 잡히지 않았다.

세츠코는 아직 혼란스러워하고 있는 것 같았다. 키요시가 부러워하던 밝은 세츠코의 목소리가 가라앉아 있을 뿐만 아니라, 설명도 엉망진창이었다.

"일단 사정을 자세히 들어야 할 것 같으니까 어디서 좀 만나자. 그게 아니면……."

세츠코는 전화 건너편에서 울먹이며 눈물을 닦고 있는 것 같았다. 아직 진정되지 않았을 테지……. 이래서야 밖에서 만나는 게 어려울 듯했다.

"괜찮다면, 우리 집으로 올래? 그편이 나을 것 같은데."

"응 알았어, 바로 갈게……."

세츠코의 전화는 거기서 끊어졌다. 설마 누나가 매형의 불륜에 시달리고 있을 거라고는 생각조차 하지 못했다.

미나코에게 간단히 사정을 설명하고, 세츠코가 오면 자리를 비워달라고 부탁했다. 미나코는 세츠코의 사정에 어두운 얼굴을 한 채 차를 준비하고는 곧바로 치나츠와 유우지가 자고 있는 침실로 들어갔다.

세츠코는 눈이 벌겋게 된 채로 찾아왔다. 통화를 할 때에도 믿을 수 없을 정도로 쳐져 있다고 생각했는데 상상 이상으로 더욱 심각했다. 방으로 들어가 앞 의자에 앉히고 차를 내왔다.

키요시는 먼저 불륜 이야기가 아닌 화제를 돌려 세츠코가 없었던 본가에서의 우쿠이 등에 대한 이야기를 꺼냈다.

치나츠가 '불단에 모두가 앉을 수 있어?'라고 물어, 어머니를 곤란하게 했던 일들을 웃으면서 이야기했다.

세츠코의 기분도 조금씩 나아지는 것 같았다. 가끔씩 웃음을 보였다. 슬슬 본론으로 넘어가야겠다고 생각했는데, 갑자기 세츠코 쪽에서 말을 꺼냈다.

"그 새끼 진짜 쳐 죽여버릴 거야."

세츠코는 믿을 수 없을 정도로 심한 말을 내뱉었다. 켄이치 매형의 평소 행실을 말하며 계속해서 욕을 퍼붓기 시작했다. 키요시는 순간 어안이 벙벙했다.

"열심히 살아왔는데 바보 같아. 뒤에서 몰래 회사 여자와 모텔에 다닌 것만 생각하면 너무 분하고 억울해서…….”

“그런데 그게 정말 확실한 거야?”

“그래, 확실해. 내가 계속 따지니까 체념했다는 듯이 켄이치가 다 털어놓았단 말이야.”

“알겠어……. 그래서 매형은? 어떻게 하고 싶대?”

“아니 그것도 확실히 안 한단 말이야. 정말 남자답지 못해서는. 물러 터졌어. 물도 끼얹어 버리고 왔어”

“…….”

세츠코답다면 세츠코답다. 물 뿌릴 정도로 거친 성격이기는 하다. 섬에서 살았을 때, 키요시도 몇 번인가 세츠코에게 걷어차였다. 그러나 쳐 죽여버리겠다는 말에는 차마 웃을 수가 없었다.

“그놈은 여자와의 관계가 아직 일 년도 안 됐다고 하지만, 그것도 믿을 수가 있어야지. 둘이서 회사를 하고 싶다면 줄 테니까 가져가라고 했어. 대신 위자료는 두둑이 받아낼 거라고…….”

“그 여자 이름이 뭐였더라.”

“케이코.”

“그래, 케이코 씨에게는?”

“바로 불러서 확인했지. 그랬더니, 무려 켄이치 씨가 먼저 대시를 해 왔다고 그러더라. 켄이치 씨와는 그냥 노는 거라고……, 태연하게 내 앞에서 말하는 거야. 아오! 그래서 그 여우 같은 계집애 얼굴도 한 대 쳐줬지.”

세츠코의 분노는 진심인 듯했다. 케이코 씨를 때리는 그 자리의 상황이 떠오른다. 뺨 때리는 소리마저 들려온다.

"누나……, 좀 냉정해져. 잘 생각하고 행동해야지."

"나 지금 굉장히 이성적이야, 제대로 생각하고 나서 행동하고 있어. 두 자식들도 있으니까. 아이들 앞에서는 눈물 같은 거 안 보여줄 거야. 네 앞이니까 보이는 거지."

세츠코는 그렇게 말하고, 지금까지 억누르고 있었던 눈물을 흘리면서, 소리 높여 울기 시작했다. 아마 괴롭고 억울하겠지. 세츠코의 울음은 한동안 멈추지 않았다.

키요시는 떨리는 세츠코의 어깨를 보며, 며칠 전 아버지의 말씀이 생각났다. 아버지는 수십 년 전에, 할아버지에게 뺨을 맞고 쓰러졌다. 누나는 며칠 전, 남편의 불륜 상대의 뺨을 때리고 거칠게 몰아붙였다……. 불손한 느낌이 들었지만, 왠지 누나에게 일어난 일은 극복할 수 있을 것만 같은 예감이 들었다. 불행을 비교해서는 안 되지만, 짊어져 온 시간과 역사가 다른 것 같았다. 누나와 매형이 만들어 온 가족의 역사는 이제 막 시작된 채였다.

세츠코는 한바탕 눈물을 쏟으며 운 뒤, 큰 한숨을 내쉬었다.

"켄이치에게 말해놨어. 네가 나가는 게 싫다면 내가 나가겠다고. 그런데도 그 녀석 우물쭈물거리는 거야. 어제저녁에도 미안하다면서 이불에 들어와서는 손을 들이밀길래 아주 힘껏 쳐줬지."

세츠코는 눈물을 닦고는 키요시 쪽으로 울다 웃은 표정을 지어 보였다.

"남자는 바보야, 갈비뼈가 부족하다더니 그게 정말이구나."

"응, 그러네. 켄이치 매형은……."

"켄이치는 두 개가 부족한 것 같아. 아니 다섯 개 정도 되려나? 아주 물러 터져서는, 뼈 같은 건 없을지도……."

세츠코는 그렇게 말하며 소리 내어 웃었다.

그날, 세츠코는 울고 웃느라 매우 바빴다. 세츠코의 푸념은 영원히 계속될 것 같았지만, 일단 키요시는 세츠코와 약속을 했다. 이혼 과정은 아직 밟지 않을 것. 아이 앞에서는 감정을 드러내 놓고 켄이치 매형과 다투지 않을 것. 아버지나 어머니께는 아직 말씀드리지 않을 것. 당분간은 이 세 가지를 지키면서 상황을 지켜보자고…….

세츠코는 순순히 고개를 끄덕였다. 고등학교 시절의 생기 있는 미소와 수줍음을 보이며 키요시와 손가락을 걸었다. 섬에서 나쁜 짓을 했을 때, 세츠코와 억지로 했던 약속 손가락이다.

"미나코 씨, 이제 나가요."

누나는 현관에서 조금 부끄러운 듯 흘리는 듯한 목소리로 미나코에게 감사 인사를 했다. 미나코의 대답은 없었다.

14

2학기가 시작되었다. 키요시의 2학년 교실도 다시 북적거렸다.

"선생님, 안녕하세요."

"안녕하세요, 선생님. 게라마는 어땠어요?"

"내년에는 캠프에 꼭 데려가 줘요."

학생들이 키요시의 근황을 물으면서, 저마다 자신의 여름방학 체험담을 말해주러 키요시 옆으로 달라붙었다. 또는 친구들끼리 비밀스러운 이야기를 하는 듯, 소곤소곤 이야기를 나누고 있었다.

키요시도 이번 여름은 학생들 못지않게 큰 경험을 했다. N섬을 떠날 때, 키요시는 할머니 우토의 질문을 계속 고민해하기로 결심했다.

"게라마는 보이지만, 전쟁은 보이지 않는다……."

잊어서는 안 되는 비극이다. 그것도 키요시가 태어난 N섬에서 벌어진 사건이다.

키요시는 이 사건에 대해 계속 고민해봐야겠다고 생각했다. 우토에게 답을 들려주고 싶다는 생각도 했다.

나하로 돌아온 후에도, 현립이나 시립 도서관에 가서, 오키나와전에 대해 알아보았다. 게라마뿐만 아니라, 다른 곳에서도 집단 자결이 일어나고 있었다. 강요당한 참극, 만들어진 비극 이야기의 등장인물과 전쟁 중의 오키나와 사람들이 겹쳐 보이는 듯해 기분이 우울해졌다.

우토는 이렇게 물었다. '전쟁이란 무얼까?'라고…….

단순한 질문이었지만 정의를 내리기가 어려웠다. 그러나 과거를 묻어버리지 않고 끊임없이 의식하는 것이 중요하다. 조금이라도 자신이 살고 있는 이 나라의 역사와 현실을, 눈과 귀를 막지 않고 직시하고자 하는 것이 중요하다.

키요시를 이렇게 다짐하게 만든 계기가 하나 더 있었다. 그것은 치나츠가 내뱉은 말이었다. 치나츠의 어린이집에서는 사투리를 가르칠 뿐만 아니라, 때때로 그림책을 읽어주기도 했다. 그날 원장 선생님께서 읽어주신 것은 『켄타군의 6월』이라는 그림책이었다. 전쟁으로 인해 아빠와 엄마를 잃은 켄타군의 이야기다. 키요시의 학교 교무실에서도 화제가 된 적이 있었기 때문에 키요시는 그 그림책을 알고 있었다. 치나츠를 데리고 돌아가는 차 안에서, 치나츠는 눈물을 글썽이며 그 그림책에 대한 이야기를 했다.

"켄타군이 너무 불쌍해. 있지 아빠, 우는 친구들도 있었어. 나도 눈물이 날 것 같았는데 꾹 참았어."

"꾹 참았구나, 우리 치나츠는……. 장하네."

그렇게 말한 뒤, 키요시는 다시 치나츠를 보고 말했다.

"그래도 울고 싶을 때는 울어도 된단다, 치나츠."

그게 옳은 일인지는 사실 잘 모르겠다. 그러나 치나츠는 큰 소리로, '응!' 이라고 말해주었다. 그리고 더욱 놀랐던 것은 그다음에 치나츠가 뱉은 말이다.

"치나츠 있지, 큰할머니랑 같이 울었었어."

"응? 그게 정말이야? 언제?"

"제삿날 저녁에."

"정말? 아빠는 전혀 몰랐었네."

우토는 세이지로가 죽고 나서 감정을 겉으로 드러내는 일이 없었기 때문에 치나츠의 말에 놀라지 않을 수 없었다.

"나 그날 밤 큰할머니랑 같이 잤잖아."

"응, 그랬지."

"큰할머니가 말이야, 치나츠의 손을 맞잡고 가르쳐줬어. 큰할아버지는 전쟁 때문에 죽은 거래. 눈에 보이지 않는 전쟁도 있다고 그랬어……. 큰할머니가 울길래 치나츠도 같이 울어줬어."

"……."

키요시는 한동안 말이 나오지 않았다. 가까스로 떠오른 말을 치나츠에게 들려주었다.

"그랬구나, 치나츠는 상냥하네. 아주 좋은 일을 한 거야. 하나님이 보시고 치나츠가 한 착한 일을 기억해 주실 거야."

"응, 응!"

키요시는 기쁜 건지 슬픈 건지 모를 복잡한 기분으로 조수석에 앉아있는 치나츠의 머리를 쓰다듬었다. 그때 키요시는 생각했다. 조부 세이지로의 일은 자신만의 과제가 아닌 학생들과 함께 고민해보자고……. 어린 치나츠도 남을 위해 울어주었다. 어리더라도 그 기억을 계승해 나갈 수 있는 것이라고…….

물론 쉬운 일은 아닐 것이다. 당연한 것을 당연하게 여기는 것이 힘들어진 시대이다. 그러나 학생들은 이 일을 감당할 힘을 갖고 있을 것이라는 생각이 들었다.

2학기가 되어 학생들이 즐겁게 대화하는 것을 보고 있자니 더욱더 의지를 강하게 만들었다. 학생들을 눈앞에 두고 설레는 마음을 필사적으로 억눌렀다. 준비해야 할 것들을 하나하나 세어보았다.

미나코에게 나의 결심을 말하니, 기꺼이 찬성해 주었다.

"중요한 일일지도 모르겠네. 할아버지에서 아버지에게, 아버지에서 우리에게 그리고 우리에서 아이들에게……. 괴롭더라도 계속해서 이어가야 하는 일인 것 같아."

"그렇지……."

"그 계획 나도 가르쳐줘."

"응? 계획이랄 것도 없어, 계획은 무슨……."

갑자기 교사의 얼굴을 하고 보는 미나코를 키요시는 웃으면서 놀렸다.

그때 전화벨이 울렸다. 세츠코였다. 전화를 끊고 나서 쓴웃음을 짓고 있는 키요시를 보며 미나코는 전화 내용에 대해 물었다.

키요시는 역시나 웃으면서 대답할 수밖에 없었다.

"결론부터 말하자면, 일단 켄이치 매형하고 잘해보려고 노력해 보겠대. 켄이치 매형, 케이코 씨한테 속고 있었다는 걸 깨달았다나 봐. 매형이 고맙다고 찾아오려고 하는 걸 거절하느라고 진땀 뺐네. 뭐, 어쨌든 이제 괜찮겠지. 태산명동에 서일필이야. 정말 하루라도 조용할 날이 없는 누나라니까……."

"그래도 어쨌든 잘 마무리되어서 다행이야."

"응, 그건 정말 다행이야. 이제 좀 마음이 놓여. 근데 솔직히 말하면, 아직 잘 모르겠어."

"뭐가? 형님?"

"응, 그것도 있고. 누나는 케이코 씨한테 그만두라고 말했다지만, 그쪽 입장에서도 할 말이 있을 것 같은데."

"그러네, 좀 애매하긴 하네."

"응, 그래도 어쨌든 한고비는 넘겼으니까. 이제 나머지는 둘이 알아서 하겠지."

"형님과 아주버님?"

"응, 둘에게 남을 기억의 문제."

"응?"

"으응, 아무것도 아니야……."

"형님……, 힘드시겠지……?"

"매형도 그렇겠지."

"왜?"

"그냥 왠지."

"피하지 말고."

"피한 거 아니야. 그냥 왠지 남의 일이 아닌 것 같아서."

"그건 그렇지, 누나니까."

키요시는 미나코와 얼굴을 마주 보고 쓴웃음을 지었다. 그것 때문은 아닌 것 같았지만 말이 잘 나오지 않았다.

15

저녁식사 시간에 아버지께 전화를 걸었다. 학교에서 학생들에게 집단 자결에 대한 얘기를 해주어야겠다고 말했다. 그와 관련해서 할아버지의 수기를 활자로 만들어 인쇄하고 싶다는 말도 전했다. 아버지는 매우 당황하고 계셨다.

"인쇄라니……, 그게 꼭 필요하니?"

"네, 필요해요. 할아버지의 고뇌를 모두와 공유해야 하거든요."

"모두라니? 누구를 말하는 거니?"

"음… 뭐랄까요……, 그냥 시대라고 바꿔서 받아들여도 될 것 같아요."

"이건 개인적인 유서야."

"네, 알고 있어요. 하지만 전쟁에 대한 고민을 할 때, 개인 한 명 한 명의 고뇌서부터 시작해도 괜찮겠다는 생각이 들어요. 할아버지의 손자로 태어난 저는, 그것을 시작할 의무가 있어요. 왠지 그래야 할 것 같아요. 아버지만 괜찮다면, 그렇게 하게 해 주세요."

"……."

"모래사장에서 아버지께서 말씀해주셨던 날이요. 저는 그날, 할아버지와 아버지에 대한 이야기를 듣고 감동했어요. 이번에는 할아버지의 체험을 제가 이어받아서 아이들에게 들려주고 싶어요."

"……왜 그렇게까지 하려고 하는 거니."

"할머니와의 약속을 지키기 위해서요."

"할머니와의 약속이라니?"

"전쟁을 잊지 않겠다는 약속을 했거든요."

"……."

아버지의 당혹감은 좀처럼 사라지지 않았다. 전화 맞은편에서 아버지는, 고뇌하는 티가 나지 않도록 조심하면서 고민을 하고 있었다.

"인쇄는 누나한테 맡기려고 생각하고 있어요. 일단 300부 정도 부탁해보려고요. 책이라기보다는, 소책자가 될 것 같아요."

"……."

"아버지."

"응?"

"아직 시간 있으니까, 천천히 생각해보세요. 대답은 나중에 해주셔도 돼요……."

키요시는 당혹스러워하는 아버지를 무시할 수 없었다. 하지만 자신의 생각이 바뀌지 않을 것이라는 확신도 있었다.

할아버지의 수기를 어떻게든 많은 사람이 읽어주길 바랐다. 수기는 할아버지의 유서다. 강요당한 유서이다. 전쟁에 농락당한 인간의 비명이다. 할아버지는 명백하게 불합리한 전쟁의 피해자이다. 행복해지기를 거부하고, 60년간 죽는 것만 생각하며 살아왔다. 아니, 이러한 일은 할아버지만이 짊어져 온 고통이 아니었다.

"알았다……. 네 마음은 잘 알겠구나. 그러나 실명을 적지는 마렴. 섬사람들 모두가 비극을 짊어지고 있다. 괴로웠던 만큼 깊숙이 숨겨져 있으니……. 오키나와 사람들은 모두 그런 사람들의 자손이다……."

"알고 있어요. 폐를 끼치는 일은 없을 거예요……."

키요시는 그렇게 말하고, 아마 이 일이 극복해야 할 큰 벽 중 하나가 될 것이라고 생각했다. '폐를 끼치면 안 된다…….' 그렇게 생각하며 섬사람들, 오키나와 사람들 대부분이 삶을 마감한 것이 아닐까?

"엄마랑 할머니 의견도 들어봐야지……."

"네, 그래야죠. 할머니께는 이번 휴가 때 찾아봬서 이야기해 볼게요. 어머니께도 그때 얘기 드릴게요. 인쇄는 그러고 나서 할 생각이에요."

"그래, 그러렴. 나도 차분히 이야기 꺼내 보고 긍정적인 방향으로 설득해 보마."

"고마워요, 아버지……."

아버지는 찬성해 주셨다. 아버지는 수화기 너머에서 키요시의 의지를 격려해 주신 것이다. 이해해 주신 것이라고 생각한다.

"그런데, 수기는?"

"아, 제가 가지고 있어요. 할머니께서 저에게 맡겨 주셨어요."

"그랬구나……. 그럼 열심히 해 보렴."

"네."

아버지는 조부모님이 원하던 하나뿐인 아들이었다. 야마시로 키요마사. 둘째를 원치 않았던 야마시로 세이지로의 단 하나뿐인 아들이다.

"아버지……."

"응, 왜 그러니?"

"있잖아요, 전쟁이 끝난 직후 5년간의 수기가 없는 이유는 알겠어요."

"무슨 말이냐……."

"아마도, 할머니와 만나기 전이었기 때문일 거예요……. 수기는 할머니를 만나고 나서 쓰기 시작했어요……. 아버지가 태어나고 나서부터요. 분명 살기로 결심하고 쓰기 시작했다고 생각해요."

"……."

아버지는 대답이 없었다.

"복귀 전후에 왜 쓰지 않았는지는 잘 모르겠다…… 그래도 짐작해보자면……, 할아버지는 화가 많이 나셨던 것 같구나."

"어떤 것에요?"

"음……, 확실히 말하기는 애매하지만, 이 나라 전체에……."

"이 나라 전체라……."

키요시는 할아버지의 수기에 대한 추측을 애써 밝은 목소리로 되받아쳤다. 하지만 할아버지가 무엇에 화가 나셨는지를 확실히 하는 것도 키요시의 과제이다.

"수기의 제목은 이미 정해놨어요. 축복慶과 선량良 사이에 누워있는 섬……."

키요시는 살짝 눈물이 맺혔다. 이 이상 말을 계속하면 울음을 터뜨릴 것 같았다. 수기를 인쇄할 뿐만 아니라, 할아버지를 대신해서 전쟁에 대해 잘 모르는 키요시가 '이야기꾼'이 되기로 결심한 것이다. 그러나 이런 어설픈 기분으로 학생들 앞에서 침착하게 할아버지의 수기를 읽을 수나 있을까…….

키요시는 넘칠 것 같은 눈물을 참으며 쓴웃음을 지었다. 축복慶과 선량良 사이에 누워있는 섬'……. 이 제목으로 한 이유를 아버지에게 설명해 드려야 한다. 그렇게 생각하고, 다시 한번 목소리에 힘을 실었다.

16

세츠코 누나에게 할아버지의 수기에 대한 인쇄를 부탁하자 흔쾌히 알겠다는 답변이 돌아왔다.

“나도 꼭 읽어보고 싶어……. 할아버지가 자살하신 이유를 알고 싶었거든.”

“응, 가능한 한 빨리, 원고 보내도록 할게.”

“그건 그렇고, 할아버지는 그 일을 60년 동안이나 마음속에 품고 사셨다니 너무 안타깝다…….”

“그러게…….”

“나는 할아버지가 그런 수기를 쓰고 있었는지도 몰랐어.”

“나도 몰랐었어…….”

“이런 게 전쟁이라는 거구나…….”

“응, 이런 게 바로 전쟁이라는 것을 모두에게 알려주고 싶어. 치나츠와 타이시와 같은 아이들을 위해서라도.”

“응, 그러네.”

그렇다. 이게 바로 전쟁이라는 것이다. 60년이 지난 지금도, 경험자의 고통은 사라지지 않는다. 전쟁이 있었다는 사실은 사라지지 않는 것이다.

"그런데 할머니도 집단 자결의 생존자였다는 게 사실이야?"

"응, 사실이야."

"믿기지가 않는다……. 할머니는 언제나 밝으셨는데……."

"그러게……."

"눈물을 감추고 웃으며 사셨구나."

"그렇네……. 섬에 계시는 할머님들은 모두 그렇게 아이를 낳고 살아오셨는지도 몰라."

"왠지 슬프다……."

"응……."

세츠코는 좀처럼 전화를 끊으려고 하지 않았다. 세츠코도 할아버지의 죽음과 관련하여 많은 생각을 하고 있을 것이다.

키요시는 할아버지의 원고를 타이핑해서 전달하기로 했다. 그러나 일부는 타이핑하지 않고 원문 그대로 인쇄하고 싶다는 말도 전했다. 할아버지의 갈등이 직접적으로 전해지는 필체를 의미했다. 세츠코는 그것도 승낙해 주었다. 마지막으로 켄이치 매형과의 사이를 묻자, 소리 없이 웃어 보이고는 전화를 끊었다.

교사 동료들에게도 할아버지의 수기에 대해 이야기했다. 모두가 흥미를 가지고 읽어보고 싶다며 긍정적인 반응을 보여주었다. 학생들 앞에서 수기를 읽는 것에 대해서도 특별히 이의를 제기하는 사람은 없었다. 오히려 적극적으로 찬성해 주었다. 교장선생님의 동의도 얻었다. 다음은 학생들 앞에서 이야기하는 것뿐이었다.

H.R 수업시간에 학생들에게 미리 오키나와 전투와 게라마에서 일어난 집단자결에 대한 내용을 조사해오라고 한 후에 이야기를 꺼내야겠다고 생각했다. 아이들은 도서관 등을 이용하여 열심히 오키나와 전투와 게라마 전쟁에 대한 조사를 해왔다. 그룹별로 게시판에 붙일 신문도 만들었다.

계절은 벌써 가을을 맞이하고 있었다. 교정의 테르미날리아의 손바닥만 한 큰 잎사귀가 갈색으로 물들고, 소리를 내며 떨어지기 시작하고 있었다. 모든 준비가 끝났다. 키요시는 할아버지의 노트를 손에 들고 교실로 들어가, 천천히 이야기를 꺼냈다…….

"모두들 알고 있을 거라고 생각하지만, 선생님의 할아버지는 지난 3월 28일에 생을 마감하셨어요. 내년이 88세로, 미수米壽 잔치를 열 예정이었는데 너무 마음이 아픕니다……. 하지만 왜 돌아가셨는지, 여러분들에게 얘기해 주지 않았죠. 그래서 오늘은 그 이유에 대해 얘기해볼까 해요. 괜찮나요……?"

교실이 술렁이기 시작했다. 키요시는 순간 망설여졌지만, 이 수업을 통해 교사로서의 자신도 한층 성장할 수 있을 것 같은 느낌이 들었다.

"……사실 선생님의 할아버지는 자살했어요."

교실이 단박에 무겁게 가라앉았다. 키요시는 이를 악물고 이야기를 계속해 나갔다.

"선생님의 할아버지는 게라마에서 일어난 집단 자결의 생존자였어요. 할아버지께서는 이 일을 60년이 지나도록 잊지 못하고 괴로워했죠. 자기 손으로 죽인 가족들에게 사죄하는 마음으로 살아오시다……, 60년 전과 같은 올해 3월 28일에 스스로 죽음을 택했습니다. 전쟁이란 이렇게 잔인한 일이죠. 전후 60년이 지나도 사람을 죽이니까요……."

이야기해 나가는 키요시의 눈에 손수건을 꺼내는 학생의 모습이 보였다. 고개를 숙인 채 시선을 떨구고 있는 학생도 있었다. 아버지가 중학교 3학년이었을 당시에 할아버지와 말다툼을 하는 계기가 되었다던 특별수업의 풍경이 떠올랐다. 그럼에도 말을 해야 했다.

힘내자!…… 키요시는 학생들과 자신을 격려했다. 그리고 읽으려고 정해놓은 할아버지와 할머니 우토가 만나는 장면을 펴서 읽기 시작했다. 할아버지의 목소리로 읽고 싶다고 생각하면서…….

N섬의 3월은 변함없이 광기를 상기시키는 바람이 분다. 전쟁이 끝나고 5년이 지났다. 행방불명된 동생을 남겨둔 채 죽기에는 주저함도 없지 않아 있었지만, 나는 내가 저지른 죄의 두려움에 떨고 있었다. 아내를 죽이고 동생을 죽이려고 한 나 자신의 잘못을 용서하지 못했다.

섬에 상륙해 온 미군에게 아내 쿠니코가 능욕당할 것이라는 망상에 겁을 먹고, 여동생들이 살해당한다는 비극을 견디지 못했다. 주둔하고 있던 일본군은, 포로가 되기보다 옥쇄를 택하라고 지시했다. 하지만 그렇다고 해서, 나는 나 이외의 다른 사람에게 책임을 전가하는 짓 따위는 할 수 없었다.

나는 죽기로 마음먹었다. 여러 번 했던 결정이었지만, 더 이상 주저하지 않기로 했다. 나는 내 목을 조를 단단한 새끼줄을 가지고, 죽을 곳을 찾아 마을 뒷산으로 들어갔다. N산 중턱에는 가족 모두가 집단 자결을 한 자연호自然壕가 있었다. 나도 그 근처에서 죽으면 되겠다고 생각했다.

N섬의 3월은 한층 따뜻했다. 모밀잣밤나무가 새싹을 틔우고, 노란색 잎은 부드러운 햇살을 받아 반짝반짝 빛나고 있었다. 진달래는 분홍색 꽃잎을 떨며 여기저기에 앞다퉈 피어나고 있었다. 산속으로 들어갈수록 전망이 좋아, 눈 밑에는 푸른 바다와 게라마제도를 구성하는 섬들이 보였다. 정말로 축복慶과 선량良 사이에 누워있는 섬들이었다. 나는 이 고향의 아름다운 자연을 보고 나도 모르게 눈물을 보이고 있었다. 당시의 전쟁이 떠올랐다.

산속을 도망쳐 다녔던 날들이 어제 일처럼 선명하게 되살아났다. 나는 빨리 죽고 싶다는 생각에 휩싸여, 눈을 내리뜨고 새끼줄을 맬 적당한 나무를 골랐다.

그러자 무슨 일인지, 저 먼 곳에서 한 여성이 나보다 먼저 나무에 매달려 목을 매려고 하는 게 보였다. 나는 나도 모르게 그늘에 몸을 숨겼다. 왜 그랬는지는 모르겠다. 나는 그저 나무 그늘에서 살며시 여자의 행동을 훔쳐보았다.

나뭇잎 사이로 비치는 봄 햇빛이, 반짝반짝 그녀의 몸을 비추고 있었다. 나는 그 광경을 지금도 선명하게 기억하고 있다. 여성은 합장한 후, 주저 없이 새끼줄에 자신의 목을 걸고 나뭇가지에 매달렸다. 나는 황급히 뛰기 시작했다. '그만둬!'라고 소리를 질렀지만, 들렸는지 들리지 않았는지는 모르겠다. 나는 마른 잎에 발을 헛디뎌 나무뿌리에 걸려 넘어지는 바람에, 마른 잎에 얼굴을 처박고 굴러가듯이 해서 그 여성의 발밑에 매달렸다.

내 손이 그녀의 몸에는 닿았지만, 목을 조르고 있는 새끼줄에는 닿지 않았다. 그녀를 잡아당기면 새끼줄이 더욱더 심하게 목을 파고들까 봐 그러지도 못했다. 나는 놀라서 어떻게 해야 할지 몰랐다. 몇 번이고 의미 없는 점프만 반복했다.

이윽고 생각이 미치자, 나는 어느샌가 나무에 기어올라, 가지에 묶여있는 새끼줄을 풀고 있었다. 간신히 밧줄이 풀리자 그녀와 나는 동시에 땅으로 떨어졌다.

그 충격 덕분인지 그녀는 기적적으로 살아났다. 목덜미는 검붉게 부어 있었지만, 점점 창백했던 얼굴에도 생기가 돌아왔다. 나는 눈물을 흘리며 기뻐했다. 나는 내가 죽으러 이 산에 온 것도 잊은 채, 나도 모르게 그녀를 끌어안았다…….

나는 그 여자의 얼굴을 보고 놀라지 않을 수 없었다. 그녀는 나의 소꿉친구 우토였다. 작은 마을의 초등학교에서 책상을 나란히 하던 사이였다.

우토는 내가 도와준 것에 대해서 거칠게 화를 냈다. 소리를 빽빽 지르면서, 왜 죽게 놔두지 않았냐며, 왜 쓸데없이 도우냐며 내 가슴을 때리며 심하게 몰아세웠다. 그뿐만 아니라 눈앞에서 다시 죽으려고까지 했다. 나는 필사적으로 말렸다. 우토의 큰 울음소리가 산에 울려 퍼지고, 마침내 잠잠해져 갔다.

우토는 왜 죽으려고 했는지 그 이유를 들려주었다. 나도 처음 알았지만, 우토 또한 나와 마찬가지로 집단 자결의 생존자였다. 그리고 자신의 행동을 후회하며 죽기로 계획한 것이었다.

우토는 전쟁이 끝난 후, 전장에서 귀환한 오빠와 둘이서 살고 있었다. 두 사람 이외의 가족은 모두 세상을 떠났다. 아버지와 언니는 집에서 함포의 직격탄을 맞고 죽었다고 했다. 당시 우토의 가족은 N산에 은신해 있었지만, 집 뒤뜰에 묻어 놓았던 식량을 가지러 갔다가 직격탄을 맞은 것이다.

우토에게는 조선에서 온 김 씨라는 애인이 있었다. 그러나 김 씨는 스파이라는 누명을 쓰고, 눈앞에서 일본군에게 살해당했다고 했다. 아버지와 언니가 죽고, 김 씨가 죽은 지금, 우토는 살아갈 희망을 잃어버리고 만 것이다.

며칠 동안 어머니와 여동생과 셋이서 산림을 피해 다녔지만, 많은 사람이 자살하는 것을 보고, 더 이상 미룰 수 없다며 죽음을 결심했다고 했다.

시체가 쌓여있는 참호를 발견하고, 어머니와 둘이서 여동생을 달래어 목을 조른 후, 우토가 어머니의 목을 졸랐다고 했다. 우토는 더 이상 자신이 인간이 아니라고 말했다.

근처에 있던 시체에 얽힌 끈을 풀어, 우토는 자신의 목에 감아당기려고 했지만 좀처럼 잘 되지 않았다. 참호 안에는 끈을 묶어 고정할 적당한 장소도 없었다. 밖으로 나가 나무줄기에 끈을 묶고, 체중을 맡겨 양손에 힘을 주었을 때였다. 눈앞에 체격이 큰 미군이 나타났다…….

이렇게 해서 살아남은 여성이 지금의 내 아내인 우토이다. 우토는 전쟁이 끝난 후에 함께 살고 있던 오빠가 병으로 죽자, 자신도 죽으려고 했던 것이다. 혼자가 된 것은 나도 마찬가지였다. 우토는 살아남은 것이 괴롭다고 여러 번 나에게 말해왔다. 나는 화를 내기도 하고, 다독여주기도 했다. 그것은 나 자신에게 하는 말이기도 했다.

우리는, 우리가 죽은 후, 부모님이나 죽은 가족을 공양하기 위해서 아들이 하나 있었으면 좋겠다고 생각했다. 그래서 우리는 결혼을 했고 아들 키요마사가 태어났다.

아이가 생기자, 우토는 이제 죽는다는 말을 하지 않았다. 그 대신 둘째를 갖고 싶다고 여러 번 나에게 말해왔다. 나는 계속해서 완강히 거절했다. 자식은 단 한 명만 낳자는 것이 결혼할 때의 약속이었기 때문이다.

우토는 때때로 첫째는 여자아이였으면 좋았겠다고 나에게 들리도록 투덜거렸지만, 이윽고 이 일도 포기해 주었다. 그리고 키요마사의 성장을 다정하게 지켜보는 엄마가 되어주었다.

나는 몇 번이고 우토의 밝고 명랑함에 구원받았다. 아들 키요마사가 결혼하고 세 손자가 태어난 것은 내 인생 최대의 기쁨이었다.

나는 더 이상 여한이 없다. 40대, 50대, 60대 그 연대의 시작마다 죽음을 생각했지만, 실천하지 못했다. 그리고 80대에 비로소 실천할 수 있는 날이 왔다.

나의 과거는 사라지지 않는다. 비록 전쟁 중에 일어난 일이라고는 하나, 이러한 일을 해서는 안 됐다. 가족과 함께 힘을 합쳐, 살려고 했어야 했다. 나는 하루빨리 부모님의 곁으로 돌아가서 사과드리고 싶다. 죽음으로써 속죄하고 싶다. 나에게는 아직 옛 일본인의 특성이 남아있다는 것을 잘 알고 있다. 그러나 이것이 전후 60년, 88세까지 살아온 야마시로 세이지로가 인생을 청산하는 방법이다…….

우토, 먼저 갈게. 용서해 줘, 그동안 고마웠어. 저세상에서 편히 기다리고 있을게 먼저 갈게.

2007년 3월 25일

야마시로 세이지로

교실은 조용했다. 흐느끼는 소리가 이쪽저쪽에서 들려왔다. 60년이 지나도 한 사람의 생명을 빼앗아 가는 전쟁의 의미를 생각해 주렴, 이런 키요시의 생각을 학생들이 분명 알아줄 것이라는 생각이 들었다.

그러나 키요시는 수기를 읽으면서 불안함을 느꼈다. 너무 불안해서 가만히 있을 수가 없었다. 다 읽은 직후에는 격한 동요마저 일어나고 있었다. 눈물이 날 것 같았다. 키요시는 필사적으로 그 동요를 억누르고 있었다.

할머니가……, 할머니가 할아버지처럼 생을 마감해버리지 않을까 하는 불안감이었다. 할아버지의 뒤를 쫓아 자살하지 않을까 하는 불안감에 아찔해졌다. 키요시는 할아버지의 죽음에만 집중한 나머지, 할머니에게 신경을 쓰지 못했다는 생각이 들었다. 할머니도 집단 자결의 생존자이다. 할아버지가 돌아가신 후, 할머니 역시 할아버지와 마찬가지로 자신의 삶을 단죄하려고 하지 않을까. 그런 불안한 마음이 커져만 갔다.

"할머니, 죽으면 안 돼, 살아야 해!"……. 키요시는 적어도 그렇게 말해주어야 했다. 할머니가 살아계신 덕분에 아버지가 태어나고, 자신이 태어나고, 치나츠와 유우지가 태어났다. 할아버지와 할머니가 죽지 않고 계속 살아주신 덕분이었다. 할머니마저 목숨을 끊게 되면 정말로 전쟁에 지는 것이다. 그러니까 살아야 한다. 이제 괜찮다, 이제는 충분하다…….

키요시는 그런 생각에 사로잡혀 있었다. 자신과 가장 가까운 가족의 슬픔조차 깨닫지 못하다니. 그야말로 '게라마는 보이지만 전쟁은 보이지 않게 되었다'가 아닌가…….

H.R 수업의 끝을 알리는 종이 울렸다. 키요시는 학생들에게 마지막 말을 전한 후, 황급히 교무실로 돌아갔다. 비극이 더 이상 반복되어서는 안 된다.

키요시는 서랍에서 핸드폰을 꺼냈다. 아버지에게 서둘러 이 불안을 알려드려야겠다고 생각했다. 부재중이 3건이나 있었다. 꺼림칙한 예감이 들었다. 드문 일이었다. 키요시는 불길한 예감에 불안해하며 자신이 늦지 않았기를 바라며 휴대폰 버튼을 눌렀다.

어느새 창밖에는 비가 쏟아지고 있었다. 반 학생들 몇 명이 눈을 붉히며 쫓아와 키요시 앞에 서 있었다.

1945년
비통한 오키나와

1. 나무

1945년 6월 23일. 나는 나무 위로 올라갔다.

"적이야! 적이 올 거야! 아하곤 움직이지 마!"

히가의 목소리가 시린 바람과 함께 나를 위협한다. 갈증이 난다. 침을 삼키는 소리가 귓속에서 크게 울린다. 그 소리마저 나를 긴장시킨다.

나는 아하곤 토모요시. 친구는 히가 마사아키. 히가의 목소리에 나는 지엽을 감은 번데기처럼 한껏 몸을 움츠렸다. 미군이 보인다. 스무 명 정도가 총을 겨누고 대열에 맞춰 다가온다. 그중 한 명이라도 눈치채면 우린 끝이다. 숨을 멈춘다. 가능한 한 오래…….

이윽고 나무 아래에서 군화 소리가 크게 울려 퍼진다. 웃음소리도 들려온다. 하늘을 올려다보지 않았으면 좋겠다. 누군가 하늘을 올려다보게 된다면 나와 히가는 무조건 죽는다. 필사적으로 기도했다. 제발 하늘을 올려다보지 말라고…….

눈 아래를 통과한다. 극도의 긴장으로 몸이 경직된다. 벌레가 윈

쪽 손등을 기어 다닌다. 소름이 돋지만 참는다. 적의 모습을 나무 위에서 응시한다. 더러운 철모가 보인다. 사람이 동그랗게 보인다.

이윽고 군화 소리가 멀어져 간다. 휴, 하고 가슴을 쓸어내린다. 살짝 고개를 돌려 히가를 본다. 가능한 한 움직임을 작게 한다. 나무 위에서 움직이려면 세심한 주의가 필요하다. 적의 모습이 사라지자마자 작게 한숨을 내쉰다. 왼쪽 손등에 있던 벌레를 오른손으로 튕겨냈다.

이번에도 삶을 연장할 수 있었다. 이곳은 오키나와 본섬 북부 서해안의 모토부반도에서 북서쪽 9km에 위치하는 이에섬이다. 둘레 22.4km의 성인 신발 바닥 모양처럼 생긴 섬이다. 나와 히가는 나무 위의 병사이다. 총을 가지고 있지는 않지만, 수류탄은 가지고 있다. 수류탄은 일본군의 훌륭한 무기이다. 적을 죽일 수도 있고 자신을 죽일 수도 있다.

"부득이하게 부대는 이 구스쿠야마에서 해산한다. 마지막까지 싸워라! 그러나 상황이 여의찮을 때는 자결하라, 황국의 신민들이여!"

섬의 수비대장 이가와 다다유키 소령의 훈시를 받고 우리는 해산했다.

나와 히가는 바로 구스쿠야마의 가마에서 나왔다. 가마를 나오고 얼마 지나지 않아 미군이 쳐들어와 집중포화를 퍼부었다. 탱크의 포격과 화염방사기에서 뿜어져 나오는 새빨간 불길이 거대한 뱀의 혀처럼 가마 안으로 들어갔다. 그날로부터 사흘 후, 나와 히가는 나무 위의 병사가 되었다.

미군은 4월 16일에 섬에 상륙했다. 치열한 전투였지만 승부는 단번에 났다. 미군의 상륙을 상정하여 군민관일체가 되었던 훈련은 거의 도움이 되지 않았다. 압도적인 병력 차이에 어찌할 도리도 없었다. 한 발을 쏘면 열 발이 되돌아왔다. 함포 사격과 전투기의 폭격이 계속되었다. 첫날은 겨우 반격할 수 있었지만, 이틀째부터는 방어하는 것만이 최선이었다.

미군의 탱크는 섬을 돌며 제압해나갔다. 구스쿠야마의 사령호뿐만 아니라 마을의 민가도 다 타버리고 말았다. 마을 사람들은 도망갈 곳을 잃었다.

일본군이 건설한 비행장도 육해공으로부터의 공격을 받아 점령당했다. 무엇보다 미군의 사용을 두려워한 일본군이 비행장을 스스로 파괴하고 있었다. 일본군의 비행기는 뜨지 않았고, 이륙할 비행기는 없었다.

이에섬의 전황은 곧바로 미군에 유리하게 전개되었다. 일본군은 분단되어 고립되고, 주민들은 궁지에 몰려 해안가에 있는 가마에서 자결했다. 비참하고 극한 상황이 죽음을 곳곳에서 만들어내고 있었다.

나와 히가는 남서쪽 취락의 변두리에 있는 가주마루 나무 위로 도망쳤다. 극도의 긴장감과 이완된 평온함이 공존하는 나무 위에서의 생활이 시작되었다.

"우린 이제 어떻게 되는 걸까?"

"어떻게 되다니?"

"살아남을 수 있을까?"

"글쎄, 그건 나도 잘……. 그것보다 하늘 좀 봐, 별이 저렇게나 밝게 빛나고 있어. 전쟁이 터지기 전에는 별 같은 건 보려고 한 적도 없었는데 말이야."

"그러게, 마치 별이 살아 숨 쉬고 있는 것 같아."

우리들은 소대변이 마려울 때를 제외하고는 나무에서 내려가지 않았다. 잠도 밥도 모두 나무 위에서 해결했다. 밤이 되면 하늘에서 반짝반짝 빛나고 있는 아름다운 별을 감상했다. 전쟁 속에서도 하염없이 빛나고 있는 별에게 불합리한 증오를 느꼈지만, 그와 동시에 스스로가 살아있음을 실감하게 해주는 이상한 감정에 휩싸였다.

히가는 스물네 살이다. 오키나와 본섬 북부 얀바루라 불리는 오기미촌에서 소집된 정규 병사이다. 나는 한 살 어린 스물세 살로 이에섬에서 소집된 방위대원이다. 나는 슈리에서 태어났지만 소집되기 전까지 이에초등학교에서 아이들을 가르치고 있었다.

히가보다 늦게 소집되었지만, 전장에서는 나도 히가도 모두 같은 병사였다. 히가는 2년, 나는 두 달 된 병사이다. 딱히 계급은 없었다. 구별되기도 전에 패잔병이 되었다.

히가가 한숨을 쉬면서 말했다.

"있잖아 아하곤, 우린 아직 병사인 걸까?"

나는 생각했다. 그리고 말했다.

"그럼. 훌륭한 병사지."

"싸우지 않는데 병사라 할 수 있나?"

"우린 싸우고 있어."

"누구랑."

"……자기 자신과."

허울 좋은 구실 같았지만 정말로 싸우고 있는 것처럼 느껴졌다.

"낮의 침묵도 마찬가지야. 발각되지 않도록 조용히 숨을 죽이는 것. 이것도 싸움이야."

"수류탄을 던지지 않아도 병사라 할 수 있나?"

"그럼 당연하지. 우린 언제든지 던질 수 있어. 수류탄을 가지고 있잖아. 그것만으로도 훌륭한 병사야."

"구실은 좋네."

"아니, 나는 사실을 말한 거야."

히가의 물음에 나는 솔직하게 답을 돌려주었다. 그러나 히가는 오히려 혼란스러워 보였다.

우리가 은신하고 있는 곳은 가주마루 나무이다. 가주마루 나무는 사계절 내내 초록색 잎을 가득 펼친다. 나무의 정령으로 불리는 '기지무나'가 사는 나무로도 알려져 있다. 그만큼 울창하게 우거지는데 이 일은 둘에게 있어 다행이라고 할 수 있다.

가주마루는 오키나와 명칭으로 용수榕樹라고도 불리며, 열대지방에 분포하는 상록 고목이다. 나무의 높이는 20m에 달한다. 나무 열매는 새나 박쥐 등의 먹이가 된다. 줄기는 여러 갈래로 나뉘어 우거지고, 갈색 기근을 땅으로 늘어뜨린다. 아래로 드리워진 기근은 서로를 뒤얽는다. 가주마루 이름의 유래는 이러한 줄기와 기근의 '얽히는' 모습이 사투리 발음에서 파생되었다는 설이 있다. 기근은 초반에는 아주 가늘지만, 지면에 이르면 줄기와 구별이 안 될 정도로 커진다. 잎은 타원형 또는 계란형으로 약간 두껍다.

가주마루 나무에 올라가자고 말한 것은 내가 아닌 히가였다. 막상 올라보니 불편하지 않고 오히려 마음이 편했다. 또 하늘의 별뿐만이 아니라 바다도 보였다. 산도 보이고, 밭도 보인다. 멀리 있는 마을까지도 볼 수 있었다. 그러나 그만큼 불안도 컸다. 바다에는 적의 함선이 가득했다. 육지에는 탱크가 보이고 포탄이 떨어지는 연기가 보였다. 나무 위는 싸우는 장소뿐만 아니라, 적을 감시하는 장소가 되고, 어느새 두 사람의 생활 터전이 되어 있었다.

낮에는 나무 위에서 가만히 몸을 숨기고, 밤에는 식량을 찾으러 다녔다. 식사도 나무 위에서 했다. 물도 물통에 떠서 나무 위에서 마셨다. 배변을 볼 때만 조심스레 한 명씩 나무에서 내려왔다.

"뗏목을 짜서 본섬으로 건너갈까?"

나무에 오르고 얼마 지나지 않아 히가가 꺼낸 말이다. 마음이 조금 움직이기도 했다. 실제로 나무 위에서 본 섬은 가까워 보였고, 반짝반짝 빛나는 바다는 희망의 바다처럼 보였다. 그러나 섬을 둘러싼 많은 적의 함정에 이윽고 단념했다. 뗏목을 만드는 도구도 재료도 우리는 가지고 있지 않았다.

나와 히가는 이가와 소령 직속 부대에 소속되어 있었다. 나이가 비슷하기도 해서 금방 친해졌다. 나보다 2년 빨리 입대했던 히가에게 많은 것을 배웠다. 그리고 전쟁이 끝난 뒤의 행복한 미래에 대해서도 이야기했다. 내가 상관에게 맞고 있을 때 히가가 도와준 것이 친한 사이가 된 결정적인 사건이었다.

내가 벙커에 있을 때, 어둠 속에서 순간 비틀거려 수통을 엎지르고 말았다. 물이 얼마나 귀한지 알고 있었다. 맞고 있는 나를 알아채고, 히가는 빈 수통을 잡고 물을 길러 포탄 속으로 뛰어나갔다. 순간 어안이 벙벙했지만, 뒤이어 나도 수통을 들고 히가의 뒤를 쫓았다.

"살아 돌아가고 싶다……."

히가는 탄식처럼 같은 말을 반복했다.

히가의 고향인 오기미 마을에는 아내와 갓 태어난 딸아이가 있다고 했다. 고기를 잡으며 생활하고 있었는데, 작은 배와 함께 징집되었다고 했다.

구스쿠야마의 벙커를 떠난 후, 나와 히가는 죽음을 각오하고 적진에 쳐들어가기로 결심했다. 그러나 우리에게는 총은커녕 칼조차 없었다. 야음을 틈타 적 진지로 다가가 수류탄을 집어 던지는 것뿐이었다.

그러나 적진지를 목전에 두자, 다리가 움츠러들고 손이 떨려왔다. 예광탄이나 탐조등에 발각되어 옆에 있던 병사들이 피를 흘리며 괴로움에 몸부림치며 죽어갔다.

우리들은 그 광경을 보고 수류탄이 닿는 가까운 거리까지 갈 수 없다는 것을 깨닫고 되돌아갔다. 순간의 판단이었지만 이제 어느 부대에도 합류할 수 없었다. 그로부터 며칠 후에 우리들은 가주마루 나무에 올랐다.

"죽을 곳을 내 손으로 버린 거야. 그때 왜 죽지 못했을까……."

"그때라면……?"

"수류탄을 가지고 쳐들어갔을 때 말이야. 죽음을 각오하고 있었는데……. 마지문* 한테 홀렸던 걸까."

"하긴. 그때였으면 죽을 수는 있었겠지. 전쟁에서는 죽는 것보다 사는 게 더 어려워."

"맞아."

"우린 어려운 쪽을 선택한 거야."

히가는 대답하지 않았다. 하지만 이윽고 작은 목소리로 물었다.

"이런 식으로 나무 위에서 벌벌 떨고 있어도 너는 사는 게 더 낫다는 말이야?"

"응, 사는 쪽이 더 나아!"

두려운 전장에서 순간 훅 치밀어 오른 감정이었다. 하지만 솔직한 내 심정이다. 마지문의 목소리를 순순히 따랐을 뿐이다. 나는 계속해서 말을 보탰다.

"우리들은 언제든지 죽을 수 있어. 수류탄이 있으니까."

"그렇네, 싸우지 않고도 죽을 수 있네. 뭐 이런 경우도 있는 거지."

히가는 자조적인 웃음을 띠었다.

"쉿."

갑자기 긴장감이 감돌았다. 두 사람은 동시에 손가락을 입술에 갖다 댔다. 하루에도 몇 번이고 겪는 긴장감이다. 패잔병으로 생각

---

* 오키나와현이나 가고시마현 아마미군도에 전해지는 악령의 총칭.

되는 한 일본 병사가 비틀거리면서 총을 지팡이 삼아 다가왔다. 비록 아군일지라도 나무 위에 있다는 것을 들켜서는 안 된다. 여기가 알려지면 내려가야 한다. 지상에 선다는 것은 죽는 것과 마찬가지다. 우군에게 들킨다면 우리의 행위는 치욕으로 매도당해 징계를 받을 것이다.

혹여 우리와 마찬가지로 몸을 숨기는 것을 택한다면 더욱 귀찮게 된다. 아무리 무성한 가주마루라고 해도 세 사람이 함께 은신할 정도의 장소는 아니다.

우리는 서로 눈짓을 보내고, 시선을 눈 아래의 병사에게 집중했다. 움직임을 멈추고 나무 아래를 살폈다. 병사는 거의 움직이지 않았다. 털썩 주저앉아 다리를 쭉 뻗은 채로 가주마루 나무에 등을 기댔다. 죽었나 싶을 정도로 움직임이 없었다.

이윽고 병사는 소곤소곤 중얼거렸다. 우는 것이 느껴졌다. 오른손으로 철모를 벗고, 왼손으로 가슴에 있는 주머니에서 무언가를 꺼냈다. 사진이었다. 두 손으로 사진을 잡은 채 한참을 물끄러미 바라보다가 이윽고 얼굴에 바짝 대었다. 그런 다음 다시 주머니에 넣었다. 그리고 다시 작은 소리로 울기 시작했다.

눈앞의 잎사귀에 작은 새 몇 마리가 떼를 지어 날아왔다. 동박새다. 초등학생 때 새장에 넣어 키운 적이 있다. 친구들과 다카부키*를 겨룬 적이 있다. 동박새는 눈앞에서 날개를 접고, 고개를 갸웃

* 높은 목소리로 우는 승부.

거리면서 잎을 쪼아 댔다. 벌레가 있는 걸까? 동박새는 벌레를 좋아한다. 머리부터 등에 걸쳐 초록빛을 띠고, 가슴 부분은 노랗고 목 주변은 하얗다. 눈 주위에는 동그랗고 하얀 원이 둘러져 있다.

눈 아래 병사를 본다. 위험해! 그렇게 생각한 순간, 폭발음이 주변을 뒤흔들었다. 동박새가 놀라 일제히 날아올랐다. 나도 히가도 순간 폭풍에 휩싸여 나뭇가지에서 떨어질 뻔했다. 필사적으로 줄기에 매달릴 태세를 갖췄다.

"수류탄인가."

"아마도."

병사는 수류탄 신관을 뽑고 끌어안은 채로 자결했다. 순간 하늘을 우러러본 병사와 눈이 마주친 듯했지만 착각이었을까.

처참한 상황의 흔적이 눈 아래에 남아있다. 쓰러진 병사의 몸에서 피가 흐르고 있다. 내장이 튀어나와 있다.

"어쩌지."

"폭발음이 들렸으니까 누군가 찾아올 거야."

"미군에게 들렸으면 큰일인데."

"일단 시신을 치우자."

히가와 나는 주위에 사람이 없는 것을 확인하고 서둘러 나무 아래로 내려갔다. 시신을 최대한 먼 곳에 숨겨야겠다고 생각했다. 숲 깊은 곳에 시신을 숨긴 후, 몸을 최대한 웅크려 돌아왔다. 그리고 원숭이처럼 나무에 올라갔다. 아니 이미 원숭이가 되어 버린 걸지도…….

"우리들……."

"왜?"

"불쌍하다는 감정을 잃어버린 걸까."

"어쩔 수 없어. 우린 살아야지."

"살기 위해서라지만……."

내 물음을 히가가 가로막는다.

"질문은 그만. 그것보다 이것 좀 봐. 총과 쌍안경이야."

"어디서 났어?"

"그 병사 옆에 떨어져 있었어. 잘 됐지?"

"잘 되긴 했는데……."

"물론 우리들은 싸우지 않아. 싸우지 않는 병사지. 그래도 갖고 있으면 든든하잖아. 안 그래?"

"맞긴 맞는데……."

"그런데 뭐."

"잘 모르겠어."

"아무것도 모르는 채로 우리는 전쟁에 참여했어. 더 이상 알 필요도 없었지. 결국…… 모두 죽으니까."

"……."

"나는 죽지 않을 거야. 얀바루에 남겨두고 온 아내와 딸에게 반드시 살아서 돌아갈 거야. 반드시 살아서 돌아갈 거라고!"

히가는 나뭇가지에 총을 숨기고, 쌍안경을 손에 들고 먼 곳을 바라보았다.

나무 위의 병사에게도 세월은 흐른다. 우리들은 병사의 시신을 숨긴 후 한동안은 조심하며 나무 밑으로 내려가지 않았다. 그러나 걱정과는 달리 아무도 오지 않았다. 수류탄 폭발음을 듣고 누군가 찾아올 줄 알았는데……. 지나친 기우였을까. 미군도 일본군도 주변에 없는 건가. 마을 사람들은 여기서 먼 가마로 피난을 간 건가. 아니면 모두 죽어버린 걸까. 주변의 고요함은 온갖 생각을 하게 만들었다. 총소리나 포탄 소리가 간간이 들려왔지만 모두 여기서 먼 곳이었다.

히가와 나는 주변의 상황을 지켜보다 괜찮다고 판단하고, 근처 우물로 나가 몸을 씻었다. 때로는 바다에 뛰어들어가 해수욕을 했다. 언제나 황급히 돌아왔지만, 기분은 좋았다. 특히 해수욕을 하는 동안은 적을 속이는 시간 속에 있는 것 같아 가슴이 후련했다. 모래사장은 아름다웠고, 밤바다는 깊은 어둠과 아득함으로 가득 차 더욱더 아름다웠다.

하지만 식량은 생각처럼 구하기가 어려웠다. 나도 히가도 한 달 가까이 나무 위에서 생활하면서 조금씩 요령은 생겼지만, 영양은 전혀 쌓이지 않았다. 체력이 떨어지고, 살이 빠지고, 항상 굶주려 있었다. 몸에도 변화가 일어났다. 눈이 침침해지고, 나뭇가지를 잡는 손의 힘이 약해졌다. 나는 히가에게 말하지 않고 조용히 가주마루에서 내려와 내가 살던 마을까지 눈치를 보며 식량을 찾으러 가기도 했다.

히가가 열이 나고 영문 모를 헛소리를 하기 시작했다. 나는 황급히 우물에서 물을 퍼 왔고 찬물에 수건을 적셔 히가의 이마에 갖다 댔다. 히가의 헛소리는 다양했다. '나무정령이 올 거야!'라고도 하고, '전쟁 만세!', '요시씨, 요시씨'라고도 했다. 요시는 부인 아니면 딸 이름인 것 같았다.

내게도 환청이 들려왔다. 갑자기 근처에서 총소리가 났다. 밤에는 우군들의 비명과 같은 칼부림 소리가 바람을 타고 들려왔다. 현실과의 경계를 알 수 없었다. 나는 귀를 막고 환청이라고 속으로 되뇌었다.

이윽고 히가의 열이 내렸다. 때마침 사요가 찾아왔다. 사요는 학교에서 잔심부름을 하던 여자아이이다. 나는 사요를 좋아했다. 언젠가 결혼하고 싶다는 생각도 했었다. 며칠 전 마을의 동태를 살피러 갔을 때 우연히 만났다.

사요는 고구마를 가져다주었다. 나는 나무 밑으로 내려가서 고구마를 받았다. 고맙다고 인사하고 사요를 돌려보냈다.

사요가 돌아가자, 히가는 나에게 화를 냈다.

"이 바보 같은 놈아!! 대체 무슨 말을…… 왜 나무 위에 숨어있다는 걸 알려준 거야!!"

"사요는 괜찮아. 믿어도 돼."

"사요든 키요든 간에 적을 속이려면 먼저 아군을 속이라는 말 잊었어?!"

그때 큰 총소리가 들렸다. 그리고 격렬한 기총소사 소리도 연속적으로 들려왔다. 우리들은 긴장했다. 황급히 태세를 갖추고 몸을 움츠려 숨을 죽였다. 나무에 달라붙어 있는 작은 벌레처럼.

이윽고 총소리가 멎었다. 그러나 히가는 더는 아무 말도 하지 않았다. 미군이 오는 것을 각오했지만 미군의 모습은 보이지 않았다.

말매미가 울기 시작했다. 벌써 유월이 된 걸까. 눈에 띄는 자연의 아름다움은 나무 위에서도 다르지 않았다. 오히려 새로운 발견이 많았다. 바다는 시간마다 색을 바꿔 반짝반짝 빛났다. 아침에는 선명한 파란색으로 바뀌고, 낮에는 은빛이 되었다. 해 질 녘에는 군청색이 되어 물빛 거울이 되었다. 나무는 초록빛 우듬지를 흔들며 낮에는 작은 새들을 저녁에는 박쥐를 불러들였다.

"아이고, 불쌍하게 됐네."

히가는 쌍안경을 들여다보며 작게 중얼거렸다.

"응? 왜? 무슨 말이야?"

"전쟁 속에서 사는 여자들은 정말 불쌍한 것 같아."

"그러니까 그게 무슨 말이냐고."

"강간당할 것 같은데."

나는 황급히 히가에게서 쌍안경을 빼앗았다. 그리고 가만히 들여다보았다.

"어디?"

"저 멀리 소나무 있는 쪽 바위틈 그늘."

나는 눈을 찡그렸다. 확실히 미군 몇 명이 보였다. 하지만 여자는 보이지 않았다. 미군들은 바위 안쪽을 파고들듯이 쳐다보고 있었다.

"여자는 보이지 않는데……."

"잘 봐봐."

"그러고 있어."

"아마 그 여자는 강간당하고 죽겠지. 전쟁에서는 싸우는 남자들만 목숨을 잃는 건 아니니까."

"말도 안 돼……."

"혹시 사요는 아니겠지. 우리에게 식량을 전해주려고 하다가 잡혔다든지."

"설마……."

나는 그 말을 듣고 하마터면 나무에서 떨어질 뻔했다. 심장이 파룡선*의 꽹과리를 치듯 빨라진다. 필사적으로 여자의 모습을 찾았다. 지프가 보였다. 하지만 역시 여자는 보이지 않았다.

"없어, 안 보여!"

"줘봐."

히가가 쌍안경을 빼앗아갔다.

"봐봐 있잖아. 죽이진 않고 지프에 실어서 끌고 가려나 봐."

나는 다시 쌍안경을 빼앗았다. 흙먼지를 일으키며 지프가 달려가는 것이 보였다. 여자는 역시 보이지 않았다. 히가는 달려가는 지프에 총을 겨누고 조준을 했다.

"사요는 아닐 거야."

---

* 오키나와 각지의 항구도시에서 음력 5월 4일에 행해지는 경조 경쟁. 길쭉한 배에 노 젓는 사람이 10~20명을 태우고 속도를 겨루는 것.

히가는 그렇게 말하며 총을 내려놓았다.

"하, 진짜 무력하다……. 한 여성조차 지킬 수 없다니. 그저 보고만 있어야 한다니……. 그것도 나무 위에서 겁을 먹은 채로 말이야."

할 말이 없었다. 그 여자가 사요면 어떡하지? 끌려간 여자가 사요만 아니면 된다는 말은 아니지만, 내게 식량을 전해주려다 그런 짓을 당한 것이라면 나 때문이다. 아니야, 이제 더 이상 오지 말라고 했으니까……. 그렇게 생각했지만 위로가 되지는 않았다.

"여자는 전리품에 불과해. 농락만 당하다가…… 죽는 거야."

"그만!"

나는 도저히 참을 수가 없어 히가를 발로 찼다. 히가도 맞받아쳤다.

"이게 전쟁이야. 나도 너도 어쩔 수 없어!"

"제발 그만해!"

"그만 차! 가지가 부러져서 밑에서 보이게 되면 이번에는 우리가 사냥감이 될 거야! 우리도 죽고 말 거라고!"

"그만! 그만!"

나는 귀를 막았다.

"귀를 막아도 눈을 막아도 이게 전쟁이야!"

"잘난 척하지 마!"

"야, 너도 알고 있잖아!"

알고 있다. 하지만 내가 할 수 있는 일이 없다. 나는 병사지만 싸우지도 못하는 겁쟁이 병사다. 눈에서 눈물이 뚝뚝 떨어졌다.

사요는 일주일이 지나도록 찾아오지 않았다. 안 오는 게 당연한 건데, 불안은 날이 갈수록 커져 갔다. 말매미가 오늘도 아침 일찍부터 울고 있다. 끌려간 여자가 사요면 어쩌지. 나는 참지 못하고 나무를 내려왔다. 히가가 말렸지만, 그 팔을 뿌리치고 마을을 향해 달렸다.

마을은 한산했다. 아무도 없었다. 하숙집도 사요의 집도 불타 있었다. 나는 무릎에 손을 짚고 소리를 죽인 채 울었다. 히가 말대로 이런 것이 전쟁인 걸까.

상공에서 비행기 소리가 났다. 적의 비행기다. 저공을 하고 있었다. 황급히 몸을 숨겼다. 그런 자신의 행동에 쓴웃음이 나왔다. 아직도 살고자 발버둥을 치고 있으면서 사요의 원수를 갚고자 하다니……. 그런 감정에 고양되는 자신에게 웃음이 났다.

비행기는 총알이 아닌 전단을 뿌렸다. 여기저기서 종이가 팔랑팔랑 흰나비처럼 흩날렸다. 나는 하나를 주워 적힌 글자를 뚫어져라 쳐다보았다.

'전쟁은 끝났습니다. 헛되이 죽어서는 안됩니다. 항복하세요.'

그런 문구가 하늘에서 떨어져 내렸다.

그럴 리가 없다. 마지막 병사가 여기에 남아있다. 나는 전단지를 챙겨, 히가가 기다리고 있는 가주마루 나무를 향해 달려갔다.

나무 위도 땅과 마찬가지로 비 오는 날도 있고 바람 부는 날도 있다. 쾌청한 날도 있고 흐린 날도 있다. 나와 히가는 큰일이 없는 한 어떤 날이라도 가주마루 나무에서 내려오지 않았다. 물론 나무 위에서 생활하는 것도 하루하루를 거듭하면서 몸에 익어 갔다.

히가는 나무 위에서 꿈을 말하기도 했다. 나도 이대로 하루하루가 지나가는 것을 좋아했다. 게다가 나무 위에서 책을 읽을 수 있다는 건 최고였다. 소년 시절의 꿈이 떠올랐다.

나무 위에서의 생활로 머리도 수염도 덥수룩해졌지만, 나무 위에서의 생활은 점점 더 편안해졌다.

그러나 그런 기분과는 다르게 섬은 적함선에 둘러싸여 있었다. 마을 사람들이 함선에 실려 이동하는 모습도 볼 수 있었다. 일본의 패잔병들이 투항해 나가는 모습도 볼 수 있었다.

"이제 거의 끝인 건가……."

"응?"

"나는 절대 투항하지 않을 거야."

"나도 병사야. 더 버틸 수 있어."

나는 히가에게 대답했다. 우리는 투항하지 말라고 배웠다. 그래서 나무에 올라갔다. 여차하면 자결을 도와줄 수류탄도 있다. 이제 와서 내려갈 수는 없다. 나와 히가는 철저항전을 맹세했다.

언제나 그랬듯 낮에는 나무 위에 가만히 있었다. 빈틈을 노려 미군 캠프 쓰레기 유기장과 타고 남은 농가에 몰래 들어가 식량을 찾았다. 위험했지만 나무 위는 안전했다. 미군은 패잔병 소탕을 위해 가마와 인가를 남김없이 태워버렸지만, 나무 위는 사각지대였다.

"너는 일본이 졌다고 믿어?"

나는 조금 망설였지만, 곧바로 대답했다.

"응."

"그렇지, 믿고 싶지 않지만 믿을 수밖에……."

"믿지만, 투항은 하지 않을 거야."

"당연하지. 우리는 일본을 믿고 전쟁을 했어. 뭐, 미국이 이긴 것도 똑같이 믿어."

"그런 게 어디 있어."

"그런가."

히가와 나는 소리 내어 웃었다. 히가와 내 손에는 항복을 호소하는 전단이 들려있었다. 다시 한번 펼쳐 읽었다.

"나는 사요의 원수를 갚고 싶어."

"누군가 온다!"

"뭐?"

"적이야! 총을 겨눈 채 다가오고 있어."

히가의 말에 반사적으로 자세를 취했다. 전방을 응시했다. 하나, 둘, 셋, 넷, 다섯 명의 미군이 주변을 훑어보면서 다가오고 있다. 심장 소리가 빨라졌다. 호흡이 가빠져왔다.

"전쟁은 끝난 걸까?"

"끝난 것 같아. 그래도 나는 내려갈 수 없어."

히가의 말에 나도 고개를 끄덕였다.

왠지 이런 긴장감마저 좋은 기분이 되어갔다. 나무 위야말로 그렇게나 갈망했던 자유가 존재한다는 생각이 들었다.

"얀바루로 돌아가는 것보다 여기가 더 좋아."

히가가 미소를 지으며 손에 총을 들고 조준한다.

나도 수류탄을 두 손으로 잡고 호흡을 가다듬는다. 점점 미군의 모습이 다가온다. 나무 위에서는 바다도 밭도 보인다. 오늘 같은 쾌청한 날은 특히 더 기분이 좋다.

2. 구덩이

1945년 6월 23일 저는 세 살짜리 여동생 미코와 함께 구덩이 속에 몸을 숨기고 있었어요. 제 이름은 도케시 마사요. 올해 여섯 살이 되었기 때문에 이토만에 있는 마카베초등학교에 입학하는 날만을 기다리고 있었죠. 그런데 오키나와가 전장이 되어버리고 말았어요.

구덩이는 곳곳에 파여 있었어요. 미국의 비행기 공습이 있자, 저는 미코와 함께 구덩이 속으로 숨었어요. 길가나 나무 그늘, 바위틈 그늘 등 곳곳에 어른들이 파놓은 구덩이가 있었어요.

일본군들이 판 구덩이도 있었어요. 일본군들은 그 구덩이에 매복하고 있다가 미군을 공격했어요. 그걸 '다코쯔보'라고 불렀답니다.

구덩이는 큰 것부터 작은 것까지 다양했어요. 큰 구덩이 같은 경우는 미코보다 컸기 때문에 구덩이에서 나오는 것이 어려웠어요. 하지만 여러 번 구덩이에 들어가다 보니 나중에는 요령이 생겼어요.

처음에는 제가 먼저 구덩이 밖으로 기어 올라간 후에, 손을 뻗어 미코를 끌어올리려고 했어요. 하지만 너무 힘들었어요. 여러 번 실패하자, 둘이서 어찌할 바를 몰라 운 적도 있어요. 많은 실패를 거듭한 후에 저는 좋은 방법을 알아냈어요. 바로 구덩이 안에서 미코를 먼저 제 어깨에 태우고 밖으로 밀어낸 후에 제가 기어오르는 방법이었어요.

구덩이 안에는 제 배꼽 정도까지 물이 고여 있기도 했어요. 미국 비행기의 쾅 하는 소리가 들리면 저와 미코는 곧장 구덩이로 뛰어들었어요. 그러니까 물이 있는지 없는지 확인하는 건 사치였죠. 진흙투성이가 되는 것은 물론이고, 구덩이 물에 빠질 뻔한 적도 있어요.

구덩이 위를 미군기가 굉음을 내며 저공으로 날아다녔어요. 비행기가 교실처럼 커져서 코앞으로 다가올 때는 심장이 으스러질 뻔했죠.

미코가 무섭다고 울부짖는 탓에 저는 미코의 입을 손으로 막았어요. 그래도 미코는 금방 소리에 적응했답니다. 구덩이에 들어가서 눈을 꾹 감은 채로 양쪽 귀를 막고 비행기가 날아가기만을 기다렸죠. 미코는 참을성이 많은 아이였어요.

뛰어든 구덩이 속에는 간혹 시체도 있었어요. 시체가 있음을 깨달았을 때는 이미 늦은 뒤였어요. 그래서 부릅뜬 시체를 노려보며, 꾹 참고 비행기가 날아가기만을 기다렸죠.

그뿐만이 아니에요. 시체를 발로 밟았을 때는 부드러운 고기의 감촉과 함께 피부가 찢어져 내장들이 발밑으로 달라붙어왔어요. 토마토를 짓밟은 것 같은 느낌과 함께 썩은 냄새가 단번에 구덩이 속을 가득 메웠어요. 그래도 적기가 날아갈 때까지 숨을 멈추고 꾹 참았습니다. 적기가 사라지고 나면 황급히 구덩이에서 뛰쳐나와 크게 심호흡을 했어요.

그러고는 바로 근처에 웅덩이가 없는지 미코와 함께 필사적으로 찾았어요. 웅덩이를 발견하면 몇 번이고 깨끗하게 발을 씻었어요. 마지막에는 집 근처 우물가에서 온몸에 물을 뒤집어써서 냄새를 지웠죠.

아빠는 전쟁터에 나가셨어요. 아빠는 마카베초등학교에서 학생들을 가르치고 있었어요. 전쟁이 심해진 탓에 전장으로 나갈 수밖에 없었어요. 어른들은 아빠 같은 사람들을 '뿌리째 동원'이라고 불렀어요.

오키나와를 지키기 위해 다 같이 단결해서 싸우자는 의미로, 남자라면 교사, 소년, 노인 할 것 없이 모두 '향토방위대'로 소집되었어요. 어른들이 가르쳐주셨어요. '옥쇄'라는 말도 배웠답니다.

제 꿈은 아빠가 있는 마카베초등학교에 입학해서, 아빠와 함께 도시락을 싸 들고 학교에 가는 것이었어요. 그 꿈을 이루지 못해 너무 슬퍼요.

오빠는 꿈을 이뤘어요. 오빠랑 아빠가 함께 아침을 먹은 후에 '다녀오겠습니다'라며 손을 흔들고 집을 나서는 것이 부러웠어요. 엄마가 만든 도시락을 챙겨서 말이죠.

하지만 오빠는 이 세상에 없어요. 친구들과 학교 운동장 '수평 사다리'에서 놀고 있을 때, 적기로부터의 기총 사격이 쏟아졌거든요. 오빠는 삼학년이었어요. 두 명의 친구도 함께였죠.

부모님은 눈물을 보이지 않았어요. 하지만 저랑 미코는 펑펑 울었어요. 어른은 정말 강하다고 생각했어요. 하지만 한밤중에 오빠 사진을 보면서 몰래 울고 있는 엄마를 보고, 사람들 앞에서만 눈물을 보이지 않는다는 것을 알았습니다.

오빠는 우리를 데리고 자주 바닷가로 나가 놀아줬어요. 바다를 특히 좋아했던 미코는 매우 즐거워했어요. 오빠 덕분에 저도 미코도 종일 해변에서 놀 수 있었어요.

오빠는 제 공부도 가르쳐주었어요. 노트에 '아이우에오' 글자를 점선으로 써서 주거나, '1+1='과 같은 문제를 만들어서 주기도 했습니다. 오빠의 꿈은 비행을 하는 것이었어요. 하지만 비행기에 목숨을 뺏기고 말았죠.

오빠가 죽은 다음 날 아빠는 소집영장을 받았어요. 아빠는 급히 오빠 장례를 치르고, 오빠를 뒷마당에 묻고 나서, 바로 집을 나갔어요. 전쟁이 끝나고 돌아오면 제대로 화장하자고 엄마랑 약속도 했어요.

아빠가 전장으로 나간 날부터 학교도 문을 닫았어요. 선생님들이 모두 '뿌리째 동원'되었기 때문에 공부를 가르칠 선생님이 없었거든요.

엄마는 그때 임신 중이었어요. 배가 꽤 나와 있었기 때문에 돌아다니는 게 힘들었어요. 그래서 우리들이 집안일을 많이 도와드렸어요. 식량이 되는 고구마와 야채를 찾으러 자주 밖으로 나갔어요. 그래서 구덩이에 숨는 경우도 많았던 거예요.

아빠는 전쟁에 나가고 얼마 지나지 않아 부상을 당하고 말았어요. 떨어진 포탄에 맞아 야전병원이었던 가마로 들어가게 되었어요. 파편이 온몸에 쏟아지는 바람에 피투성이가 되었지만, 겨우 목숨을 건졌어요. 하지만 오른쪽 다리를 잃었죠. 이 일은 아빠와 함께 방위대로 갔던 가네시로 선생님이 가르쳐 주셨어요.

아빠는 전쟁이 시작된 후에도 망설였어요. '뿌리째 동원'이 될 때까지 걱정하셨죠. 이대로라면 이토만은 전장이 된다. 북쪽 산중으로 피난하는 편이 낫지 않을까. 하지만 배 속에 아이가 있으니 할 수 없다. 게다가 학교가 운영되고 있는 이상, 학생을 버리고 북부로 갈 수도 없다. 어떻게 하면 좋을까, 하면서요.

아빠는 출정하는 당일 아침에 우리들의 얼굴을 보고 눈물을 흘렸어요. 오빠가 죽었을 때도 보이지 않았던 눈물에 깜짝 놀랐어요. 아빠의 눈물을 처음 봤어요.

아빠는 혼란스러워하면서도 조금씩 파 두었던 뒷산 우리 집 방공호에 식량과 침구 등을 옮겨주었어요. 아빠는 눈물을 닦고, 우리에게 엄마를 부탁한다고 말하고는 집을 나갔어요.

하지만 아빠는 다리가 잘리고 얼마 지나지 않아 돌아가셨어요. 아빠의 전우라고 하는 군인이 찾아와 흰 천으로 싸인 네모난 상자를 전해주었습니다. 아빠 뼈가 들어있다고 했어요. 나와 미코는 영문도 몰라 눈물이 나오지 않았어요. 상자를 받는 엄마를 뚫어지게 쳐다볼 뿐이었어요.

엄마도 눈물을 흘리지 않았어요. 믿을 수 없었던 거겠죠.

엄마는 상자를 받아 흰 천을 풀고 칙칙한 흙빛 항아리 속 유골을 들여다보았어요. 그러고는 가만히 있었어요. 그러다 고개를 갸웃거리며 중얼거렸어요.

"전쟁 중인데 화장을 할 수 있으려나. 왜 가네시로 선생님이 직접 오시지 않았을까."

엄마는 아빠가 죽었다는 사실을 믿고 싶지 않았던 거예요. 그래서 이 뼈는 아빠의 뼈가 아니라고 의심한 것 같아요. 하지만 우리는 대답할 수 없었어요. 가만히 뼈를 바라보고 있는 엄마를 쳐다볼 뿐이었어요.

"전쟁에서는 믿을 수 없는 일이 많이 일어나니까……."

엄마는 우리를 두 손으로 끌어안으며 말했어요. 그러고는 우리들의 머리를 쓰다듬고 이상한 미소를 지으며 위로해 주었어요. 하지만 엄마는 며칠이 지나도록 뼈를 바라보며 이상해하셨죠.

그런 가운데 전쟁은 완전히 일본군의 패배로 향하고 있었어요. 미군이 이미 상륙해 있다는 것쯤은 저도 알고 있었어요. 아마 어린 미코도 알고 있었을 거예요. 이제 밖을 돌아다니는 것은 위험했어요. 하늘에서는 매일 포탄이 떨어졌어요. 마을 사람들도 피난하기 시작했고, 점점 사람이 적어지더니 이윽고 아무도 남지 않았어요.

탱크가 굉음을 내며 마을 도로를 지나다녔어요. 총을 갖춘 미군들도 나타났어요. 지금까지 본 적 없는 까만 얼굴을 한 큰 남자나 하얀 얼굴을 한 큰 남자들이었어요.

우리는 손을 잡고 필사적으로 뒷산의 방공호로 도망쳤어요. 집에서 방공호까지는 오십 미터 정도의 거리에요. 다행히 미군들이 방공호까지는 찾아오지 않았어요. 우리들은 가슴을 쓸어내렸지만, 우리 셋만 마을에 남겨진 것은 아닌지 큰 불안감에 휩싸였어요. 탱크와 미군들이 지나간 마을은 쥐 죽은 듯이 조용했어요. 고양이 한 마리도 보이지 않았죠.

방공호에 비축해 두었던 식량도 사라졌어요. 아빠가 만든 소금에 절인 고기도 생선도 쌀도 된장도 전부 사라졌어요. 엄마는 망연자실했지만, 저랑 미코는 그날부터 함께 식량을 찾으러 밖으로 나갔어요.

근처에 있는 우물에서 물을 퍼내어 방공호 안에 있는 작은 독에 넣어 두는 것은 제 몫이었어요. 살기 위해 열심히 발버둥 쳤어요. 아니, 사실 그런 것에 대해서 그다지 생각하고 있지 않았던 것 같아요. 다만 음식이 전혀 없는 게 불안했어요. 그 불안을 해소하기 위해 식량을 계속 찾았고, 갈증을 해소하기 위해 물을 계속 퍼 올 뿐이었어요.

하지만 고작 여섯 살이었던 저와 세 살인 미코가 둘이서 매일 식량을 찾는 것은 쉬운 일이 아니었어요. 빈집을 들여다보고 살며시 부엌으로 들어가도 아무것도 없었어요. 논밭을 걸으며 고구마나 야채를 찾아도 마을 사람들이 피난할 때 모두 가져가 버려서 아무것도 남아 있지 않았어요. 비행기 소리가 나면 황급히 구덩이로 뛰어들었어요. 이제 아군 비행기가 오지 않는다는 것쯤은 알고 있었답니다.

저도 미코도 전혀 음식을 입에 대지 못하는 날이 며칠간 계속되었어요. 이윽고 영양이 부족해진 탓에 몸이 약해져 갔어요. 물론 엄마도요. 엄마는 좋지 않은 몸으로 방공호 주변을 휘청휘청 걸으며 식량을 찾아다녔어요. 달팽이를 먹고, 나무 싹을 채 썰어 먹었어요. 계속 초록색 똥이나 설사를 했어요.

우리는 이제 죽는 걸까, 하고 생각했어요. 우리가 죽어버리면 엄마는 아이를 낳을 수 없을 텐데. 엄마는 마른 손으로 볼록한 배를 쓰다듬으며, 아빠 유골이 담긴 항아리를 바라보고 있었어요.

엄마는 선천적으로 몸이 좋지 않았어요. 신경통이 있는 탓에 통증이 몰려오면 잠을 많이 자지 못했죠. 그럴 땐 아빠의 걱정이 이만저만이 아니었죠. 엄마에게는 집에서 방공호까지의 짧은 거리를 왕복하는 것조차 매우 어려운 일이었어요. 우리들은 빨리 전쟁이 끝났으면 좋겠다고 필사적으로 손을 모아 신에게 기도드렸어요.

힘든 나날을 견디기 위해서 함께였던 시절의 행복했던 날들을 떠올렸어요. 엄마랑 아빠는 우리와 함께 잘 놀아주었어요. 여섯 살까지의 추억뿐이지만 행복한 추억이 많아요. 미코도 그럴 거라고 생각해요.

한번은 가족끼리 쇼핑하러 나하로 나간 적도 있어요. 백화점에 들어가 오빠는 점퍼를 사고 미코와 저는 원피스를 샀어요. 너무 행복했죠.

백화점 옥상에는 놀이공원도 있었어요. 오빠는 매달린 비행기를 탔고, 저랑 미코는 회전목마를 탔어요. 너무 즐거웠어요. 아빠랑 엄마의 딸로 태어나길 잘했다고 생각했어요. 백화점 안에 있는 식당에 들어가서 카스텔라도 먹었어요. 입에서 살살 녹았어요.

오빠 운동회 도시락도 백화점 카스텔라 못지않게 아주 맛있었어요. 김으로 감싼 주먹밥, 큰 계란말이, 생선조림을 다 함께 먹었어요.

엄마는 웃으며 나에게 말했어요.

"마사요가 1학년이 되면 더 큰 도시락 상자가 필요하겠다. 그렇지 여보?"

"그렇네, 마사요는 남자애들보다 달리기도 잘하니까 더욱더 기대되는구나."

"아냐, 나는 나무 타기를 잘해."

"운동회에 나무 타기 종목은 없어."

미코는 오빠 말을 듣고, 열심히 운동회 종목을 세어보았어요.

방공호에서 엄마보다 미코가 먼저 쓰러지고 말았어요. 고열 때문에 얼굴이 붉게 달아올랐죠. 나는 우물에서 물을 떠 와 엄마에게 건넸어요. 엄마는 수건을 찬물에 적셔 미코의 이마에 대어 열을 내리고자 했어요. 우리에겐 그 흔한 약조차 없었어요.

엄마는 걱정스러운 얼굴로 나에게 말했어요.

"마사요, 영양이 있는 음식이면 아무거나 좋으니 좀 찾아와줄래?"

저는 바로 방공호를 뛰쳐나갔어요. 하지만 어디로 가면 식량을 찾을 수 있는지 알지 못했어요. 여기저기 돌아다니다가 결국 우리 집 부엌의 독 바닥에 들러붙은 된장을 숟가락으로 떼어내어 작은 접시에 담아 가져갈 뿐이었어요.

방공호로 돌아오자, 엄마는 어디서 구했는지 하얀 가루를 숟가락으로 떠서 미코에게 먹이고 있었어요. 먹을 것이 아무것도 없어서 조개껍데기를 으깨서 먹이는 거라고 생각했어요.

엄마 앞에 접시에 붙인 된장을 내밀었어요. 엄마는 그것을 보고 매우 기뻐했어요. 물을 끓여서 세 그릇 분량의 된장국으로 만들어 조개껍데기 가루를 넣고 저었어요. 하얗게 탁해진 된장국을 미코에게 먹이고 나서 엄마와 저도 먹었어요.

하지만 그런 엄마의 노력도 헛되이 사흘 정도 지나고 미코는 엄마의 품속에서 죽고 말았어요. 엄마는 눈이 붉어진 채 주룩주룩 굵은 눈물을 흘리며 미코를 끌어안았어요. 미코의 몸은 너무 말라서 거의 뼈와 가죽만 남아있었어요. 엄마도 저도 똑같았어요. 배만 빵빵해서 보기 싫은 몸을 하고 있었어요.

엄마와 저는 오빠를 묻은 정원 옆에 구멍을 파 미코의 시신을 묻었어요. 구멍을 파는 데만 종일이 걸렸어요.

미코의 시신을 묻은 후, 엄마는 땀을 닦으면서 제게 말했어요.

"마사요, 우리들도 마을 사람들이 피난 가 있는 마부니로 갈까?"

저는 엄마를 바라보았어요. 엄마는 웃는 얼굴이었어요.

"곧 아기가 태어날 거야. 여기보다는 마을 사람들과 함께 있는 게 마사요도 든든하겠지."

엄마의 미소를 보고 저는 고개를 끄덕였어요. 고개를 끄덕이는 것 외에는 할 수 있는 것이 없었어요. 아기가 태어나는 거야. 여기서 '아사'하는 것보다 모두와 합류하면 어떻게든 될 것 같은 기분이 들었어요.

미코를 묻고 나서, 바로 벙커 안을 정리하고 짐을 챙겼어요. 아빠의 유골함을 깨닫고는 유골함도 가져가야 좋을지 고민하며 유골함을 살며시 들었어요. 그때 저는 유골함이 가벼워져 있다는 것을 알았어요. 저는 저도 모르게 엄마를 불렀어요. 하지만 그 뒤에 이어지는 말은 차마 할 수가 없었어요.

엄마는 당황스러움을 모르는 척하며 제게 말했어요.

"그 항아리는 두고 가자. 짐이 될 뿐이야."

그럼에도 저는 망설였어요.

"아빠도 오빠와 미코 근처에 두고 가면 좋아할 거야. 마사요는 엄마랑 함께하고."

저는 고개를 끄덕였어요.

엄마의 손을 잡고 방공호를 나선 후, 엄마는 조개껍데기를 찾으러 바닷가에 나가는 것조차 할 수 없는 몸이 되어 있었어요. 저는 그래도 잠자코 있었어요. 더 이상 되돌릴 수 없었으니까요. 엄마는 고통스럽게 걷고 있었어요.

푸른 하늘이었어요. 크게 심호흡했던 게 기억나요. 엄마와 마부니를 향해 걷고 있을 때 남부 땅이 이미 미군에게 제압당하고 말았다는 것을 알았어요. 일본군과 오키나와 사람들의 시체가 여기저기 나뒹굴고 있었어요.

몇 시간을 걸었지만, 믿을 수 있는 마을 사람들의 모습도 도와줄 일본군도 만나지 못했어요. 만난 것은 곳곳에 파여 있는 구덩이뿐이었어요. 구덩이를 볼 때마다 미코 생각이 났어요.

구덩이 안에는 군인과 주민들이 죽어있었어요. 구덩이 근처에도 여성, 어린이, 노인의 시체가 굴러다니고 있었어요. 일본이 전쟁에 졌다고 생각했어요.

엄마는 배를 움켜쥐고 다리를 절뚝거리며 걷고 있었어요. 바닷바람이 불어오는 쪽을 향해 걷고 있었어요. 저는 말없이 엄마를 따라갔어요.

엄마와 저는 이윽고 마부니 낭떠러지에 도착했어요. 바다에 있는 미국 군함들이 보였어요. 그런 바다로부터 불어오는 차가운 바람이 저와 엄마의 얼굴을 강하게 때렸어요. 엄마는 제 손을 꽉 잡았어요. 저는 고개를 끄덕였어요.

엄마의 몸은 보기 흉할 정도였어요. 허리는 휘고, 배는 볼록 튀어나와 있었어요. 거무스름한 얼굴에 머리카락이 바람에 살랑이며 흩날렸어요.

"엄마, 몸이 많이 상했어."

엄마의 아름다운 모습이 사라져서 속상한 탓에 저도 모르게 말해버리고 말았어요. 엄마는 웃으며 저를 쳐다보았어요.

"아빠가 보면 놀라겠다."

엄마는 오른손으로 머리를 쓸어내리며 작게 웃었어요. 그리고 제게 물었어요.

"마사요, 이제 몇 살이지?"

저는 큰 소리로 대답했어요.

"여섯 살!"

제 목소리가 잘 들렸는지 모르겠어요. 엄마는 처음부터 죽으려고 여기 온 것 같았어요. 살기 위해 호를 나온 건지, 죽기 위해 호를 나온 건지 잘 모르겠어요. 전쟁에서는 알 수 없는 일들이 많이 생긴다고 엄마가 말했으니까…….

저는 어른이 되지 못해 아쉬웠지만 그래도 괜찮았어요.

엄마는 다시 제 손을 꽉 잡았어요. 검은 천 아래 하얀 팔이 보였어요. 역시 엄마는 아름답다고 생각했어요. 저는 엄마에게 찰싹 달라붙었어요.

"엄마 나 무섭지 않아."

"응, 마사요는 착한 아이구나……."

이번에는 엄마가 고개를 끄덕였어요. 저는 안심하며 엄마에게 물었어요.

"엄마, 우리 다시 함께 할 수 있는 거지?"

"응, 그럼. 모두가 있는 곳으로 가자꾸나. 다 함께 맛있는 도시락을 만드는 거야."

"배 속의 아이 것도 만들자, 엄마."

엄마는 제 말에 웃어 보이며 크게 고개를 끄덕였어요. 우리들은 바다를 바라보았어요. 그리고 하늘을 올려다보았어요.

이윽고 엄마는 또 다른 손으로 눈물을 닦았어요. 필사적으로 미소를 지으며 저를 쳐다보았어요.

우리는 다시 한번 손을 꼭 잡고 마부니 낭떠러지로 몸을 던졌어요.

3. 섬

1945년 6월 23일, 저는 섬에 숨어 있었습니다. 오키나와 본섬 북부에 위치해있는 야가지섬에 말이죠. 그 섬의 북쪽 끝 일각에 한센병 요양소인 '구미가미애락원'이 있습니다. 저는 서른 살입니다.

저? 저요? 저는 이름을 댈 만한 사람이 못 됩니다. 평생을 한센병으로 여러 가지 고통을 겪은 사람 중 한 명일 뿐이에요. 동시에 많은 배움을 얻은 사람 중 한 사람이기도 합니다. 저는 이미…… 죽었습니다.

제가 살고 있던 구미가미애락원은 1938년 한센병자에 대한 국가의 격리 정책 중 일환으로 만들어졌습니다. 물론 병에 대한 사람들의 무지와 편견 때문에 그런 시설에서 생활할 수밖에 없었던 거지만요. 오키나와 전투 직전에는 군인들에게 병이 옮아 전력이 저하되는 것을 막는다는 구실 아래 그야말로 채찍질에 쫓기는 가축처럼 강제로 이 시설에 수용되었죠.

들일을 하고 있을 때조차 불문곡직하고 연행되었습니다. 빈손으로 끌려온 사람도 있습니다. 당시의 애락원 원장도 재택환자의 수용을 군에 적극적으로 요구했던 것 같습니다. 다수의 일본군 부대가 오키나와에 진주해 온 것을 기회로 종래의 국가 격리정책을 단번에 실현하려고 한 것이죠. 1944년 9월 말에는 애락원의 수용자가 정원 450명의 배를 넘어 913명으로 불어났습니다.

나하시에서 북쪽으로 80여 킬로 떨어져 있는 애락원은 전시 중 미군의 공격 대상이 되었습니다. 정갈하게 늘어선 병동이 마치 일본군의 군사시설과 흡사했거든요.

1944년 10월 10일에는 일천 대의 미군기가 오키나와 각지를 습격했습니다. 그때 애락원도 공격을 당했습니다. 시설의 90%가 파괴되었죠. 이후에도 계속해서 공격을 받았습니다. 오키나와 전쟁에서는 입소자의 약 30%에 해당하는 289명이 목숨을 잃었습니다. 제가 섬에 숨어 있었던 것은 이 공습을 피하는 동시에 사람들의 차별과 박해에서 벗어나기 위해서였습니다.

애락원은 아오키 게이야 선생님이 고생 끝에 개원한 요양소입니다. 스승님은 언제나 강인하고 의연했습니다. 전쟁 중에도 말이죠. 그리고 열성적인 기독교인이었습니다. 스승님은 우리에게 많은 것들을 가르쳐 주었습니다. 동시에 의외의 여러 모습도 보여주었습니다. 시설을 개원하기 위한 책략가로서의 모습이 그중 하나입니다. 보여주신 그 모든 모습 또한 든든하고 큰 사람으로서의 스승님이셨죠.

스승님은 1927년에 오키나와로 오셨습니다. 한센병을 앓고 있던 스승님은 구마모토현에 있는 회춘 병원장 한나 리델 선생님이 맡긴 기독교 전도를 담당하면서 한센병 환자 구제를 위한 요양소 개설을 목표로 했습니다.

하지만 어려운 길이었습니다. 당시 오키나와의 한센병 요양소 설치 계획은 번번이 실패했습니다. 현 의회의 반대 결의를 비롯해 지역 주민들의 강력한 반대에 부딪힐 수밖에 없었습니다.

오키나와는 국가의 방침도 있으니 어떻게든 요양 시설을 건설하려고 했지만, 건설 장소가 공표되자 지역 주민들의 격렬한 반대 운동이 일어났습니다. 한센병 환자들은 꺼림칙하다는 이유로 각지에서 쫓겨났습니다. 집들은 불에 타올랐습니다.

그러던 중 스승님은 병우病友와 함께 안주할 곳을 찾았습니다. 오키나와에 왔을 당시, 스승님은 서른네 살이었습니다. 우선 모토부 반도 첨단의 비세 후원에 거점을 마련했습니다. 그리고 거의 오키나와 전역을 돌아다니며 한센병 환자를 찾아 전도에 참여했죠. 마을에서 추방되어 해변의 동굴이나 산에 숨어있는 환자를 발견하면 먹을 것과 옷을 주고 예배와 격려를 드렸습니다.

1930년에는 전도의 본거지를 야부로 옮기게 되었습니다. 그러나 1935년에 화공사건을 당하고 쫓겨나, 하네지 내해에 있는 자르마섬으로 도망치게 되었죠. 그곳은 풍장으로 쓰이던 무인도였습니다. 그 섬 동굴에 틀어박혀 텐트를 치고 비와 이슬을 피하면서 아이 셋을 포함한 40명이 생활했습니다. 그 후 스승님은 손에 넣은 야가지촌 스무이데의 우후도우바루大堂原 땅에 병우들과 함께 몰래 상륙하여 정착지로 삼았습니다.

1937년에는 그곳에 MTL기독교인 구난 협회 상담소를 개설했습니다. 이에 따라 새롭게 환자 40명이 입소했습니다. 다음 해인 1938년에는 오키나와 MTL 상담소를 인계받는 형태로 임시 국립 요양소로서 '구미가미애락원'이 설립되었습니다. 그리고 1941년에는 정식으로 국가로 이관되어 국립 요양소가 되었습니다.

종전 후에는 류큐정부 소관이 되어, 명칭도 현재의 '오키나와애락원'으로 개칭되었습니다. 그 후 1972년 본토 복귀에 의해 일본 후생성 소관이 되어 다시 국립 요양소가 되었습니다. 그리고 1996년 4월 1일에는 '나병예방법 폐지에 관한 법률'이 시행되면서 국가가 한센병 정책의 잘못을 인정하고 사과하여 현재에 이르고 있습니다.

애락원의 창립부터 현재에 이르기까지 그야말로 피나는 스승님의 노력과 차별 및 편견에 시달렸던 우리들의 역사가 있습니다. 떠올리는 것조차도 괴롭습니다.

제가 아까 스승님을 책략가에 비유했는데, 그 예가 '구미가미애락원'을 이 우후도우바루에 건설하게 된 경위입니다. 아까도 말씀드렸지만, 요양소 건설 얘기가 나올 때마다 그 지역 사람들의 맹렬한 반대 운동에 부딪혀 계획은 번번이 실패했습니다. 그래서 스승은 생각지도 못한 계략을 생각해냈습니다.

그것은 한마디로 기란 전법이었습니다. 때마침 아라시야마에 요양소를 건설하려는 오키나와현의 계획이 발각되어 지역 사람들의 화공사건으로까지 확산했을 무렵이었습니다.

스승님은 다음과 같은 행동을 취했습니다. 먼저 신문사에 '우리는 집이 없으므로 아라시야마에 올라 그곳에 버려져 있는 자재로 집을 지어 살 거다'라는 투서를 올렸습니다. 당연히 주민들의 반대 운동이 재연되겠죠. 스승님은 이를 예측하고, 우리를 모아 다음과 같은 계획을 털어놓았습니다.

"동료들을 두 팀으로 나누도록 한다. 먼저 자르마섬에 살고 있는 일부 병우들을 아라시야마로 향하게 하여 지역 사람들의 주의를 집중시키고, 그 틈을 타 대기하고 있는 대부분의 병우들을 우후도 우바루로 옮겨 그곳에 정착하도록 한다."

이 작전은 지역 반대 세력을 이분하는 의도를 담고 있었습니다. 자르마섬에서 야가지섬으로 이주하려는 우리의 계획이 새어 나온 탓에 지역 사람들이 바짝 긴장하고 있던 시기이기도 했습니다.

스승님은 말했습니다.

"야가지섬 주민들은 자신들의 섬을 지키기 위해 아라시야마에 시설을 짓는 문제를 방관할 거야. 또한 야가지섬에 상륙하려 하면 이번에는 아라시야마 주민들이 팔짱을 끼고 지켜보게 되겠지. 즉 반대 운동은 확실히 분단될 거야."

스승님의 예측대로 지역들은 정관을 포함하여 세 가지의 세력으로 나뉘었습니다. 예상 이상의 전개였습니다.

스승님의 계획은 인원 배치까지 용의주도하게 짜여있었습니다. 눈에 장애가 있는 사람이나 보행이 곤란한 사람을 제외하고 건

강한 팀과 약한 팀으로 나누어 계획을 수행했습니다. 건강한 팀은 '아라시야마 부대', 약한 팀은 '우후도우바루 부대'라고 이름 붙여 행동을 개시했습니다. 물론 '아라시야마 부대'는 충분히 주민들의 이목을 끈 뒤 적당한 시기를 봐서 '우후도우바루 부대'에 합류하여 우후도우바루로 이주하는 계획이었습니다.

병우 중 몇몇은 감격한 나머지 떨리는 목소리로 눈물을 흘리며 말했습니다.

"이 계획이 성공하면 우리는 기나긴 방랑 생활에서 해방될 수 있겠죠. 지역 주민들의 차가운 눈총을 받지 않아도 될 뿐만 아니라, 적어도 우리 모두가 힘을 합쳐 생활할 수 있는 장소를 가질 수 있어요."

"이 계획이 오키나와 병자들의 가난과 괴로움을 구원하는 길이라면 우리는 목숨을 잃어도 좋습니다."

이 책략은 훌륭하게 성공했습니다. 우리는 생활 근거지를 불편했던 자르마섬에서 우후도우바루로 옮기게 되었습니다. 물론 우후도우바루 점거 이후에도 여러 가지 어려움을 겪었습니다. 1941년에는 국가로 이관되어 국립 요양소가 되었다가, 전쟁 직전에는 한센병 환자를 강제 격리하는 시설로 이용되기도 했습니다. 그리고 오키나와 전투 당시에는 구백여 명의 수용자를 가진 거대한 시설로 변모하고 말았습니다.

당시 입소자들의 생활은 결코 녹록지 않았습니다. 입소자들은 아픈 몸으로 장작을 운반하고 식량을 생산했습니다. 구백여 명의 입소자를 요양하기에는 직원 수가 턱없이 적었습니다.

노동이 더욱 가혹해진 것은 전쟁의 발소리가 크게 들리기 시작한 1944년 때부터였습니다. 그 해에 일본군이 뒤처지기 시작하면서 오키나와에서의 지상전이 예상되었습니다. 미군의 공습을 견디기 위한 견고한 방공호가 시급해졌습니다.

초기에는 경미한 환자들만 방공호를 만들기 위한 작업에 합류했지만, 곧 입소자 전원이 참가하게 되었습니다. 그해 10월 10일, 미군에 의한 격렬한 공습을 받았습니다. 그 결과 더욱더 가혹한 노동이 부과되어 많은 사람들이 목숨을 잃었습니다.

방공호는 부지 내에 있는 산의 표면을 깎아 만들었습니다. 바닷가와 가까운 만큼 산의 표면은 단단하고, 암석에 박혀있는 조개무지는 만지면 살이 베일만큼 끝이 날카로웠습니다. 한센병은 말초신경 질환입니다. 감각이 마비되어 손발을 움직이기가 힘듭니다. 잘못 힘을 주면 손가락 피부가 잘려나가기도 했습니다. 곱은 손으로 삽을 잡는 것이 어려웠기 때문에 호를 파는 것은 더욱 힘든 작업이었습니다.

또한 신경 마비로 인해 어두운 방공호 안에서의 부상이나 출혈도 금방 알아차리지 못했습니다. 공습에 의한 사망자보다 많았고, 부상 악화에서 오는 파상풍이나 말라리아가 우리들의 죽음의 원인이 되었습니다. 방공호 안에서 앉은 채로 죽어있는 사람들을 주위 사람들은 자각조차 하지 못했습니다.

방공호 만들기에 협력하면 죽이 지급되었습니다. 죽을 먹기 위해 호를 파는 사람도 있었습니다. 살기 위해 자신들이 들어갈 호를 스스로 파왔는데 그것이 죽음의 원인이 되었습니다. 우리는 이렇게 많은 모순 속에서 살아왔습니다. 분노와 체념 속에서 우리 동료들은 죽어갔습니다. 지금도 방공호에 들어가 보면 열악한 환경 속에서 죽어간 사람들의 슬픔과 분노가 방공호에 들러붙은 냄새로 되어 우리를 가슴 아프게 합니다.

저는 당시 결혼했었습니다. 공습경보가 울릴 때마다 걷기 힘든 아내를 등에 업고 불편한 다리를 절뚝거리며 방공호로 대피했습니다. 방공호는 목숨을 잃는 곳이기도 했지만, 목숨을 지키는 곳이기도 했습니다.

전쟁 당시의 방공호 작업에 대해 많은 동료들은 다음과 같이 말했습니다. '오키나와현 한센병 증언집 오키나와애락원편'2007년 오키나와애락원 자치회 발행에서 그 몇 가지를 소개하고자 합니다.

우리 집은 농사를 하니까 손에 굳은살이 박여있었어요. 그렇지 않은 사람들은 피멍이 들어서 힘들어했죠. 호 안에서 작업을 할 때는 불빛이 필요하잖아요. 석유 같은 건 없으니까 흘러내린 중유나 그리스 같은 것들을 태워서 사용했죠. 연기가 아주 독했다고요. 콧속까지 시커멓게 변했더랬죠.

국가시설이었기 때문에 군으로부터 밥을 제공받고 있었지만, 하루가 멀다 하고 배가 고팠어요. 아무리 배가 고파도 우리는 몸이 좋지 않으니까 자유롭게 먹을 것을 찾아다닐 수도 없었죠. 그러니까 이제 몸이 약한 사람이라든가, 팔다리가 좋지 않은 사람은 그대로 굶어 죽을 수밖에. 많은 사람이 죽었습니다. 약한 사람은 죽을 수밖에 없었죠. 그런 시대였어요. 입 밖으로 꺼내는 것조차 끔찍한 그런 시대.

우리도 말입니다, 호 안에서 오랫동안 피난 생활을 했어요. 입고 있는 옷 말고는 아무것도 없었던 피난 생활이었죠. 공습이 무서워서 낮에는 절대 호 밖으로 나가지 않았어요. 호 안에 앉아 있으면 물방울 같은 것이 뚝뚝 떨어지기도 했죠. 벙커 안은 습기로 가득 차 있었으니까요. 같은 기숙사였던 언니는 손발이 부어서 힘들어했어요. 결국 언니는 호에서 나오고 얼마 지나지 않아 신장병으로 죽었어요.

건강한 사람들은 공습이 끝나면 밖으로 나가서 물을 길어왔어요. 작은 술잔에다 따라서 모두에게 한 잔씩 나누어주었죠. 하루에 한 잔이에요. 오줌도 전혀 나오지 않아요. 마치 도마뱀이 천장에서 찔끔찔끔 떨어뜨릴 정도의 오줌밖에 나오지 않았어요. 몸도 망가져서 매일 두세 명씩 죽어 나갔어요. 옆에서 사람이 죽어 나가도 눈물 한 방울 나지 않더라고요. 정말 무섭게도 아무리 친한 사람이 죽어도 눈물이 나질 않았어요. 나 또한 어떻게 될지 모르니까. 이렇게 사람 마음이라는 게 메말라가는구나, 하고 생각했죠.

전쟁 때 거의 제대로 된 식사를 하지 못하니까 다들 말라리아나 신장

병으로 폐병에 걸렸어요. 이때 거의 죽었죠. 방공호 안에 앉은 채로 더 이상 움직이지 않는 사람들이 많았어요. 걷고 있는 사람은 건강했지만, 움직임 하나 없이 가만히 앉아있던 사람들은 거의 모두 죽었어요. 전쟁이 끝나고 난 후 화장터는 지금 어디에 있으려나. 거기에 판잣집을 지어서 친구와 함께 살고 있었는데, 오두막 앞이 화장터라서 계속 연기만 차올랐어요. 많은 사람이 죽었어요. 전쟁뿐만 아니라, 전쟁이 끝난 뒤에도 많은 사람이 죽었어요.

이건 호에서 나오고 나서의 이야기인데, 우후도우바루에서는 꽤 많은 아이가 태어났습니다. 그래서 더 이상은 안 된다고 내 남편도 정관수술을 강요받았죠. 한창 자고 있을 새벽 다섯 시 무렵에 간호사가 찾아와요. 순시원들도 대여섯 명쯤 있었을 겁니다. 날이 밝아 밭으로 나가면 어디로 도망갈지 모른다면서 자고 있는 사람을 깨워서 데리고 갔습니다. 승낙서고 뭐고 없었어요.

밥을 하려고만 하면 공습이 오니까 불을 끄고 생쌀을 씹어먹었어. 또 비는 내리지 방공호는 물에 잠겨버리지……. 아주 처참했다고. 영양실조로 호 안에서 많은 사람이 죽었어. 그 당시에는 호 안에서 앉아서 잠을 자잖아. 그냥 그대로 죽는다니까. 이즈미가와 하루코라는 딸애가 하나 있었는데, 확실하지는 않지만 한 스무 살 정도 됐을까? 이 딸애는 딱히 다친 곳은 없었는데, 배탈이 심했어. 배탈이 나도 함포 폭격에 맞을까 봐 밖으로 나갈 수도 없었지. 그러니까 그냥 옷을 바닥에 깐 채로 그대로 있을 수밖에 없었어. 하루코, 힘내. 곧 전쟁도 끝날 거야, 라고 얘기해주었지만 그대로 세상을 뜨고 말았어. 하루코가 죽고 나서 어디로 끌려갔는지는 나도 몰라. 우리도 전쟁에 쫓기면서 어떻게 하면 내일도 살아있을 수 있을까 하는 걱정뿐이었으니까. 오늘은 또 어떻게 살아남아야 할까 늘 그 생각뿐이었어. 지금 여기 있는 사람들한테 말도 못 할 정도라니까. 물론 이야기해도 알아듣지 못할 거야…….

당시에는 저도 방공호를 파는 곳에 매일 나갔습니다. 이윽고 몸이 불편한 사람들은 호 안에서 생활을 계속하게 되었습니다. 몸이 불편한 아내도 말입니다. 이번에는 반대로 공습이 없는 시간을 찾아내, 아내를 업고 나와 바깥 공기를 마음껏 마시게 했어요. 저는 아내를 지키기 위해 필사적이었습니다.

저는 아내와 결혼하기 위해 아이를 포기했습니다. 방공호 안에서 자고 있는 아내 옆에 누워 아내를 바라보다 잠이 들면 가끔 태어날 리 없는 우리 아이의 꿈을 꾸었습니다. 아내의 다정함과 아름다움을 닮은 아이의 꿈이었습니다. 아내는 초등학교 교사 재직 중에 발병했습니다. 아내의 똑똑함이 우리 아이에게도 유전되기를 빌었습니다. 태어날 아이가 없는데도 말이죠. 아내는 전쟁 중에 방공호 안에서 생을 마감했습니다.

저는 너무 슬프고 억울해서 죽은 아내를 생각하며 하염없이 목놓아 울었습니다. 아내를 만나 함께한 삶은 제 유일한 보물이었습니다. 그걸 빼겨버린 기분이었죠. 아내의 시신은 모래사장에 묻었습니다. 저는 매일 밤 그 모래밭에 무릎을 꿇고 얼굴을 모래에 대며 운명을 저주했습니다. 너무나도 절망적이었습니다. 사는 것조차도 저주 같았죠.

스승님은 그런 저에게 몇 번이고 구원의 손길을 내밀어 격려해 주었습니다.

"부인의 죽음을 헛되이 해서는 안 됩니다. 섬은 분명 우리의 낙원이 될 거예요. 당신이 계속 삶을 사는 것에는 아주 큰 의미가 있어요."

그래도 저는 극복할 수 없었습니다. 희망을 가질 수가 없었어요. 스승님은 계속해서 제게 말을 걸어왔습니다.

"절망 속에도 빛은 있어요. 희망 속에도 어둠은 있습니다. 어둠 속에서만이 그 빛을 볼 수 있어요."

저는 이윽고 계속 살아가기로 했습니다. 눈물을 닦았습니다.

제가 유일하게 자랑스럽게 여기는 것이 하나 있습니다. 애락원이 들어선 우후도우바루는 사실 제 땅이었습니다. 그 땅을 저는 스승님께 제공했습니다. 이 일을 허락해 준 가족과 친척들에게는 항상 감사하고 있습니다. 저는 제 가족과 친척이 너무나도 자랑스럽습니다.

제게 있어 스승님과 만남은 매우 신선했습니다. 스승님은 상냥하게 우리 환자들에게 말을 걸어왔습니다.

"한센병 환자도 똑같이 살 권리가 있습니다. 모든 사람이 자유로워야 합니다. 그런데도 지금 많은 환자들이 돌에 맞아 쫓겨나듯 고향에서 격리소로 쫓기고 있습니다. 또 격리소에 들어가지도 못하고 하루하루를 구걸하다 결국은 병으로 죽고 맙니다. 이 현실을 바꾸기 위해서는 우리들이 설 땅이 필요합니다. 그리고 격리소가 아니라 의료가 완비된 요양소가 필요합니다."

그는 우리에게 희망을 말했습니다.

희망을 말하는 것은 신의 존재를 믿는 것이었습니다. 사람을 믿는 것이었습니다. 마침내 저는 세례를 받을 정도에 이르렀습니다.

저는 스승님을 만나 스승님의 꿈을 실현하기 위해 초기부터 오키나와 각지를 돌며 스승님의 안내인을 자청했습니다. 함께 다리를 절며 지팡이를 짚고 산속에 숨어있는 환자나 해변 동굴에 몸을 숨기고 있는 환자를 찾아냈습니다. 그리고 스승님은 삶의 의미와 희망을 전했습니다. 정착하여 살아갈 땅을 손에 넣으면 반드시 맞이하러 나올 것이라고 모두를 격려했습니다. 하지만 꿈의 고장을 만들기 위한 땅은 좀처럼 구하기 힘들었습니다.

1940년 집회가 열린 이후 저는 결심했습니다. 내게는 조상으로부터 물려받은 땅이 있으니, 이 땅을 스승님에게 제공하기로 말입니다. 우후도우바루의 땅이었습니다. 저는 가족에게 제 뜻을 전했습니다. 가족들도 승낙을 해주었습니다. 아버지와 어머니 그리고 누나와 남동생에게 항상 감사하고 있습니다.

이 결의를 스승님께 말씀드리니, 스승님은 놀라셨습니다. 그리고 감격한 나머지 제 손을 잡고 눈물을 흘렸습니다.

스승님은 이 때문에 저와 제 가족이 마을 사람들한테 험한 꼴을 당하지 않을까 걱정해 주었습니다. 그리고 세심한 주의를 기울였습니다. 저는 스승님과 상의하여 천오백 평의 제 명의로 된 땅을 아무도 모르게 스승님 명의로 등기했습니다. 그리고 그 땅에 인접한 천오백 평의 땅도 땅주인과 상의하여 변두리에 있는 제 땅과 교환했습니다. 이는 1935년까지 스승님과 저만의 비밀로 묻어두었습니다. 자르마섬에서 우후도우바루로 옮겨가는 과정은 스승님과 저의 신나는 모험이기도 했습니다. 또한 도전이기도 했습니다.

저는 조상으로부터 물려받은 우후도우바루의 땅을 스승님께 드린 것을 후회하지 않습니다. 지금도 마찬가지입니다. 후회하고 있는 것은 단 한 가지입니다. 전쟁 중에 죽은 아내를 지켜주지 못한 것. 그것만이 후회되고 또 후회될 뿐입니다.

전쟁이 끝나고 저는 모래사장에 묻힌 아내의 시신을 꺼내어 화장했습니다. 변해 버린 아내의 모습에 다시금 슬픔에 사로잡혔습니다. 화장 후 동료의 유골과 함께 원내에 설립된 납골당에 넣어두었습니다.

아내는 문학적 재능을 타고났었습니다. 단가나 하이쿠를 읊는 것을 아주 좋아했습니다. 저도 아내가 지은 하이쿠나 단가를 좋아해서 몇 번이고 흥얼거렸습니다. 아니 사실 저는 단가도 하이쿠도 지을 줄 모릅니다. 아내의 장례를 치른 후에도 아내가 남긴 단가나 하이쿠를 흥얼거리며 살아생전 아내의 모습을 그리워할 뿐입니다.

저? 저요? 아까도 말씀드렸지만, 저는 이미…… 죽었습니다. 겨우 원내 납골당에서 아내와 함께 자유로울 수 있었어요. 많은 환자들과 마찬가지로 저도 고향의 무덤에는 돌아갈 수 없었습니다…….

4. 바다

1945년 6월 23일 나는 지금 바다에 있어.

뭐 정확히 말하면 내 마부이가 바닷속을 떠다니고 있는 거지만. 내 마부이가 몸에서 벗어나버렸거든. 내가 타고 있던 '다이추마루'* 가 미군 잠수함에 격침당해서 나는 죽고 말았어.

우리 가족은 아버지의 업무지 변경으로 인해 오키나와로 가게 되었어. 내게 오키나와는 처음이었지만 아버지한테는 고향이야. 아버지의 고향은 오키나와에서 얀바루라고 불리는 작은 마을로, 그 마을에서 할머니가 아들이 오기만을 기다리고 계셨지.

나는 한 번도 할머니를 만난 적이 없었기 때문에 할머니와의 만남이 무척이나 기대되었어. 내가 태어난 곳은 오사카였거든. 오사카와 오키나와는 멀어. 하지만 할머니의 다정함은 충분히 느낄 수

* 1897년에 진수한 오사카 상선 소속의 화객선. 러일전쟁 중 일본 해군의 가장 순양함으로 징용되어 전투 함대의 기함을 지냈다. 러일전쟁이 끝난 후 상업항로로 돌아왔으나 대동아전쟁 중이던 1944년 4월 아마미오시마 앞바다에서 미 해군 잠수함의 공격으로 침몰해 160명 이상의 민간인이 사망했다.

있었어. 왜냐하면 할머니께서는 자주 얀바루의 특산물을 보내주셨었거든.

얀바루는 오키나와 본섬 북부를 말하는 거야. 아버지께서 알려주셨어. 얀바루는 왠지 착하면서도 강해 보이는 이름인 것 같아. 아버지는 얀바루에서 태어나셨어. 그러니까 당연히 할머니도 얀바루에 살고 계시는 거지.

할머니는 얀바루에서 키운 귤, 스쿠라고 불리는 조그만 생선 절임, 파파야, 감자 같은 것들을 자주 보내주셨어. 그 외에도 할머니가 직접 만드신 사타안다기나 된장, 장아찌 같은 것도 들어 있었지. 택배가 도착할 때마다 아버지와 어머니는 매우 좋아하셨어. 물론 나도 너무 좋았지.

할머니가 보내주는 음식 중에서 나는 흑설탕이 제일 좋았어. 학교에 가져가서 친구들에게도 나눠줬어. 친구들도 맛있게 먹어서 덩달아 나도 기분이 좋았어. 사실 내 목적은 도모코였지만 말이야.

초등학교 삼학년이 되고 난 후부터는 할머니께 감사편지도 자주 쓰곤 했어. 일학년이었던 여동생 나오코도 함께 말이야.

할머니, 안녕하세요? 사타안다기 너무 맛있었어요. 흑설탕은 친구들이랑 나눠먹었어요. 친구들이 좋아해서 저도 기뻤답니다. 오키나와에 가본 적은 없지만 언젠가 꼭 오키나와에 갈게요. 할머니와 빨리 만나고 싶어요. 할머니를 만나면 어깨 많이 주물러 드릴게요. 약속이에요! 공부도 열심히 할게요. 하야시 노부코 올림.

나오코도 내 편지를 들여다보면서 열심히 썼어.

할머니 안녕하세요? 저는 잘 지내고 있어요. 선물 고마워요. 아빠, 엄마도 좋아했어요. 오빠도 저도, 남동생 요시로도 여동생 리츠코도 좋아했어요. 미츠코 고모도 좋아했어요. 그럼 건강하세요. 오키나와에 꼭 갈게요. 안녕히 계세요. 나오코 올림.

하지만 우리들은 오키나와에 갈 수 없었어. 다이추마루에서 모두 죽어버렸거든. 얀바루에서 살고 있던 미츠코 고모는 우리들을 위해 오사카에 와있었어. 그래서 총 일곱 명인거지. 일곱 명 전부 사망…….

할머니는 우리 모두의 죽음에 굉장히 충격을 받으셨어. 위로해 드리고 싶었지만 나는 이미 죽어버렸기 때문에 위로해 드릴 수 없었어. 또 더 이상 편지도 못 쓰니까, 어떻게 위로를 해드려야 할지도 몰랐지. 어떻게 해야 할까……. 누가 좀 알려줘……. 할머니의 어깨를 주물러 드리기로 했는데……. 그 약속도 지킬 수 없게 되었어.

아버지는 공무원이셨어. 오키나와에서 공부를 열심히 해서 돗토리 고등농림학교에 진학하셨지. 졸업한 후에는 오사카부청, 시가현청, 아이치현청에서 근무하셨어. 그리고 1944년 농림성 발령으로 오키나와현청 부임이 확정되셨어.

아버지는 무척이나 기뻐하셨어. 우리도 좋아했어. 할머니가 계시는 얀바루에 갈 수 있었으니까. 하지만 아버지는 조금 불안해하셨어. 전쟁이 이미 시작된 후였거든. 아버지와 어머니는 이에 대해 의논을 하고 계셨어. 다 함께 움직이지 말고 나와 나오코는 비행기를 태워 오키나와로 보내자는 거였지.

하지만 어머니가 반대하신 것 같았어.

여보, 가족은 함께 해야지. 살아남은 아이들에게 고통을 남겨주고 싶지 않아.

어머니의 의견에 아버지는 따랐어. 하지만 어머니는 이런 전쟁 중에 전근 명령이 떨어져서 무척이나 화가 나 계셨어. 너무 무모하다고 말이야. 아마 어머니도 불안하셨겠지.

학교 선생님이셨던 어머니도 오키나와 얀바루 출신이야. 아버지의 옆 마을에서 태어났다고 했어. 오키나와 여자제일고등학교를 졸업하고 시코쿠 도쿠시마현립 여자무야고등학교에서 교육을 마치고 오사카 덴노지 제삼보통초등학교 선생님이 되었지. 오사카에는 오키나와 사람들이 많았거든. 아버지랑은 오사카에서 만나서 결혼했대. 그리고 내가 오사카에서 태어나게 된 거야.

어머니 이름은 기미코, 아버지는 하야시키. 부모님은 무척이나 사이가 좋으셨어. 어머니는 아버지가 전근할 때마다 함께 직장을 바꿔오셨어. 오사카에서 시가현립 오미키도보통초등학교, 아이치현립 모리야마초등학교 등 세 번이나 학교가 바뀌었어.

나와 나오코도 모리야마초등학교 학생이었어. 내가 말하는 것도 조금 이상하지만, 어머니는 서른 살처럼 보이지 않는 대단한 미인이야. 학교에서도 소문이 날 정도였어. 선생님에게도 학생들에게도 "하야시노부 어머니는 정말 오키나와 미인이네요"라는 말을 듣곤 했어.

나는 어머니가 계시는 학교에서 배울 수 있어서 좋기도 하고 조금 자랑스럽기도 했어.

아버지는 서른네 살로 가라데를 잘하셨어. 일요일에는 가라데복으로 갈아입고, 마당에서 '어이!' '아!' 기합을 외치며 몸을 단련하시곤 했지. 오키나와의 슈리 사족인 마체이라고 자랑하곤 하셨어.

여동생 나오코는 초등학교 일학년. 리츠코는 네 살, 요시로는 한 살이야. 미츠코 고모는 스무 살. 맞벌이 부부셨기 때문에 리츠코와 요시로를 돌봐주기 위해서 아버지가 오키나와에 있던 미츠코 고모를 불러들였어.

미츠코 고모는 바느질을 잘해서 야간 일본식 재봉학교에 다녔어. 미츠코 고모도 다정했지. 재봉학교에서 돌아오는 길에 도리야끼를 몇 번이나 사다 주었거든.

미츠코 고모는 내 머리를 쓰다듬으며 "내 꿈은 말이야, 나하에서 일본식 재봉교실을 여는 거야. 사실은 내가 오빠한테 억지로 부탁해서 오사카에 온 거란다"라고 말해주었어. 그런데…… 모두 목숨을 잃고 말았어.

다이추마루는 1944년 4월 6일에 고베항을 출항했어. 다이추마루에는 오키나와로 향하는 많은 사람들이 타고 있었어. 어른, 아이, 남자, 여자 할 것 없이 말이야. 도중에 들른 가고시마항에서도 많은 사람들이 탔기 때문에 몇백 명은 거뜬히 넘었을 거야. 정확한 숫자는 나도 잘 몰라.

가고시마에서는 호위 전함도 따라붙었어. '제비'라는 이름의 전함이었어. 잠수함을 찾으면 폭탄을 떨어뜨려 없애버리기 위해서 말이야. 나는 기뻤어. 용기가 났지. 내 꿈은 해군 병사가 되는 거였거든.

학교에서도 선생님께 "하야시노부는 수영을 무척이나 잘하는구나"라고 칭찬을 받은 적이 있어. 그럴 것이 나는 해군 병사가 되기 위해 열심히 수영 연습을 했었거든.

호위함 '제비'는 다이추마루 앞에서 나아가고 있었어. 너무 멋있었지. 마치 내가 해군 병사가 되어 '제비'를 타고 있는 기분이었어. 낮에는 갑판에 나가서 선도하는 '제비'를 자랑스럽게 바라보았어. 뒤에는 '신양환', '개남환', '경문환' 세 척의 배가 따라오고 있었어. 다이추마루는 선단을 이루어 오키나와로 향했어.

선단이 편성된 것은 만일을 위해서라고 생각했어. 초등학교 삼학년인 내가 혼자 생각해 낸 거야. 한 척이 습격당해도 다른 배가 도울 수 있을 테지. 하지만 그러지 않았어. 다이추마루가 습격당하자 다른 배들은 도망가기 바빴어. 전쟁이라 어쩔 수 없었을 거라고 납득하기까지는 꽤 오랜 시간이 걸렸지…….

4월 10일에 가고시마에서 출항했어. 다이추마루는 오키나와 항로로 이용되기 전까지 화물선으로 이용되고 있었어. 그래서 화물의 냄새가 곳곳에 남아있었지. 승객도 많이 있어서 사람 냄새도 섞여 있었어. 2박 3일의 항해로 4월 12일에는 나하항에 도착할 예정이었어.

항해 중에는 대피 훈련도 했어. 만일의 때를 대비해 말이야. 하지만 이 대비도 별로 도움이 되지 않았어. 폭격을 당한 다이추마루는 순식간에 가라앉았거든.

구명구도 전달받았어. 그런데 예상 이상의 많은 사람이 탄 탓인지 구명구는 전원에게 전달되지 않았어. 우리 가족은 받을 수 있었지만, 구명구를 착용하기에는 너무 시간이 부족했어. 쾅 하는 순간 바로 침몰해버렸거든.

잠수함의 공격을 받기 전에도 조금 무서운 일이 있었어. 지금 생각하면 침몰한다는 메시지였을지도 모르겠어.

다이추마루 갑판에서 아마미오섬들이 선명하게 보일 무렵이었어.

'나를 내려줘! 나를 내려달라고!'라면서 한 남자가 난동을 부렸어. 무서웠어. 남자는 크게 소리쳤어.

'쥐 한 마리가 바다로 뛰어드는 것을 봤다고! 이 배는 침몰할 거야! 쥐는 침몰하는 배에서 위험을 알아차리고 달아난다고! 이 배는 위험해! 침몰할 거야! 날 내려줘! 날 아마미오섬에서 내려줘!'라고 말이야.

소리치던 남자는 결국 선원에게 붙잡혔어. 그 남자는 어떻게 되었을까? 그 사람도 어떻게 해서든 살아야 할 이유가 있었을 텐데…….

11일 밤에는 축제가 열렸어. 날이 밝으면 나하항에 도착할 예정이었기 때문에 모두 안심하고 기뻐했어. 모두에게 오랜만의 오키나와였어. 전쟁으로 인해 오키나와가 위험했으니까 가족들이 걱정되어 오키나와로 오는 것이 필사적이었겠지. 그런 좋은 사람들이 많이 타고 있었을 거야. 무사히 도착할 수 있을 거라는 말이 더할 나위 없이 기뻤을 테지…….

부모님도 오랜만에 산신에 맞춰 카챠시*를 췄어. 학교에서 '금의 환향'이라는 말을 배웠는데, 아마 부모님은 그런 기분이었을 거야. 동사무소에 아버지의 이름이 새겨진 환영 현수막이 걸려있다고 할머니와 함께 살고 있는 세츠 고모가 알려주었거든.

축제는 밤 열한 시쯤 끝이 났지만, 나는 나오코의 손을 잡고 무대에 올랐어. 어머니께 배웠던 〈틴사구꽃〉**을 불렀어. 관객들이 큰 박수를 쳐주었어. 어머니는 마치 이날을 위해 오키나와 노래를 배운 것 같다며 밝게 웃으며 칭찬해 주셨어.

그날 밤 나는 기쁜 나머지 나오코의 손을 잡고 잠들었어. 어머니의 칭찬 덕분에 아마 내내 웃는 표정이었을지도 몰라.

그런데 갑자기 쿵 소리가 났어. 큰소리와 함께 배가 크게 흔들렸어. 그리고 여기저기서 울음이 섞인 듯한 비명이 들려왔지. 아버지 목소리도 들려왔어.

"하야시노부! 나오코의 손을 놓지 마!"

"다들 구명구를 입어!"

"요시로는 내가 업을게. 당신은 리츠코를 부탁……."

그때 두 번째 쾅 소리가 났어. 단숨에 배가 기울어져 바닷물이 소용돌이치며 선실로 흘러들어왔어. 배가 두 동강이 나버린 거야. 나는 나오코의 손을 잡은 채, 강한 소용돌이 속으로 휩쓸려 갔어.

---

* 오키나와제도에서 빠른 템포의 곡에 추는 즉흥의 춤. 잔치나 축제 끝, 경기 응원 등에 주로 추는 춤.

** 오키나와 민요 중 하나.

목소리도 나오지 않았어. 입이랑 콧속으로는 물이 하염없이 들어왔어. 숨이 막혀왔어. 그러고는 탁류에 휩쓸려 몸이 빙빙 돌았어. 그 이후부터는 잘 기억이 나지 않아.

정신을 차려보니 나와 나오코는 작은 판자 조각에 매달려 있었어. 정말 작은 판자 조각이었어. 나오코 쪽으로 가려고 했지만, 판자가 삐걱거려서 가지 못했어. 대신 제자리로 돌아와 나오코를 마주 보았지.

주위를 둘러봐도 아무도 없었어. 깜깜해서 아무것도 보이지 않았어. 밤바다로 내던져지고 만 거지. 그래도 필사적으로 주변을 살폈어. 하지만 아버지도 어머니도, 요시로도 리츠코도 미츠코 고모도 그 누구도 보이지 않았어. 나와 나오코만 바다에 둥둥 떠 있었어. 나도 내가 어떻게 판자 조각에 매달려 있었는지는 잘 모르겠어. 정신을 차려보니 나오코와 둘이서 파도에 흔들리고 있었어.

"울지 마!"

나오코가 울기 시작하는 바람에 나는 바닷물을 삼키며 나오코를 타일렀어. 나라고 안 울고 싶었겠어.

나오코는 좀처럼 울음을 그치지 않았어. 그래도 조금씩 나오코의 울음소리가 잦아들었어.

나는 파도에 흔들리며 괜찮아, 진정해, 필사적으로 되뇌었어. 무슨 일이 일어난 건지 생각했어. 다이추마루는 미군 잠수함의 어뢰 공격을 받고 침몰했구나. 틀림없어. 그렇게 생각하고 다시 주위를 둘러봤어. 그러나 어둠 속에서 배는 한 척도 보이지 않았어. 선단을 짜고 있었으니까 안 보일 리가 없는데……. 호위함 '제비'도 보이지 않았어. 꿈을 꾸고 있는 것 같았어.

다이추마루가 침몰했다면 그 많은 사람들은 다 어디로 간 거지. 나와 나오코처럼 판자 조각에 매달려 있는 조난자가 있어야 하는데 한 사람도 보이지 않았어. 역시 꿈인가 싶었지. 검은 파도를 타고 바닷물들이 눈코입에 쉴 새 없이 들어왔어.

"오빠……."

판자 반대편에 매달려 있던 나오코가 나를 불렀어. 나오코의 얼굴도 흠뻑 젖어있었어. 눈물인지 콧물인지 바닷물인지는 모르겠지만. 나오코의 얼굴에도 계속 파도가 쏟아지고 있었어. 시간이 지나자 어둠에 조금 익숙해지기 시작했어. 나오코는 여전히 울고 있었어.

"오빠……."

"울지 마! 나오코 힘을 내! 놓으면 안 돼!"

"오빠, 나 무서워… 죽는 거 무서워… 죽기 싫어……."

"무슨 말을 하는 거야! 우린 죽지 않아. 분명 누군가가 구하러 올 거야!"

"누가 우리를 구해주러 올까……?"

"당연하지! 아버지와 어머니가 분명 구하러 와 줄 거야!"

"응…… 하지만 더 이상 버티기가 힘들어. 손이 너무 저려……."

나오코가 눈앞에서 점점 가라앉았어. 나오코의 몸이…… 그리고 머리까지 보이지 않게 됐어. 내 눈앞에서 사라져갔어.

"나오코!"

나는 황급히 반대편 물속으로 들어갔어. 하지만 나오코는 보이지 않았어. 나는 울음을 주체할 수 없었어.

바닷물은 점점 차가워졌어. 잠시 후 뭔가가 내 몸에 부딪혔어. 구명구를 입은 사람의 시체였어. 나는 어떻게 하면 좋을지 생각했어. 추위로 내 손은 굳어가기 시작했고 턱도 마음대로 덜덜 떨리고 있었거든. 나도 나오코와 마찬가지로 체력과 의지가 한계에 달았음을 깨달았어.

"그래, 저 구명구를 착용하면 살 수 있을지도 몰라."

그렇게 생각하고 시신으로 손을 뻗었어. 그 반동으로 매달리던 판자가 내게서 멀어져 갔어. 나는 황급히 시신을 잡으려 했지만, 손이 닿기 전에 파도에 휩쓸리고 말았어. 나는 힘이 빠져 그대로 바닷속으로 가라앉았어.

그리고 날이 밝았어. 아침 해가 해면을 비추기 시작했어. 밝은 햇빛은 이윽고 바닷속에 떠도는 많은 시체를 비췄어.

내 눈에 내 시체가 보였어. 깜짝 놀랐어. 내가 마부이가 되어 있었거든. 바닷속에는 내 시체뿐만 아니라 많은 시체가 떠있었어. 어른, 아이, 남자, 여자, 심지어는 큰 말도 떠다니고 있었어.

내 시체가 저기 있다면 나는 누구지? 순간 당황했지만 마부이가 되었음을 깨달았어. 그렇게 생각하니 주위가 더욱 뚜렷이 보였어.

예전에 어머니가 마부이에 대해서 알려주신 적이 있어. 놀랐을 때나 죽었을 때, 인간의 몸에서 마부이가 빠져나간대. 그렇게 빠져

나간 마부이를 원상태로 되돌리려면 특별한 사람이 기도를 해줘야 해. 하지만 특별한 사람이 바다에는 없었기 때문에, 나는 마부이인 채로 떠다녀야 했어.

마부이가 된 나는 많은 것을 보았어. 바닷속에도 바다 위에도 많은 시체가 있었어. 파손된 다이추마루 선체 일부로 보이는 여러 표류물도 떠내려가고 있었어. 첫째 날도 둘째 날도, 셋째 날도 넷째 날도……. 나는 계속 지켜만 보았어.

살아 있는 사람들은 다이추마루에 실려있었던 대나무 뗏목이나 고무 부유물, 큰 벽 판이나 드럼통 등 여러 부유물에 매달려 있었어. 혹은 그 위에 주저앉아 있는 사람도 있었어. 구명구를 입은 채로 떠 있는 사람 중에는 살아있는 사람도 죽어 있는 사람도 있었어. 그리고 많은 생존자는 흘러 흘러 아마미오섬의 고니야 해안에 도착했어. 하지만 거의 많은 사람들이 나와 나오코처럼 바닷속으로 가라앉아갔지.

선단을 짰던 다른 배들은 다이추마루가 어뢰 공격을 당하자, 위험을 피해 대피했어. 뭐 무리도 아니지. 구조가 이루어진 것은 날이 밝고 나서부터야. 밤에 침몰했다는 점, 4월이라 해도 바닷물은 차가웠다는 점, 그리고 구조가 지연된 점 등이 많은 사상자를 낸 원인일 거야. 고니야 해안에서 구조된 사람들은 모두 기진맥진한 채로 마을 사람들에게 거의 안기다시피 해서 상륙했어. 힘이 빠져 해변에 도착하자마자 눈을 감는 사람도 있더라.

살아남은 남성은 육군병원에 수용되고, 여성은 니시혼간지에 수용되었어. 그런데 말이야, 조난 당한 사실을 감추기 위해 살아남은 사람들을 상대로 군대가 강하게 입막음했어. 외출도 외부와의 소통도 금지되었어. 말만 수용이지 실제로는 격리였던 셈이지. 그리고 격리 기간은 두 달 정도였어.

일본군은 조난 당한 것을 비밀로 하고 싶었던 거야. 우습지. 가족들은 밤잠 설쳐가며 걱정했을 텐데 말이야. 내가 동경하는 해군은 거짓말을 할 리가 없으니까, 분명 뭔가 다른 사정이 있었을 거라고 믿고 싶어.

할머니는 세츠 고모와 함께 우리들의 도착만을 기다리고 있었는데, 몇 주가 지나도 오지 않자 걱정하기 시작하셨어. 이윽고 일곱 명의 짐만 가고시마를 경유해서 도착했어.

당황한 할머니와 세츠 고모는 동사무소를 찾아갔어. 그리고 현청에 문의한 결과 우리들의 사망 전보를 들을 수 있었지.

할머니는 이 사실을 알고 정신을 놓아버렸어. 늘어뜨린 머리를 잡아 뜯으며 비명을 지르고, 집 안에 있는 물건들을 닥치는 대로 잡아 던지셨어. 병문안을 온 마을 사람들에게도 화를 냈어. 나를 웃음거리로 만드냐며 낫을 들고 덤벼드셨지.

그뿐만이 아니야. 매일같이 해변에 나가 바다를 향해 아버지랑 어머니랑 우리들의 이름을 하염없이 되뇌셨어.

"하야시키, 하야시노부, 가미코, 나오코… 빨리 돌아와……."

할머니는 끝내 견디지 못하고 바다를 향해 들어가기 시작했어. 세츠 고모와 마을 사람들에게 잡혀 몇 번이나 끌려 나왔지.

내 마부이는 결국 아버지와 어머니, 남동생과 여동생, 미쓰코 고모의 시신을 발견하지 못했어. 전쟁 중이었으니까 슬프지만 포기하는 수밖에 없었지.

나의 꿈은 해군 병사가 되어 언젠가 이 원수를 갚아 주는 거야. 나는 아직 마부이인 채로 바닷속에 있지만, 마부이라도 꿈을 꿀 수는 있잖아. 간절히 원하면 이루어질지도 모르고, 또 새로운 몸에 들어가 태어날 수도 있으니까. 어머니께서 그렇게 가르쳐 주셨거든.

나는 계속 내 시신을 쳐다보고 있어. 내 시신은 물고기에게 눈이 쪼이고, 상어에게 손발과 옆구리를 물어뜯겼어. 그리고 장기가 튀어나온 채 천천히 바닷속으로 가라앉아갔어. 가라앉아서도 새우, 낙지, 바다뱀 등의 먹이가 되었어. 작은 고추도 내장도 모두 물어뜯기고 말았지.

나는 그 광경을 보고만 있을 뿐이야. 어쩔 수 없으니까. 마지막에는 산호 틈에 끼여 게와 소라게의 먹이까지 되어버렸어. 결국 나는 뼈만 남게 되었고, 지금도 산호 사이에 낀 채 그대로야.

나는 울지 않을 거야. 난 마부이니까 절대 눈물 따위 흘리지 않을 거야. 나는 계속 뼈가 된 나를 바라보고 있을 뿐이야. 비록 칠십년이 흘러버렸지만…….

5. 달

1945년 3월 28일. 나는 달을 바라보고 있었어.

전쟁 속에서도 왜 달은 변함이 없는지 늘 궁금했어. 그이도 죽고, 세상도 변했어. 그리고 섬에 미군이 상륙했지. 그런데도 달은 전쟁 전과 똑같아. 인간은 변하는데 달은 변하지 않아. 눈물도 흘리지 않아. 신은 참… 불공평해…….

3월 26일, 미군이 섬에 상륙했어. 오키나와 본섬으로 향하기 전에 우리 섬에 상륙한 거야. 섬에서 살고 있던 많은 사람이 죽었어. 전쟁이니까 당연한 걸지도. 억울함과 슬픔, 분노와 외로움, 여러 가지 감정이 몇십 배, 아니 몇백 배가 되어 뒤얽혀도 모자랄 정도의 치무구리사*를, 우리 섬의 모든 사람들이 짊어진 거야.

내가 사는 섬은 오키나와 본섬 남부의 나하시에서 서쪽으로 약 사십 킬로 떨어진 동중국해에 위치한 약 이십 개 남짓의 섬들로 구

---

* 오키나와말로 비통함을 의미함.

성된 게라마제도 중 하나야.

할머니께서 게라마는 '축복慶'과 '선량良' 사이에 누워있는 섬이라고 하셨어. 우리 바다는 맑고 깨끗해서 물고기도 해산물도 많이 잡혔어. 할아버지는 어부였기 때문에 항상 대어를 낚아오시곤 했지. 하얀 모래사장도 아름다워서 우리는 어릴 적부터 바닷가의 바람과 빛에 안겨 자란 것과 같았어.

초등학교 때는 바다거북이랑도 자주 놀았어. 알을 낳은 커다란 바다거북의 등에 앉기도 했지. 사진이 있었다면 증거로 남겨두었을 텐데. 물론 내 친구 중 누구도 사진기를 갖고 있지는 않았지만 말이야.

바다거북은 바다에서 나는 것들을 섬으로 가져다주기 때문에 괴롭히면 안 된다고 할아버지께서 말씀하셨어. 그래서 괴롭히지 않고 같이 놀았지. 하지만 바다거북은 약했어. 항상 눈물을 보였거든. 얼굴에는 모래가 가득했고, 침을 흘리는 것처럼 눈물을 흘려댔어. 켄타 무리들이 장난을 치면, 눈물을 보이면서 얼굴을 씻으러 바다로 들어갔던 것 같아. 전쟁이 시작되고 해변에 폭탄이 많이 떨어지면서 바다거북은 알을 낳을 곳이 없어졌어. 너무 걱정돼…….

응? 왜 달을 바라보고 있었냐고? 그건 말이지, 죽은 그이가 생각났거든. 그이는 나에게 참 다정했어. 이름은 데루야 카츠유키야…….

데루야는 모아시비의 산신히차였어. 모아시비란 달밤에 섬의 청년들이 파도 소리를 들으며 해변에 빙 둘러앉아 아와모리를 마시고 노는 것을 말해. 물론 춤도 췄지. 데루야는 산신을 잘 켰기 때문에 항상 모두를 춤추게 하는 산신히차였던 셈이지. 달빛에 비친 산신을 켜는 데루야는 정말 멋있었어.

여자들은 손수 만든 사타안다기나 된장 회무침 같은 것을 가지고 참가했어. 모두 젊으니까 그곳에서 좋아하는 사람이 생기곤 했지. 즉 모아시비가 만남의 장소였던 거야. 다들 흥에 취해 밤늦게까지 놀곤 했어. 달빛을 머금은 바다도 무척이나 아름다웠어.

모아시비가 끝나고 돌아가려고 할 때, 데루야가 나에게 '카요 잠깐만'이라고 말을 걸어왔어.

나는 조금 놀랐지만, 데루야가 먼저 말을 걸어주어서 너무 기뻤어. 왜냐하면 나는 데루야를 마음에 두고 있었거든. 데루야가 산신을 켜는 동안 누가 말을 걸어와도 난 고개를 저으며 절대 받아주지 않았어.

남자의 권유에 고개를 끄덕이면 그 두 사람은 어느새 빙 둘러앉아 있던 곳에서 사라져 있었어. 마음이 맞았다는 증거로 둘이서만 어둠 속에서 수다를 떠는 거야. 수다뿐만이 아니야. 무엇을 할지는 너희도 다 알고 있겠지.

데루야는 어둠 속이 아니라 밝은 모래밭에 앉아 내게 말했어. "카요, 나와 함께해 줘"라고.

데루야와는 동급생이고 소꿉친구였어. 나는 켄타보다 데루야를 더 좋아했기 때문에 고개를 크게 끄덕였어. 데루야가 내 옆으로 다가와서 어깨를 감싸 안았을 때는 심장이 멎는 줄만 알았어.

켄타는 내 옆집이었지만 데루야네는 변두리에 있었어. 켄타도 동급생이었어. 켄타는 섬을 나와 나하로 건너가 장사를 시작했지만, 데루야는 나하에서 돌아와 동사무소 직원이 되었어. 결혼하고 아이도 금방 생겼어. 여자아이 둘이었지만 데루야는 매우 기뻐했지.

"카요, 얘는 너와 닮았어. 커서 미인이 되겠는걸."

그렇게 말하며 으스댔었지. 두 아이의 손을 잡고 자주 해변으로 가서 놀아주곤 했어. 데루야는 나에게도 아이들에게도 상냥했어.

하지만 데루야는 머지않아 전쟁이 터질 것 같다며 걱정했어.

동사무소 직원이었으니까 아마도 여러 가지 정보를 입수한 거겠지. 걱정대로 이윽고 전쟁이 시작됐어. 전쟁이 시작되고 일본군이 섬으로 쳐들어왔어. 이 섬을 우리가 지킨다, 오키나와를 지켜주겠다면서 말이야.

데루야는 관공서 직원이었으니까 일본군에 협력도 했을 거야. 상사의 명령이 있었을 테지. 그런데도 일본군은 데루야를 간첩으로 몰아 죽여버렸어…….

이 일은 더 이상 떠올리고 싶지 않아. 눈물도 메말라버렸어. 내 마음도 꺾이고 말았어. 데루야가 죽은 날에 나도 같이 죽은 거야. 그날 이후로 난 미쳐버린 거지. 그래서 두 딸들도 죽일 수 있었던 건지도…….

일본군이 섬에 온 것은 1944년 10·10공습 한 달 전쯤이었을 거야. 일본군은 오키나와 본섬에 상륙하는 미군을 기습 공격하기 위해 게라마섬에 왔어. 이 사실은 데루야가 가르쳐줬지.

10·10공습 때는 일본군이 섬으로 막 건너온 탓에 제대로 반격

을 할 수 없었어. 진지호가 잘 짜이고 특공정이 배치되면 일본군이 분명 섬을 지켜줄 거라고 했어. 섬사람들 모두가 일본군에 협력했어. 데루야는 일본군과 동사무소와의 연락책과 비슷한 일을 하고 있었어.

해상특공정을 숨겨두는 엄체호도 섬사람들이 일본군에 협력해서 만든 거였어. 엄체호뿐만이 아니야. 진지호도 모두가 협력해서 만들었어. 그야말로 남녀노소 할 것없이 모두가 힘을 합쳤어. 식량도 일본군이 시키는 대로 공출했어. 전쟁 중에는 군사들이 우선이었으니까. 쪽배를 가지고 있던 우민추 할아버지도 물고기를 잡으면 일본군 식량이라며 군 진지로 가지고 갔어.

"나는 이제 군대 소속이야"라고 말하며 할아버지는 기쁜 듯이 아와모리를 마시고 있었어. 그랬던 할아버지는 공습이 있던 날에 사바니가 걱정된다며 해변에 나갔다가 미군의 기총 소사에 맞아 돌아가셨어. 전쟁은 노인도, 여자도 아이들에게도 인정사정없었으니까.

미군을 배후에서 물리치겠다던 일본군 특공정은 아무 쓸모가 없었어. 할아버지도 지켜주지 않았어. 섬사람들도 지켜주지 않았어. 애초에 지킬 마음이 없었던 것 같다는 생각이 들어. 정말 뭐하러 왔는지. 섬사람을 죽이러 온 걸까. 데루야를 죽이고, 나를 죽이고, 두 딸을 죽이고……. 일본군이 우리를 죽이러 왔다고 생각하는 편이 앞뒤가 맞을지도 모르겠어.

일본군이 전쟁 성과를 올리기 전에 미군이 상륙했기 때문에 상대 군함을 공격하지 못했어. 미군의 함포사격이나 포탄은 비처럼 섬을 덮쳐왔어. 또 특공정은 베니어판으로 만들어져 조잡했기 때문에 별 도움이 되지 않았을 거야. 그이는 저래서는 특공 하는 젊은 군인들이 불쌍하다고 말했어.

10·10공습 때도 무서웠지만 함포사격도 마찬가지로 무서웠어. 섬 주위를 미군 군함들이 빙 둘러서서 일제히 포탄을 쏴대는 거야. 포탄이 가까이 떨어져 작렬하면, 온몸이 핑 하고 떨려오면서 고통스러웠어. 어르신들은 모두 마부이*를 떨어뜨릴 뻔했다고 했어. 계속해서 포탄이 날아와 집도 날아가고, 염소도 날아가고, 사람도 날아가고, 피로 질척해졌어. 팔도 달랑달랑거렸어. 몸이 찢어지고 피가 다 빠져나간 다음에야 인간은 망가지더라. 정말 더 이상 생각하고 싶지 않아…….

일본군과 달리 미군은 제대로 오키나와 공격 작전을 세우고 있었던 것 같아. 우선 주위 섬들부터 점령한 다음 오키나와 본섬을 공격하는 작전이었을 거야. 아마 우리 섬에 보급지 같은 걸 만들려고 한 것이 아닐까? 10·10공습이 끝나면 오키나와는 전장이 될 거라는 예상대로, 1945년 3월 23일부터 미군의 공습과 함포사격을 받았어.

우리가 사는 게라마제도는 작은 섬들이 각각의 섬을 지키는 방파제처럼 서로를 막아주고 있었지만, 아무 소용 없었어. 눈앞에서

---

* 영혼, 혼령

섬 하나하나가 함포를 맞고 불에 타올랐어. 그 불도 연기도 또 상륙하는 미군 함정도 다 보였지. 다음은 우리 섬의 차례인가 생각하면서 두려움에 휩싸였어.

3월 23일부터 계속되던 함포사격과 함께 미군은 26일에는 아카섬, 게루마섬, 자마미섬, 27일에는 도카시키섬에 상륙했어. 너무 무서웠어.

미군이 섬사람들을 모두 죽일 거라는 말을 듣고 모두 산으로 도망쳤어. 사실 산이라고 해도 작은 섬이라서 숨을 곳은 없었어. 산에서 바로 근처에 있는 바다가 보일 정도였으니까. 섬을 쫙 에워싼 미군의 함정도 보였어.

일본군은 미군이 상륙하면 해안선에서 요격하겠다고 했지만, 곧장 철퇴하고 산으로 도망갔어. 산속에서 지구전을 펼치겠다는 거였지. 물론 섬의 젊은 청년들도 방위대라는 이름으로 일본군과 함께 움직이고 있었어. 데루야는 젊은 청년들과 함께 동사무소와 일본군 사이에서 전령계를 맡고 있었어.

일본군은 절대로 항복하지 않는다고 했으니까 우리도 항복해선 안 돼. 미군에게 손을 들고 항복하면 배신자로 취급당해 일본군의 총에 맞을 거라고 했어.

미군이나 일본군에게 죽임을 당할 거라면 차라리 스스로 죽자. 특히 여성들은 적에게 수치를 당할 바에야 스스로 죽는 편이 낫다고 생각했어. 귀축미영 알지? 미군에게 강간당해 미국 아이를 낳으면 살아갈 수 없다고 모두가 그렇게 생각했으니까. 끝에 가서는 미군도 일본군도 모두 무서워졌어.

미군이 상륙한 27일 밤, 각 집 근처 벙커에 대피해 있던 주민들에게 '니시야마북산로 집합하라'라는 군의 명령이 떨어졌어. 방위대에 참가하고 있는 젊은 청년들이 우릴 불렀어. 니시야마는 남북으로 긴 섬의 북쪽에 있어. 미군의 상륙에 따라 일본군이 이곳으로 진지를 이동하고 있었던 거야.

"아, 일본군이 섬사람들을 보호하려고 부른 거야!"

우리는 안심하고 그 명령에 따랐어. 면사무소도 해산되어 데루야도 우리와 함께였어.

데루야와 나는 두 딸의 손을 잡고 주민들과 함께 몇 시간에 걸쳐 억수같이 쏟아지는 비를 맞으며 군 진지에 도착했어. 그런데 갑자기 일본군이 소리를 치는 거야.

"우리는 그런 명령을 내린 적 없다! 누가 그런 명령을 내린 거지? 너희 중에 간첩이 있는 게 틀림없어!"

그렇게 소리를 지르며 우리를 위협했어. 데루야가 대표해서 머리 숙여 사과했어. 그런데도 군인들의 분노는 가라앉지 않았어.

"너희들과 함께 있으면 작전을 세울 수 없어. 다 짐이라고! 돌아가!"

우리는 당황했지만, 군의 명령에 따를 수밖에 없었어. 그래서 어쩔 수 없이 돌아가려고 했어. 그런데 갑자기 일본군이 데루야를 불러 세우는 거야.

"데루야 카츠유키, 잠깐 서봐!"

데루야는 깜짝 놀라 멈춰 섰어.

"너는 동사무소 직원인데 왜 여기 있지? ……네가 스파이인가, 잠깐 이리로 와!"

그렇게 데루야는 진지호 안으로 끌려갔어. 데루야가 동사무소 직원은 해산되었다고 설명을 해도 중사는 들어주지 않았어.

나는 울며 군인에게 매달렸어. 살려주세요, 살려주세요, 그이는 스파이가 아니에요. 하지만 군인들에게 발길질을 당할 뿐이었어. 요코와 히로코가 나에게 매달려서 울었어.

"시끄럽다!"

그렇게 말하며 나에게 다가오더니 일본도를 뽑았어. 나는 황급히 요코와 히로코를 껴안았어.

오랜 시간 동안 데루야가 돌아오기를 진지호 앞에서 기다렸어. 마을 사람들도 하나둘 떠나갔지. 하지만 몇몇 마을 사람들은 우리와 함께 남아서 기다려주었어.

진지호 안에서 무슨 일이 일어나고 있는지는 알 수 없었어. 그래도 대강 짐작은 할 수 있었지. 나는 몇 번이나 일어서서 호 안으로 밀고 들어가려고 했지만, 그때마다 입구를 가로막고 있는 두 군인들에 의해 다시 밀려나고 말았어.

이윽고 데루야는 피투성이가 되어 실려 나왔어. 요코와 히로코는 깜짝 놀라 소리도 내지 못했지만, 나는 통곡할 수밖에 없었어. 데루야는 온몸이 피로 뒤덮여 세상을 떠난 뒤였어. 일본도에 베여 목숨을 잃었어.

겨우 정신을 차린 나는 마을 사람들에게 부탁해서 데루야의 시신을 나무 그늘로 옮겼어. 거기에 눕히고 나뭇잎을 뿌리고 합장했어. 요코와 히로코도 그제서야 아빠의 죽음을 이해했는지 나뭇잎을 모아서 데루야의 몸 위에 덮어씌웠어.

그리고 마을 사람들에게 감사를 표했어. 그리고 마을 사람들에게 끌려가듯 니시야마를 벗어났어. 그러나 갈 곳은 없었어. 그리고 모두 이미 녹초가 되어 있었지. 무거운 다리를 질질 끌며 걷기 시작하자 날이 밝아오기 시작했어. 섬을 에워싼 미군 군함들이 보였어. 날이 밝으면 함포사격이 다시 시작될 테니까 절망적이었어.

섬에는 도망갈 곳이 없다는 걸 깨달았어. 한참을 걷다가 하나둘씩 걷는 것을 멈추고 나무에 기대앉기 시작했어. 한 명, 두 명, 쭈그리고 앉아 일어나지 않는 사람들이 늘어갔어. 등 뒤에서 나무를 뒤흔드는 수류탄이 작렬하는 소리가 들려오기 시작했어. 그 소리는 마을 사람들이 쭈그리고 앉은 자리 쪽에서 들려왔어. 그 소리가 무엇을 의미하는지는 나도 마을 사람들도 알고 있었어.

이윽고 움푹 팬 골짜기에 다다랐어. 그곳에는 먼저 니시야마를 떠난 마을 사람들이 죽어있었어. 순간 숨을 삼키며 멈춰 섰지만, 우리에게는 이제 더 이상 걸어 나갈 체력도 의욕도 없었어.

누구랄 것 없이 죽을 곳을 찾아 쭈그려 앉았어. 한 가족은 큰 나무 그늘로 피신했어. 또 다른 가족은 바위 그늘에서 마주 안았어. 소름 돋을 정도로 조용한 침묵이 골짜기를 뒤덮었어. 이윽고 그 침묵은 작은 술렁거림으로 변해갔어. 어깨를 맞대고 서로를 격려하던 가족이 일어나 작은 원을 만들었어. 몇몇 가족이 그 행동을 따라 했어.

펑 하고 나무를 찢는 듯한 소리가 들렸어. 연거푸 폭풍이 골짜기에 불어닥쳤어. 피와 화약 냄새가 뒤섞였어.

작은 웅성거림은 단번에 큰 소란으로 바뀌고, 여기저기서 정적을 가르는 비명이 터져 나왔어. 피 터지는 소리가 나고, 피 냄새가 흩날렸어. 땅바닥을 기며 몸을 꼬아 울부짖는 어린아이들도 있었어. 그 어린 몸을 부모들은 끌어안은 채로 죽어있었지…….

터지지 않는 수류탄도 많았어. 아마 다루는 데 익숙하지 않아서였겠지. 마을 사람들은 수류탄 대신 낫이나 면도칼을 사용했어. 또 돌멩이와 나무토막 등도 집어 들었어. 스스로 목을 베고, 자기 자식과 늙은 부모님의 머리를 내리쳐 깨뜨렸어.

나는 두 어린 딸을 가까이 끌어당겨 안았어. 두 아이는 말없이 내 품에 안긴 채 떨고 있었어. 두 딸의 숨결이 내 가슴에 전해졌어. 죽은 마을 사람들의 손에 쥐어져 있는 낫이 눈에 들어왔어.

"우리도 아빠 곁으로 갈까?"

딸들은 고개를 들고 끄덕였어. 이제 막 요코는 6살, 히로코는 3살이 되었는데……. 딸들의 이름은 그이가 지어주었어. 태평양 같은 넓은 마음을 갖고 둘이서 힘을 합쳐 열심히 살아가라는 의미에서 말이야. 두 아이는 무엇을 위해 태어난 걸까. 그런 생각을 하니 눈물을 참을 수 없었어.

새벽하늘을 올려다보았어. 어느새 비가 그치고 달이 떠 있었어. 그이가 켜는 산신의 음색과 부드러운 노랫소리가 들려왔어. 모아시비에서 산신을 연주하며 웃는 얼굴이 떠올랐어. 나는 눈물을 참으며 눈을 감고 두 딸을 끌어안았어.

'집단 자결'에 의해 게라마제도에서는 많은 사람들이 희생되었어. 도가시키섬에서는 330명, 자마미섬에서는 177명, 게루마섬에서는 53명, 야카비섬에서는 두 가족이 목숨을 잃었어. 내 남편처럼 스파이 취급을 받은 주민들의 학살을 포함해 조선인 군부나 '위안부' 희생자들도 수두룩했지.

우리의 시신은 그날로부터 이틀 후, 이른 아침에 일본군을 소탕하러 산으로 들어간 미군에게 발견되었어. 서쪽 하늘에는 아직 어슴푸레 달이 남아 있었어.

6. 길

1945년 6월 23일, 나는 짐수레를 밀며 어두운 밤길을 걷고 있었다. 어진을 지키기 위해서였다. 혹은 살아남기 위해서였을까……. 아무래도 좋다. 하지만 궁성요배를 지켜가며 짐수레를 밀었던 것을 확실하게 기억하고 있다.

우리들의 배움터인 현립 제3여자고등학교는 오키나와에서의 지상전이 예상되자마자, 간호사 양성 학교로 바뀌었다. 우리는 나라를 위해 열심히 배우고 일했지만, 전황이 일본군에게 불리하게 전개되자, 일본 수비군들은 도망쳐버렸다. 학교도 폐쇄되어 가족 품으로 돌아가라는 공지가 내려졌다. 동시에 진공해오는 미군으로부터 천황폐하와 황후의 어진을 지키고, 얀바루에 안치하기 위해 함께 할 학생을 모집했다. 나는 어머니와 상의한 끝에 이 대열에 합류하기로 결심했다.

"아버지도 기뻐하실 거야. 코우도 기뻐할 거란다. 도키코, 끝까지 천황폐하를 위해 힘쓰는 거야, 알겠지? 물론 엄마도 무척이나 기쁘단다."

내 이름은 나칸다카리 도키코이다. 아버지의 성함은 나칸다카리 료스케로, 방위대에 참가했다가 이에지마에서 전사하셨다. 동생 코우는 호향대로 소집된 이후 소식이 끊기고 말았다. 나고 본가에서 코우가 돌아오기를 기다리던 어머니 사다코는 조상의 위패에 손을 모으고 나의 결의를 지지해주었다.

오키나와 지상전은 1945년 3월 말에 시작되어 90일간의 전투를 거쳐, 6월 말에 일본군의 조직적인 전투가 종결되었다. 이 전쟁으로 미일 합쳐 20만 명 남짓의 사망자가 발생했다. 그중 오키나와 주민의 사망자는 10만여 명에 달했다.

오키나와전에서는 십 대인 중학생, 사범학교 학생, 여고생들도 전쟁터에 동원되어 많은 목숨을 잃었다. 남학생은 전령이나 탄약 운반, 호 파는 작업을 맡고, 여학생은 간호조무사나 병사들의 식사 준비 등을 도맡았다.

1944년 6월 29일, 오키나와로 향하는 장병들을 태운 '후지마루'가 도쿠노시마 앞바다에서 미군 잠수함의 공격을 받고 침몰하자, 현립 제3고등학교 기숙사가 급히 부상병 야전병원으로 투입되었다.

같은 해 10월 10일 공습에서는 모토부항과 운텐항에 정박해 있던 함선들이 맹공격을 받아 많은 부상자가 발생했다. 제3여자고등학교 건물은 야전병원으로 바뀌고, 학생들은 간호 일을 해야만 했다. 속속 옮겨지는 중상병들의 치료를 돕고 간호를 했다. 마취도 하지 않고 팔다리 등을 절단하는 수술에도 참여했다.

수술실은 기숙사였다. 우리는 1944년 1월부터 간호사가 되기 위한 교육을 받았다. 위생병이 교실에 들어와, 인체의 구조나 장기의 기능 같은 것들을 가르쳐 주었다. 또한 신진대사와 영양소는 무엇인지. 신체의 명칭, 호흡, 괴사, 피부의 작용 등 간호에 대한 강의가 계속되었다. 오전 강의가 끝나면 오후에는 붕대 감는 법 등 현장 훈련을 했다. 우리들은 나라를 위해 일할 기회가 찾아왔다며 열심히 배워나갔다.

간호 공부뿐만 아니라, 군대에 배속되는 간호사로서의 마음가짐을 위해 정신적인 단련도 받았다. '첫 번째, 군인은 충절을 다해야 한다' 등 충절 5개조를 외우고, "의는 산악보다 무겁고 죽음은 솜털보다 가벼이 여길 것. 각오하라"라고 훈시받았다. 우리는 모두 필사적이었다.

하지만 우리는 정식 간호사가 아닌 아마추어에 불과했다. 중증 환자가 실려 오는 수술 현장을 차마 쳐다보지도 못하고 고개를 돌렸다. 하지만 당장 슬퍼할 겨를도 없었다. 10 · 10공습 때에는 매일 밤 일곱 여덟 명의 병사들이 목숨을 잃었다.

중증병사가 실려 오면 우리도 온몸에 피를 뒤집어썼다. 팔이 떨어져 나간 사람이나 몸에서 피를 뿜고 있는 사람은 물론이고, 이미 피가 차가워져 굳어 있는 사람도 있었다.

나는 다리를 절단하는 수술에 들어간 적이 있었다. 등화관제 속에서 밖으로 불빛이 새어 나가지 않도록 검은 막을 치고 위생병이 다리를 잘랐다. 나는 손전등으로 다리를 비추는 역할이었는데도 온몸이 벌벌 떨려왔다.

병사는 위생병이 들고 있는 톱을 보고 제발 자르지 말아 달라고 애원했다. 위생병은 애원하고 있는 병사를 설득했다.

"이것은 그대의 다리가 아닙니다. 천황폐하께 바친 다리입니다."

병사는 이윽고 체념하며 고개를 끄덕였다. 어린 소년병이었는데, 몇 주 지나지 않아 숨을 거두고 말았다. 실려 오는 병사들은 너나 나나 할 것 없이 모두 물을 원했다. 우리는 중증환자에게 물을 주어서는 안 된다고 배웠다. 그런 우리에게 병사들은 필사적으로 매달려왔다. 폭력을 행사하는 병사도 있었다.

"본토 여학생은 상냥한데 오키나와 여학생은 아주 불친절하군."

우리는 그런 말에도 필사적으로 버텼다. 제발 물을 달라고 간절하게 원하는 병사에게는 배운 대로 찻잔에 든 물을 거즈에 묻혀 입을 적셔주었다. 손가락은 물론이고 손까지 물고 늘어지려는 병사도 있었다.

"이 사람은 줘도 돼, 이 사람은 물을 줘선 안 돼."

위생병은 우리에게 그런 식으로 지시를 내렸다. 그러나 어떤 병사는 물을 마시고 만족한 듯한 날숨을 내뱉더니 이윽고 숨을 거두고 말았다. 하루하루가 눈물범벅이었다. 우리는 남의 눈을 피해 숨어서 울었다.

미군이 상륙해오자, 제3여고 여학생들은 '나고란 학도대'로 조직되어 야에다케에 주둔해 있는 일본군의 병원호에 동원되었다. 10명씩 조를 짜서 취사병의 심부름이나 부상병 간호 등을 도맡았다. 나도 '나고란 학도대'에 참가했다.

4월 1일 미군의 오키나와 본섬 상륙 이후, 야전병원으로 변한 우리들의 학습 공간에는 전투로 인한 부상자가 잇따라 실려 들어왔다. 우리는 불면 불휴로 간호했다. 4월 16일, 병원이 야에다케에서 다노다케로 옮겨졌다. 따라 이동하는 중에 미군의 포화를 받고 입학 동기였던 다미나토 료코가 목숨을 잃었다.

1930년에 개교된 오키나와현립 제3여자고등학교는 1902년에 개교된 현립 농업학교 부지를 사용하고 있었다. 1916년 농업학교가 가데나로 이전하는 바람에, 1921년에 전신이 되는 실업학교로서의 여학교가 개교되었다. 그 후, 1930년에 현립 제3여자고등학교로 다시 태어났다. 북부지역 유일한 여자고등학교로 북부 각지에서 고등교육을 받기 위해 꿈을 안고 많은 여학생이 입학했다. 온나촌, 가나타케촌, 기노자촌, 오기미촌, 히가시촌, 구니가미촌, 그리고 외딴 섬에서 건너온 학생들도 있었다.

북부 각 마을끼리의 교통이 불편했기 때문에 기숙사도 있었다. 료코는 외딴 섬에서 살고 있었기 때문에 기숙사에 들어갔다. 나는 나고가 본가였기 때문에 기숙사에 들어가지 않았지만, 료코와 마음이 맞아 기숙사에 자주 놀러 가곤 했다. 료코는 교사가 꿈이었다. 그 꿈을 한방에 빼앗기고 말았다. 그리고 내게서 떠나갔다. 슬퍼할 겨를도 없었다.

학교 주위는 녹음이 가득했다. 농학교의 터라 그런지 큰 소나무가 우뚝 솟아 있고 봄에는 벚나무가 분홍빛 꽃을 가득 피웠다. 상사목 가로수는 교문까지 수백 미터 이어져 있었다. 그런 환경 속에서 길쌈, 염색, 일본식 바느질, 서양식 바느질, 요리 등 여러 가지 교양 과목을 들으며 여성 사회인으로서 필요한 지식을 익혀나갔다. 농업 실습지에서는 호박, 토마토, 양배추 등 여러 가지 야채를 가꿔 나고에서 판매하기도 했다. 하루하루가 즐거웠고, 모두가 행복한 얼굴로 꿈을 키워나가고 있었다. 그러나 전쟁으로 꿈을 꿀 수 없게 되었다. 아니, 꿈을 꿀 수 없는 것이 아니라 꿈을 빼앗기고 말았다. 심지어 목숨까지 잃고 말았다.

우리는 어두운 밤길에 짐수레를 밀며 얀바루 마을 중 하나인 오다키촌으로 향했다. 차가운 밤공기 속에서 땀범벅이 되었다. 미군이 이미 상륙해 있어, 낮이면 미군에게 노출될 위험이 있었기 때문이었다.

나고에서 오다키촌까지는 약 30km의 거리이다. 우리는 미군의 눈을 피하고자 날이 저문 후에 출발했다. 그리고 동이 트기 전에 오다키촌에 도착하고 싶었다.

총 서른 명이 움직였다. 학생은 25명이었고 교장을 포함한 교사가 5명이었다. 어두운 밤길이었지만, 험한 산길을 헤치며 짐수레를 밀고 또 밀었다.

짐수레는 총 세 대로 식량과 일용 잡화, 의류, 침구, 물통 등을 싣고 있었다. 10명씩 나뉘어 짐수레를 밀었다. 세 명의 교사가 곤봉을 잡고, 교장은 남색 천으로 감싼 어진을 단단히 품에 안고 한순간도 놓지 않았다. 숨을 헐떡이면서도 우리들 곁에서 얼굴을 들고 앞을 보며 걷고 있었다.

안내역은 오다키촌 출신인 고바시가와 유이코가 담당했다. 산길을 헤치고 들어가자, 불안해진 한 선생님이 유이코 곁으로 바짝 붙어왔지만, 유이코는 잠자코 고개만 끄덕일 뿐 계속 걸었다. 선생님들에게는 손전등이 있었지만, 불이 켜지면 미군들이 눈치챌까 봐 겁이 나 켜지 못했다. 미군뿐만이 아니라 패잔병이 되어 산속에 숨어 있는 일본군에게도 습격당할 불안이 있었다. 유이코의 부탁으로 샛길로 접어들 때만 잠깐 발밑을 비추었을 뿐이었다.

오다키촌에 도착하자 모두 안심했다. 계획보다 몇 시간 정도 늦었지만, 동이 트기 전에 도착할 수 있었다. 약 10시간 정도 걸어, 오다키촌에 도착하자 가랑비가 내리기 시작했다. 이윽고 본격적으로 내리기 시작했지만, 산간 외딴집에서 바라보는 주변 풍경은 비에 씻겨 초록빛이 들끓을 듯 선명하기만 했다.

우리는 빈집 한 채를 빌려 다 함께 생활하게 되었다. 여럿이 한 방에서 뒤엉켜 잤다. 부엌에 다행히 아궁이가 있었지만, 물은 없었다. 욕탕도 없었다. 불편했지만 근처에 강이 흐르고 있어서 물로 인한 곤란은 겪지 않았다. 선생님은 혹시 모르니 물을 한번 끓여 마시라고 했다.

날이 어두워지면 번갈아 가며 강가에서 몸을 씻었다. 왠지 학교 야영이 생각나서 나도 모르게 웃음이 터져 나오기도 했다. 그러나 그런 기분은 금방 사라지고 말았다.

일주일이 지나자 식량난에 직면했다. 사람이 많았던 만큼 가져왔던 식량이 곧 바닥이 났다. 우리는 돌아가며 먹을 것을 찾으러 나갔다. 마을 밭에는 고구마도 야채도 없었다. 마을 사람들과 나하 남부에서 피난해 온 사람들이 모두 가져간 뒤였다. 메뚜기 떼에 휩쓸린 후처럼 아무것도 남아있지 않았다. 우리는 비로소 사안의 중대성을 인식했다.

우리는 산에 들어가 열심히 나무순과 먹을 수 있는 들풀을 찾았다. 강에 들어가 물새우와 게를 잡았다. 하지만 언제 들이닥칠지 모를 미군을 의식한 제한적인 식량 찾기였다. 마을 사람들도 마찬가지였다. 오다키촌은 해안가의 줄기를 벗어나 2km 정도 깊은 산속 골짜기에 생긴 마을이다. 그런데도 마을 사람들은 전화戰火와 미군이 두려워 더 깊은 산속으로 숨어 들어갔다. 산속에 판잣집을 짓고, 호를 파 가족 모두가 대피해 있었다.

그래서 마을은 조용했다. 다만 몇몇 어르신들이 계속 마을에 머무르고 있는 것 같았다. 그런 어르신들이 불쑥불쑥 어디선가 모습을 드러냈다. 이 마을에 전해 내려오는 나무의 정령으로 착각해서 깜짝 놀라는 친구도 있었다.

산중에 피난해 있는 가족들은 때때로 어르신들의 안부를 확인하고자 마을로 내려왔다. 어르신들의 몸 상태를 생각해서였겠지만, 동시에 집은 무사한지, 미군은 오지 않았는지를 확인하기 위해서 오는 것 같기도 했다.

다행히 미군이 올 기미는 보이지 않았다. 다만 무리를 하는 바람에 몸 상태가 나빠져 앓아눕는 친구들이 나오기 시작했다. 게다가 친구인 모모하라 세츠코가 식량을 구하러 산에 들어갔다가 독사에 오른발을 물리고 말았다. 몇 시간이 지나자 다리가 통처럼 부풀어 올랐다.

선생님 중 한 분이 마을에 계신 어르신께 치료를 부탁했다. 어르신은 세츠코의 다리를 면도칼로 찢더니 그곳에 입을 대고 독을 빨아냈다. 몇 군데에 칼자국을 내고, 똑같이 독을 빨아낼 때마다 세츠코는 몸을 뒤로 젖히며 고통스러워했다.

"혈청이 있으면 좋으련만 지금은 없구나. 이것이 최선이야. 예부터 이 마을에서 전해지는 긴급 대처법이다. 이제는 안정을 취하며 조상님들께 기도하는 수밖에……."

노인은 미안하다고 말하고는 떠나갔다. 우리들의 기도는 이루어지지 않았다. 세츠코는 일순간 컨디션을 회복한 듯 웃어 보였지만, 며칠 후 숨을 거두었다. 어르신께 가매장 장소를 여쭤보고 그곳에 세츠코를 묻어주었다.

그날을 시작으로 차례차례 감기 기운을 호소하며 앓아눕는 사람이 나오기 시작했다. 고열로 가위에 눌리는 사람도 있었다. 선생님들은 말라리아인가 하고 의심했지만, 확실한 것은 그 누구도 알지 못했다. 친구의 목숨을 또 빼앗길까 봐 모두가 불안해했다.

나와 가장 친한 친구인 시라도 아야코도 몸져눕고 말았다. 나는 간호 당번 친구에게 부탁해서 식량 당번과 바꾸어, 아야코와 자리에 누워있는 친구들의 간호를 맡았다. 아야코는 괴로운 듯한 표정을 지으며 팔을 내밀더니 내 손을 잡았다. 나는 그 손을 마주 잡고 위로했다. 강물을 떠 와 수건을 적셔 이마에 가져다 대었다. 이윽고 아야코가 작게 웃어 보였다.

"도키, 고마워……."

나는 아야코에게 얼굴을 비비며 눈물을 흘렸다. 료코와 세츠코에 이어 세 번째 희생자가 될지도 모른다고 생각하니 제정신이 아니었다.

내 우는 모습을 보고 아야코는 나를 품에 안아주었다. 아야코의 가슴이 고동치고 있었다. 나는 움직이지 않고 가만히 그 소리를 들었다. 아야코의 부드러운 손이 내 머리를 어루만졌다.

"도키, 나 꿈을 꿨어……."

"응?"

"이런 시기에 조금 염치없지만……."

"어떤 꿈인데?"

"사랑하는 사람이 나오는 꿈."

"뭐 어때, 무슨 꿈인지 들려줘."

아야코가 부끄러운 듯이 웃어 보였다. 심장 박동 소리가 훨씬 커졌다.

"알려줘, 무슨 꿈인데."

"음, 들려줄까 말까."

"이 심술쟁이! 내가 간호해줬잖아!"

"……도키, 걱정했구나."

"당연하지!"

"그렇지 우린 친구니까……. 그래, 알려줄게. 하지만 비밀이야. 이건 그냥 꿈일 뿐이니까."

"알겠어."

나는 아야코의 심장소리를 들으면서 밝게 웃었다.

아야코의 눈이 밝게 빛났다. 그리고 작게 중얼거렸다.

"나 사실… 가가와 선생님을 좋아해."

"뭐? 함께 얀바루에 온 그 가가와 선생님?"

"응, 그 가가와 선생님. 계속 좋아했어……. 그래서 가가와 선생님이 꿈에 나왔나 봐."

"……어떤 꿈인데?"

"처음에는 조금 슬픈데, 마지막은 해피엔딩으로 끝나는 꿈이었어……."

아야코는 그야말로 꿈꾸는 듯한 기분으로 꿈 이야기를 들려주었다. 나는 아야코의 숨결을 파묻은 뺨으로 느끼며 장난스럽게 캐묻고는 했다.

"미군이다!"

갑자기 집 주위에서 비명이 터졌다. 비명과 함께 시끄러운 발소리와 고함도 들려왔다.

"미군이야! 미군이 왔어!"

큰일이다! 그렇게 생각할 때는 이미 늦은 뒤였다. 엄청난 수의 미군들이 우리의 시야를 가로막고 있었다. 마당에서 위협하는 총성이 들렸다.

뒷방에 누워있던 나를 포함한 다섯 명은 도망치지 못했다. 우리는 놀라서 일어서지도 못하고 엉덩방아를 찧은 채 뒷걸음질을 쳤다. 공포로 몸이 움츠러들었다. 잠옷 차림인 친구도 있었다. 당황해하며 옷깃을 여몄다.

"꽤 귀여운데?"

미군 중 한 명이 아야코의 팔을 잡아끌었다. 나는 필사적으로 아야코를 붙잡았다. 아야코를 잡아당기는 미군 손을 강하게 물었다. 미군은 순간 소리를 지르며 아야코를 놓았지만, 이윽고 내 뺨을 강하게 내리쳤다. 나는 비명을 지르며 쓰러지고 말았다.

눈앞에 미군은 우리를 내려다보며 야비한 웃음을 짓고 있었다. 그리고 환호를 지르며 우리를 한 명씩 껴안기 시작했다. 앞으로 무슨 일이 일어날지… 우리는 금방 알 수 있었다…….

"그만둬!"

가가와 선생님이 미군 뒤에서 달려들었다. 하지만 미군에게 얻어맞고 쓰러지고 말았다. 가가와 선생님의 입가에서 붉은 피가 튀었다. 미군들은 큰 소리로 비웃었다. 한 미군이 가가와 선생님을 뒤에서 포박했다. 또 몇 명의 미군들이 어진을 품에 안은 교장 선생님을 끌고 나타났다. 늦게 도망친 탓에 붙잡힌 듯 보였다. 그리고 교장 선생님께 발길질하며 총을 들이댔다. 품에 안은 남색 보자기는 풀린 채로 어진이 드러나 있었다.

나는 그 장면을 마지막으로 눈을 감았다. 내 옆에서 아야코가 비명을 질렀다. 내 몸에도 덩치 큰 미군이 올라탔다. 나는 힘껏 남자의 가슴을 때리며 저항했지만, 또 다른 미군이 내 팔을 붙잡았다. 내 다리가 양껏 벌려졌다. 남자가 내 속옷에 손을 댔다. 퍽퍽 몸이 비명을 내질렀다. 나는 쉬지 않고 비명을 질렀다.

"하지 마! 제발 하지 마세요!"

내 주위에서도 나와 같은 비명과 울음소리가 차례차례로 터져 나왔다.

커다란 남자의 몸이 나를 관통했다. 나는 정신을 차릴 수 없었다.

두 번째 남자가 내 몸에 겹쳐 들어왔다.

"그만둬! 제발 하지 마"

하복부에 한 번 더 고통이 찾아왔다. 나는 눈을 가렸다. 이제 더는 어떤 소리도 들리지 않았다. 마침내 내 몸에서 두 번째 남자가 거친 숨을 몰아쉬며 떨어져 나갔다.

미군들의 웃음소리가 우리 얼굴 위로 들려왔다. 눈을 떴다. 미군들은 서로 뭐라고 이야기를 나누며 바지를 정리하고 있었다. 흐느끼는 소리 속에서 주변을 보았다. 나와 함께 교실을 뛰어다니며 신부가 되기를 꿈꿨던 친구들이 강간당한 채로 허연 살갗을 드러내고 있었다.

눈물이 흘러내렸다. 이것이 우리의 전쟁인 걸까? 바느질, 요리, 예의범절, 교사가 되는 꿈, 좋아하는 사람과 결혼하는 꿈, 이를 위해 배운 교양과 지식, 모든 것이 무너지는 것 같았다.

다시 눈을 감았다. 눈물이 멈추지 않았다. 어렴풋이 눈을 뜨니,

나가기 전 한 미군이 교장 선생님에게서 어진을 빼앗으려 하는 것이 보였다. 다른 미군이 황급히 말리는 것도 보였다. 교장 선생님은 넋이 나간 상태였고, 그 옆에서 가가와 선생님은 양손을 바닥에 짚은 채로 어깨를 떨며 흐느끼고 있었다.

이윽고 미군이 떠나간 자리에는 정적만이 흘렀다. 꿈이라고 생각하고 싶었지만, 꿈이 아니었다. 폭풍우 같은 시간의 흔적이 방안 곳곳에 새겨져 있었다. 물론 우리의 몸에도 마음에도 흉터처럼 깊게 새겨졌다. 내 아래에서는 피가 흐르고 있었다.

내 옆에 누워있는 아야코에게 간호하려고 다가온 가가와 선생님을 아야코는 울먹이며 뿌리쳤다.

무사히 도망쳤던 몇 명의 여학생들이 부엌 쪽으로 돌아와서 우리를 망연히 바라보고 있었다. 우리의 얼굴에서는 피가 흐르고 있었다. 바닥에도 피가 들러붙어 있었다. 나는 아야코의 이마에 대고 있던 젖은 수건으로 피가 묻은 하복부를 닦았다. 다른 친구들도 벗겨진 속옷을 집어 들고는 나와 똑같이 하복부를 닦았다.

며칠 동안 그 누구도 입을 열지 않았다. 말없이 부엌에 서서 말없이 식량을 찾으러 나갔다. 그리고 모두가 말없이 잠자리에 들었다.

강간당한 우리 다섯 명은 다른 학생들과 자연스럽게 멀어져갔다. 그 틈을 메울 말을 아무도 찾지 못해 침묵만이 그 공간을 메꾸고 있었다.

선생님들은 또 다른 오지 마을로 피난하자고 이야기를 나누는 것 같았다. 오싯다이라는 마을이었다. 그리고 이를 알리는 선생님의 목소리가 뒷방에 누워있던 우리에게도 들려왔다.

"미군들은 다시 올 거야!"

"너희들을 지켜주지 못해 미안하구나."

"도망가자! 도망가야 한다."

"이사 준비를 해라. 짐 싸는 즉시 출발하도록 하겠다."

"이 사건은 절대로 발설해서는 안 돼."

몇몇 선생님들의 신음 같은 목소리가 들려왔다. 우리는 이 전쟁에서 도망칠 수 있는 걸까? 아니, 이미 답은 나온 것 같았다.

"이 전쟁 속에서 우리 교사들이 할 수 있는 일은 무엇일까?"

"어진을 지키는 것인가… 아니면……."

"기억을 지워버리는 것일까?"

친구들의 흐느낌이 묻어난다. 기억을 지워버린다? 그럴 수는 없다. 그게 과연 옳은 일일까.

아야코를 본다. 눈을 감고 있는 아야코의 입술이 벌벌 떨리고 있었다.

"하지만 희망을 잃지 마세요. 전쟁은 반드시 끝날 겁니다. 알겠죠?"

다시금 아야코의 얼굴을 보았다. 아야코는 천장을 바라보며 흐느끼고 있었다. 아야코 곁으로 다가가, 우리는 서로를 껴안은 채 서럽게 울었다. 아야코는 너무나 좋아하는 가가와 선생님 앞에서 당하고 말았다.

그날 밤 아야코는 집 근처 강가 나무에서 목을 매었다. 아침 햇살에 비친 공중에 매달려 있는 아야코를 제일 먼저 발견한 것은 아이러니하게도 가가와 선생님이었다. 아야코의 영혼이 가가와 선생님을 부른 걸까. 아니면 아야코가 보이지 않아 걱정된 가가와 선생님이 아야코를 찾으러 나선 걸까.

가가와 선생님도 자신에게 마음이 있는 게 확실하다고 아야코가 말한 적이 있었다. 하지만 나무에 매달려 고통으로 일그러진 얼굴을 가가와 선생님이 보길 바랐을까? 나는 슬퍼서 견딜 수가 없었다.

우리는 아야코의 시신을 덧문짝에 실어 마을 무덤 근처로 운반했다. 그리고 세츠코를 묻은 자리에 나란히 눕히고 흙으로 덮어주었다.

그때 여학생 중 한 명이 머리를 흩날리며 교장 선생님께 달려들었다. 아니, 달려들었다기보다는 교장 선생님이 품에 안고 소중해 마지않는 어진을 빼앗으려 덤벼들고 있었다. 가데가루 야스코였다.

"교장 선생님! 어진은 우리를 지켜주었나요?"

한 선생님이 달려들어 야스코를 뒤에서 붙잡았다.

"우리는 어진을 지키며 이 마을까지 왔는데! 어진은 우리를 지켜주셨습니까?"

"친구들이 강간당하고 있을 때! 어진은 그저 잠자코 보고만 있지 않았습니까?"

"천황폐하가 우리를 지켜주셨습니까? 나라가 우리를 지켜줬나요? 우리는 필사적으로 나라를 지키고 있는데 나라는 왜 우리를 지켜주지 않습니까!"

선생님들은 야스코를 등 뒤에서 붙잡고 교장 선생님에게서 떼어놓았다.

"아이고, 원통하구나. 우치난츄*는 전쟁에서 다 목숨을 잃고 마는 건가……. 우리 같은 늙은이들 목숨부터 빼앗아 가면 좋을 텐데……."

장례식에 참석했던 마을 할머니 한 분이 허리를 굽힌 채 중얼거렸다.

야스코는 숨을 거칠게 내쉬면서 교장 선생님에게서 멀어졌다. 그러나 분노는 풀리지 않아 보였다. 아야코를 덮은 흙을 손으로 움켜쥐고 주위를 향해 던졌다. 야스코는 이윽고 그 땅 위에 엎드려 울기 시작했다.

우리는 이번에도 또 해가 지기를 기다렸다가 짐수레를 밀었다. 간선도로로 되어 있는 해안도로를 피해, 산을 넘고 강을 건너, 마을로 갈 계획이었다. 살기 위해 떠나는 길이었지만, 전쟁이 끝날 때까지 살아남을 수 있을 것 같지 않았다. 그리고 나는 이미 죽은 것과 마찬가지였다.

짐수레에 실린 것은 무엇이고, 실리지 못한 것은 무엇일까. 밤하늘에 은은히 떠 있는 달이 우리의 앞길을 희미하게 비춰 주었다.

나는 짐수레를 밀면서 미군 아이를 밸지도 모른다는 불안에 시

---

* 오키나와 사람.

달렸다. 나의 미래에 희망은 없었다. 희망 없이 살 수 있을까?

"전쟁은 반드시 끝난다."

선생님은 그렇게 말씀하셨다. 전쟁은 언젠가, 반드시, 끝난다, 그건 당연하다. 하지만 전쟁이 끝나면 희망은 다시 생기는 걸까? 전쟁에서 지면 오키나와는 미군에 점령당할 것이다. 나와 같은 일이 두 번 다시 일어나지 않을 거란 보장이 없다. 나만의 과제가 아니다. 일본 전체의 과제다. 희망 없이 살아갈 수 있을까?

나는 등 뒤에서 비치는 달빛이 만드는 내 그림자를 밟으며 눈 앞에 펼쳐진 아득한 길을 말 없이 노려보았다.